희망하고
소원하고
꿈을 꾸며

WHAT YOU WISH FOR : A BOOK FOR DARFUR
by Book Wish Foundation, Alexander McCall Smith, Francisco X. Stork, Naomi Shihab Nye, Sofia Quintero, John Green, Jeanne DuPrau, Joyce Carol Oates, Nikki Giovanni, Karen Hesse, Cornelia Funke, Ann M. Martin, Marilyn Nelson, Meg Cabot, R. L. Stine, Jane Yolen, Gary Soto, Nate Powell, Cynthia Voigt, Mia Farrow

Collection copyright ⓒ 2011 by Book Wish Foundation.
Foreword copyright ⓒ 2011 by Mia Farrow.
"The Strange Story of Bobby Box" copyright ⓒ 2011 by Alexander McCall Smith. "Pearl's Fateful Wish" copyright ⓒ 2011 by Jeanne DuPrau. "Wishes" copyright ⓒ 2011 by Jane Yolen. "The Protectionist" copyright ⓒ 2011 by Meg Cabot. "The Great Wall" copyright ⓒ 2011 by Sofia Quintero. "Nell" copyright ⓒ 2011 by Karen Hesse. "What I Wish For" copyright ⓒ 2011 by Gary Soto. "Reasons" copyright ⓒ 2011 by John Green. "The Lost Art of Letter Writing" copyright ⓒ 2011 by Ann M. Martin. "Secret Song" copyright ⓒ 2011 by Naomi Shihab Nye. "The Stepsister" copyright ⓒ 2011 by Cynthia Voigt. "Rosanna" copyright ⓒ 2004, 2011 by Cornelia Funke. Originally published by Verlag Friedrich Oetinger, Germany, 2004, with illustrations by Jackie Gleich. "I Wish I Could Live(In A Book)" copyright ⓒ 2011 by Nikki Giovanni. "Funny Things" copyright ⓒ 2011 by R. L. Stine. "Cautious Wishing" copyright ⓒ 2011 by Marilyn Nelson. "The Rules for Wishing" copyright ⓒ 2011 by Francisco X. Stork. "Conjurers" copyright ⓒ 2011 by Nate Powell. "The Sky Blue Ball" from *Small Avalanches and Other Stories* copyright ⓒ 2003 by The Ontario Review, Inc.
All rights reserved.
This Korean edition was published by Booknbean Publisher in 2013 by arrangement with G. P. Putnam's Sons, a division of Penguin Young Readers Group, a member of Penguin Group (USA) Inc. through KCC(Korea Copyright Center Inc.), Seoul.

이 책은 (주)한국저작권센터(KCC)를 통한 저작권자와의 독점계약으로 책과콩나무에서 출간되었습니다. 저작권법에 의해 한국 내에서 보호를 받는 저작물이므로 무단전재와 복제를 금합니다.

희망하고
소원하고
꿈을 꾸며

캐런 헤스, 존 그린 외 지음 | 천미나 옮김

책과콩나무

차드 공화국 내 난민촌에 살고 있는,
25만 명이 넘는 다르푸르 인들에게 바칩니다.

어린이들에게 교육보다 더 중요한 것은 없습니다.
교육은 더 나은 미래에 대한 약속입니다.
차드 공화국의 동부 지역만큼 이 말이
어울리는 곳이 있을까요. 조기결혼에서부터 강제징병에
이르기까지 갖가지 당면한 위험으로부터
어린이들을 보호하기 위해서는 교육의 필요성이
절실하기 때문입니다. 이 소년 소녀들을 위해
더 나은 세상, 더 희망적인 세상을 만드는 데 보탬이 되고자
이 책의 작가들은 자신들의 이야기를
아낌없이 선물로 주었습니다. 이 책을 읽음으로써,
여러분도 똑같이 선물을 주는 셈입니다. 고맙습니다.

– 유엔난민기구, 안토니오 구테레스

차례

서문 미아 패로 … 8

바비 박스의 이상한 이야기 알렉산더 매컬 스미스 … 13

위태로운 소원 잔 뒤프라우 … 43

소원 제인 욜런 … 75

보호론자 멕 캐봇 … 79

만리장성 소피아 퀸테로 … 121

나는 항상 죽고 있다 캐런 헤스 … 147

나의 소원 게리 소토 … 171

이유 존 그린 … 175

모퉁이를 돌면 무슨 일이 기다리고 있을까 앤 M. 마틴 … 191

비밀 노래 나오미 시합 나이 … 229

유리 구두 신시아 보이트 … 233

거짓말을 실현시켜 드립니다 코넬리아 푼케 … 263

책 속에 살아 봤으면 니키 지오바니 … 271

우스운 장난 R. L. 스타인 … 275

소원을 빌 때는 신중하게 매릴린 넬슨 … 301

소원의 규칙 프란시스코 X. 스토크 … 305

마법사들 네이트 파웰 … 341

하늘색 공 조이스 캐롤 오츠 … 357

편집자의 말 … 367

옮긴이의 말 … 374

저자 소개 … 377

서문

    2004년 이래, 저는 차드 공화국의 다르푸르 난민촌에 열세 번 다녀왔습니다. 차드 동부에 위치한 그곳에는 제 친구들이 있습니다. 제가 찾아갈 때마다 아이들은 우르르 몰려들어 부끄러운 듯 제 이름을 연신 불러 대며 자신들의 천막이나 오두막으로 잡아끕니다. 제가 거적에 자리를 잡고 앉으면 아이들의 어머니가 진하고 달달한 차를 내오지요. 우리는 (대단히) 기초적인 아랍 어와 불어, 까르르 터져 나오는 웃음과 즉석에서 만들어 낸 몸짓을 모두 섞어서 의사소통을 합니다. 그런데 나중에 보면 못해도 꼭 한 아이 정도는 그 모든 언어를 할 줄 아는 아이가 나타납니다. 가끔은 영어도 하고요.
    모하메드는 바로 그런 남자아이입니다. 모하메드는 형과 함께 거의 8년을 자말 난민촌에서 살았습니다. 마을이 습격을 당했을 때, 형제는 집에서 키우는 염소들을 돌보던 중이었습니다. 어린 여동생을 등에 업은 채, 모하메드와 형은 덤불 속에 숨어서 마을이 불타는 광경을 지켜보았습니다. 아기가 울자, 형제는 아기의 입을 틀어막았습니다. 나중에 부모님을 찾아봤지만 두 분 다 죽임을 당한 뒤였습니다. 형제는 다른 생존자들과 함께 아흐레를 걸어서 차드로 들어왔습니다. 아기는 그 여정을 견뎌 내지 못했습니다.

모하메드는 혼자 힘으로 영어와 불어로 말하는 법을 익혔고, 유엔난민기구(UNHCR) 팀을 돕고 사무실의 휴지통을 뒤지며 읽는 법도 익혔습니다. "의사가 되고 싶어요."라고 모하메드는 저에게 말했습니다. "선생님이 있으면 좋겠는데. 중학교에 갈 수만 있다면 매일 저 산까지라도 갔다 오겠어요." 먼 산을 가리키며 모하메드는 이렇게 말했습니다.

모든 것을 잃고 8년여를 난민촌에서 기약 없는 생활을 하고 있지만, 모하메드의 꿈은 살아 있습니다. 그리고 놀라운 사실이 있습니다. 상황이 아무리 비참하고 앞길이 아무리 암담할지라도, 차드와 수단, 중앙아프리카공화국, 콩고, 우간다, 혹은 앙골라에서 제가 만난 모든 아이들에게는 꿈이 있다는 사실입니다. "커서 뭐가 되고 싶니?"라고 물으면 그들의 얼굴은 밝게 빛납니다. 아이들은 신이 나서 이렇게 소리칩니다. "의사, 선생님, 비행기 조종사, 대통령이요!" 그 아이들은 평화를 갈망하며, 먹을거리조차 충분치 않지만 선생님과 책에 굶주려 있습니다. 꿈을 이루기 위해서는 교육이 필수적이라는 사실을 잘 알고 있기 때문입니다.

이 책에 수록된 작품들은 소원을 주제로 한 이야기들입니다. 첫 이야기에 나오는 대로, 소원이 이루어지는 데는 너무 늦은 때란 없습니다. 지금이라도 다르푸르 인들을 도와줄 수 있습니다. 올해는 전 세계의 난민들에게 보호를 제공하기 위한 '난민의 지위에 관한 협약'이 채택된 지 60주년이 되는 해입니다. 그들은 여전히 희망하고, 소원하고, 꿈을 꾸며 그 자리에 있고, 우리는 지금도 도움을 줄 수 있습니다.

2011년 1월 23일
배우이자 후원자이며,
유니세프 친선대사이자
어머니
미아 패로

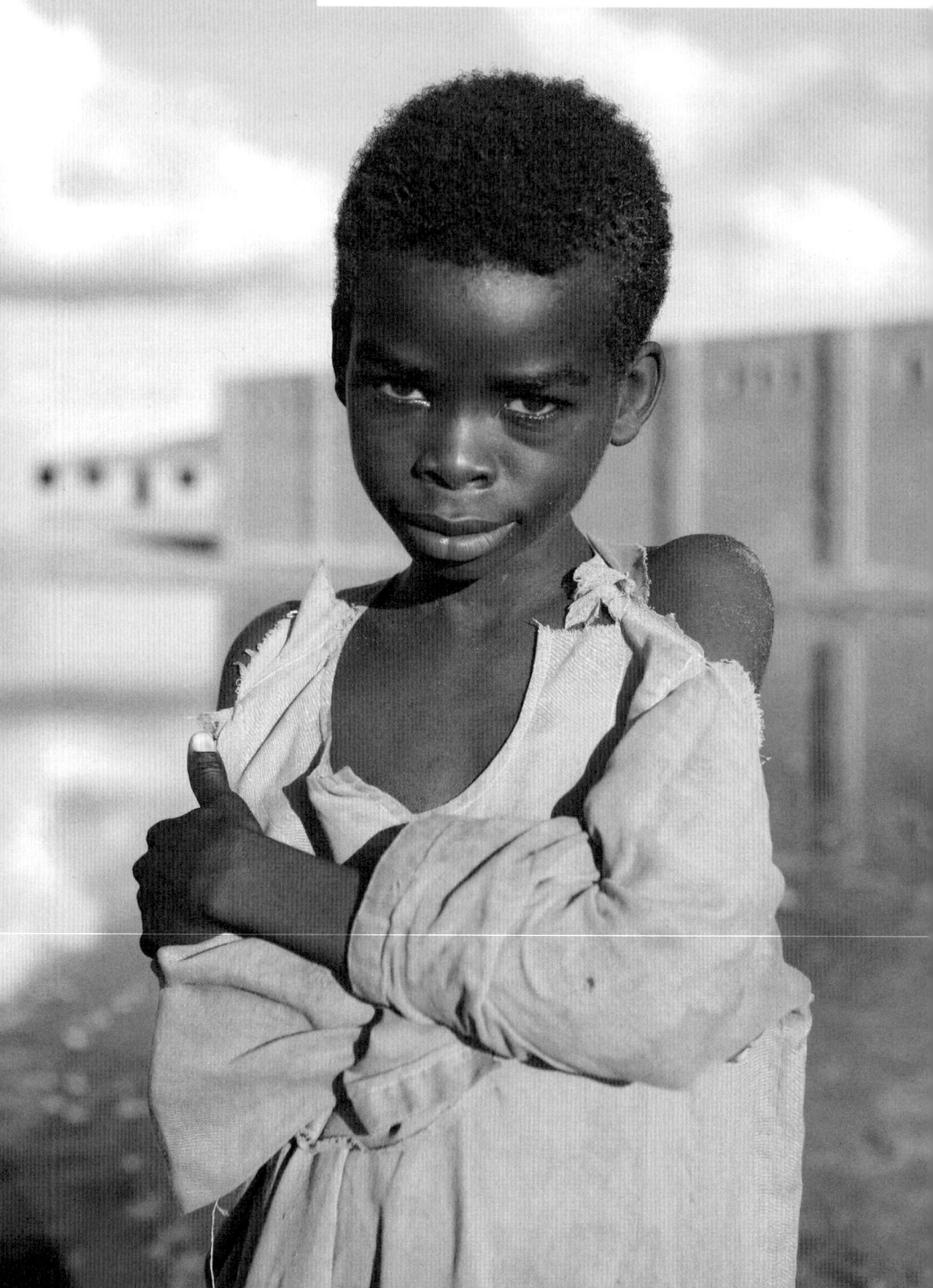

다르푸르의 25만 난민 가운데 3분의 2는 어린이들이다.
사진 : 유엔난민기구 / H. 콕스

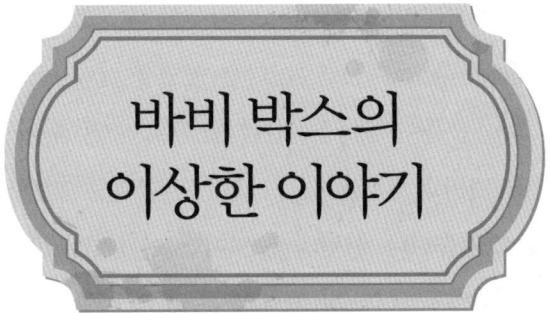

알렉산더 매컬 스미스

만약 다른 사람들에게 여러분이 살아온 이야기를 한다면 그 이야기가 어떻게 들릴지 생각해 본 적이 있나요? 아마도 많은 사람들은 "그렇게 특별한 건 없어."라거나 "별로 재밌는 얘기도 아니야."라고 말할 겁니다. 대다수의 사람들에게는 틀린 말이 아니겠지만, 개중에는 남들과는 사뭇 다른 인생을 살아온 사람들도 있습니다. 그 사람들이 살아온 이야기를 듣고 나면 "진짜일 리가 없어."라거나 "지어낸 얘기잖아요."라고 생각할지도 모릅니다.

바비도 그렇습니다. 사람들은 지어낸 이야기라고 주장하지만, 바비의 말은 사실입니다. 바비가 겪은 일은, 시시콜콜 아주 사소한 부분까지도 전부 다 사실입니다. 그의 이야기는 이렇습니다.

1

대부분의 인생 이야기는 부모님으로 시작합니다. 이런 식으로 말이죠. "우리 어머니는 스물다섯 살 때 나를 가지셨어요. 어머니는 새까만 머리칼과 사랑스러운 미소를 지니셨지요. 그리고……." 기타 등등. 바비는 그런 말을 할 수가 없었습니다. 그는 어머니를 몰랐고, 아버지를 몰랐습니다. 바비는 오렌지를 담는, 뚜껑 없는 나무상자에 담겨 강물을 따라 둥둥 떠내려오다가 발견되었으니까요. 한 어부가 노를 저어 강을 거슬러 올라가다가 물살 한가운데에서 천천히 떠내려오는 상자를 발견했습니다. 어부는 노를 거두어 놓고 상자가 가까이 다가오기를 기다렸습니다. 상자 속의 내

용물을 확인한 순간, 어부는 얼마나 놀랐을까요.

"하늘에 있는 별들에게 맹세코."

하류로 떠내려가 버리기 전에 상자를 움켜쥐려고 재빨리 손을 뻗으며 어부는 이렇게 중얼거렸습니다.

"하늘에 있는 별들에게 맹세코, 달들에게 맹세코!"

아니 무슨 그런 말이 있나, 이상하게 들릴지 모르지만, 그보다는 상자에 하얀 보자기로 둘둘 말아 놓은 아기가 담겨 있는 것이야말로 이상하기 그지없는 일이었습니다.

어부는 조심조심 상자에서 아기를 꺼내 배 밑바닥에 내려놓았습니다. 그런 다음 노를 도로 노걸이에 밀어 넣고 평소에 잘 가던 부두로 있는 힘껏 노를 저었습니다. 엎어지면 코 닿을 만한 거리에 있는 부두였지요. 불행히도 어부는 상자에 대해선 까맣게 잊어버렸고, 상자는 물살을 따라 둥둥 떠내려가 흔적도 없이 사라져 버렸습니다. 이것은 어부의 실수였습니다. 상자 속에 아기가 누구인지 밝혀 줄 작은 실마리라도 담겨 있을지 몰랐으니까요. 편지라던가, 하다못해 '이 아기는 누구누구의 아기입니다……'와 같은 메모나 이름이 적힌 쪽지라도. 보자기나 아기의 옷에는 아기가 누구이며 아기가 왜 작은 배, 아니, 오렌지 상자에 담겨 강을 따라 둥둥 떠내려오게 되었는지를 말해 주는 그 어떤 흔적도 없었습니다.

"살펴봤어야죠. 그 상자를 들여다봤어야죠. 당신은 너무 조심성이 없군요!"

나중에 어부가 자신의 특별한 발견품을 신고하러 갔을 때 담당 경찰관은 이렇게 꾸짖었습니다.

어부는 극구 변명을 했습니다.

"내가 뭘 할 수 있었겠소? 나는 아기를 배로 옮겨야 했소. 그 상자까지 어쩌고 할 새가 없었단 말이오."

그들은 그쯤에서 실랑이를 멈췄지만, 경찰관은 있는 대로 짜증이 났습니다. 이곳에서 30킬로미터까지는 그가 유일한 경찰관인 스코틀랜드의 외딴 지역에서 일어난 사건이었습니다. 하고 많은 것 중에서 하필이면 아기가 들어온데다, 그의 부인은 한 달 동안 여동생과 함께 스카이 섬에 머무는 중이었습니다. 그러니 그가 어떻게 아기를 돌볼 여유가 있었겠습니까?

경찰관은 어부에게 앉으라고 말하고 수첩에 기록을 시작했습니다.

"시각, 오후 두 시 삼십 분. 분실물 접수. 분실물의 종류, 아기 한 명(남아). 처리, 안전하게 보관하기 위해 습득자에게 되돌려 줌."

수첩에 기재한 내용에 만족하며, 경찰관은 어부를 쳐다보고 처리 결과를 알려 주었습니다.

"당신이 이 아기를 발견했으니, 안 됐지만, 당신이 맡아야 할 거요."

깜짝 놀란 어부의 눈이 등잔만큼 커졌습니다. 어부는 적당한 말을 찾아 한참 동안 끙끙댔지만, 고민 끝에 입에서 나온 말은 이게 전부였습니다.

"뭐라고요?"

경찰관이 설명을 했습니다.

"여기에는 아기를 데리고 있을 만한 공간이 없습니다. 아기는 먹을 것도 필요하고…… 필요한 게 한두 가지가 아니지 않습니까. 당신이 발견했으니 당신이 보살피세요. 미안하지만, 법이 그렇습니다."

어부는 법에 대해서는 아는 게 거의 없었습니다. 아니, 아예 일자무식이었습니다. 더구나 그 시절에는 경찰관이 법이 이렇고 저렇다고 하면, 그 말이 곧 법이었으니까요. 그래서 어부는 아기를 안고 만 끄트머리 바닷가에 있는 자신의 오두막으로 데려왔습니다. 어부는 무엇을 어찌해야 좋을지 앞이 캄캄했습니다. 아기는 울기 시작했고, 어부는 배가 고파서 그런가 보다 생각했습니다. 집에 도착하자, 어부는 아기에게 생선을 좀 먹여 보기로 했습니다.

2

"아기한테 생선을 줬다고? 미쳤니?"

어부의 고모가 소리쳤습니다.

어부는 부인이 없었고, 그래서 마을에서 가게를 하는 남자와 결혼해 살고 있는 고모에게 도움을 청했습니다. 고모는 어부의 집에 아기가 있어서 도움이 필요하다는 전갈을 받고, 처음에는 어부의 말을 믿지 않았습니다. 하지만 어부의 집에 당도했을 때, 고모는 어부가 익힌 생선을 그릇에 담아 아기에게 먹이려고 애를 쓰는 모습을 보았습니다.

"아기가 배가 고파요."

"그럴 테지. 하지만 이렇게 어린 아기한테 그런 단단한 음식을 주면 안 돼."

"생선도 안 돼요?"

"생선도 안 돼. 그런데 도대체 이 아기는 어디서 난 게냐?"

어부는 고모에게 사연을 들려주었습니다. 어부의 말을 들으면서 고모는 아기의 얼굴에 묻은 생선 조각을 닦아 냈습니다.

"가엾은 것. 버려진 게로구나, 그렇지?"

"누가 그랬든 너무 잔인해. 물에 빠져 죽을 수도 있었다구요."

고모가 고개를 끄덕였습니다.

"아무튼, 이제 무사하니 다행이지. 아기를 마을로 데려가서 영아원에 갖다 줘야겠다. 아기들을 맡아 주는 데가 있어. 고아나 그런 애들 말이야. 거기서 아기를 돌봐 줄 거야."

고모가 아기를 어르며 아기의 뺨을 살살 매만져 주었습니다.

"우리가 이름을 지어 줄까?"

어부는 골똘히 생각에 잠겼습니다.

"바비."

"왜 하필 바비야?"

"아기한테 잘 어울리잖아요."

"좋아. 바비로 하지. 바비 박스. 박스에서 발견됐으니까."

"좋은 생각이네요."

두 사람은 바비를 어부의 고물차에 태워 마을로 데려갔습니다. 앞좌석의 스프링이 고장 나서 고모는 아기를 데리고 뒷좌석에 앉았습니다. 그렇게 해야 아기가 더 편안하게 차를 타고 갈 수 있을 테니까요. 우당탕탕 요란한 반 시간이 지나고, 그들은 현관문 위 석판에 '영유아(및 어린이) 보호소'라고 새겨진, 다소 으스스한 건물 앞에 도착했습니다. 석판 밑에는 초인종이 있고 짧은 안내문도 보였습니다. *모든 고아나 집 없는 아기 환영. 초인종을 눌러 주세요.*

고모가 초인종을 눌렀고, 일이 분쯤 뒤, 파란색 원피스 차림에 빳빳하게 풀을 먹인 작은 모자를 쓴 한 여자가 문을 열었습니다. 여자는 곧바로 고모의 품에 안긴 아기를 내려다보았습니다.

여자는 한숨을 지었습니다.

"이런! 또야!"

3

이렇게 해서 바비는 영유아 및 어린이 보호소에서 살게 되었습니다. 그곳에서 바비는 6년을 머물렀습니다. 바비는 그리 행복하지 못했습니다. 침대는 딱딱하고 울퉁불퉁했고, 아무리 이리저리

뒤척여 봐도 결코 편안하지가 않았습니다. 그뿐이 아니었습니다. 음식도 형편없었고, 괴롭힘을 당해도 누구 하나 신경 쓰지 않았습니다.

먼저 음식 문제. 음식은 단 한 번도 충분한 날이 없었고, 두둑한 배로 잠자리에 드는 아이는 한 명도, 단 한 명도 없었습니다. 자다가 배가 고파서 깨는 일도 서럽지만, 허기로 인해 위가 쥐어뜯기는 듯한 고통 속에 잠자리에 들어야 한다는 것은 또 별개의 문제입니다. 뱃가죽이 등에 붙은 채로 침대에 누워서 음식을 떠올립니다. 어쩔 도리가 없습니다. 아무리 애를 써도 소용이 없습니다. 자기도 모르게 음식을 떠올리게 됩니다. 커다란 빵 조각에 두껍게 펴 바른 버터와 빨간 잼. 케이크와 초콜릿, 달콤한 노란색 커스터드 소스를 바른 파이. 베이컨 샌드위치와 여러 가지 동물 모양의 과자. 사과와 자두, 그리고 바삭바삭 노릇노릇 잘 구워진 감자튀김이 떠오릅니다. 결코 사 먹지 못할 음식이란 음식은 모조리 떠오릅니다.

다음은 괴롭힘입니다. 보호소에 사는 아이들은 대부분 아주 어린아이긴 하지만 좀 큰 아이들도 더러 있었습니다. 열 살이나 열두 살, 많게는 열네 살이나 열다섯 살 먹은 아이들도 있습니다. 그들은 보호소의 터줏대감이고, 건물 위층의 방 두 개를 씁니다. 하나는 남자 방, 다른 하나는 여자 방이라고 쓰여 있습니다. 어린아이들은 위층이 출입금지라서, 이들이 제일 좋은 침대와 제일 좋은 양탄자, 그리고 제일 좋은 물건은 뭐든지 차지하고 있다는 사실을 꿈에도 몰랐습니다.

큰 사내아이들의 대장은 '언'이라는, 몹시 뚱뚱한 남자아이였습니다. 언은 열네 살이었고, 머리끝이 뾰족뾰족한 빨간 머리였습니다. 언은 방 맨 끝에 놓인 침대를 썼는데, 그 침대에는 어린아이들에게서 훔쳐 온 이불이 한 무더기 쌓여 있었습니다. 밤에는 제법 춥지만, 이불 더미 속에 쏙 들어가 있으면 언은 결코 쌀쌀한 기운을 느끼지 못했습니다. 아래층, 웃풍이 불어 대는 차디찬 방에서는 이불을 빼앗긴 아이들이 얇디얇은 침대보로 버티거나, 둘이서 홑이불 하나로 견뎌야만 했고, 부들부들 떨면서 자다 깨다를 반복하며 밤을 보냈으니, 모르긴 해도 꿈속은 온통 얼어붙은 빙산과 북극곰 차지일 게 분명했습니다.

언은 고약한 녀석이었습니다. 그는 어린아이들의 귀나 코를 움켜잡으면 눈물을 쏙 뺄 때까지 사정없이 비틀었습니다. 얼마나 비틀어 댔는지 어떤 아이는 코 모양이 이상해질 정도였지만, 언은 그 모습을 보며 낄낄거렸습니다. "네 코는 왜 그 모양이냐? 문에다 박았냐?"라며 소리를 질렀습니다.

보호소를 운영하는 '메이비스 브룬'은 이런 일이 벌어지고 있다는 사실을 몰랐을까요? 알고 있었습니다. 그렇다면 그런 짓을 못하게 하기 위해 마땅한 조치를 취했을까요? 그렇지 않았습니다. 언이 마음대로 어린아이들의 음식을 집어먹는 광경을 눈으로 보고도 모른 척했습니다.

　그녀는 상냥하게 주의를 주었습니다.

"언, 너무 많이 먹지 마라."

"네, 알았어요. 걱정 마세요, 메이비스 아줌마."

　언은 어린아이들의 몫인 감자를 입안에 꾸역꾸역 쑤셔 넣으며 대꾸했습니다. 그러니 어린아이들은 굶주릴 밖에요.

　모든 게 그런 식이었고, 바비는 여섯 살 생일을 막 넘기기 전까지만 해도 이 모든 현실을 견뎌내야만 했습니다. 양을 돌보고 풀 베는 일을 도와줄 사내아이를 원하는 어떤 농부에게 메이비스 브룬이 바비를 팔아넘기기 전까지 말이죠. 금지된 일이었지만 그녀는 돈을 받고 아이들을 팔았고, 그 돈으로 술을 사서 밤이면 댄스곡이 흘러나오는 라디오를 들으며 자정이 훨씬 넘도록 자기 방에서 술을 홀짝거렸습니다.

4

　농부의 집엔 먹을거리가 좀 더 많았습니다. 가엾은 바비 박스의 삶에서 그것 한 가지는 조금 나아진 셈이었지요. 물론 다른 면에서는 좋아진 점이 거의 없었습니다. 침대는 똑같이 불편했고, 헛간에서 작은 나무 계단을 밟고 올라가야 나오는 그의 방은 똑같이 추웠습니다. 그곳은 외로웠습니다. 친구라곤 가축들뿐인 헛간이 그의 방이었으니까요. 무섭기도 했습니다. 어느 날 밤, 거대한 올빼미 한 마리가 헛간으로 날아들었다가 빠져나갈 곳을 찾아다 니느라 이리저리 날아다니는 소리에 잠이 깨었을 때는 정말로 무서웠습니다.

하지만 진짜 문제는, 날이 밝기가 무섭게 시작해 하늘에서 마지막 남은 햇살이 사그라질 때까지 쉴 새 없이 이어지는 노동이었습니다. 농부는 일밖에 모르는 사람 같았습니다. 농부는 항상 제일 먼저 일어나 마당을 돌아다니면서 암탉들에게 먹이를 주거나 농기구들을 이렇게 저렇게 손봤습니다. 바비가 길 잃은 양들을 쫓아다니거나 농부가 시킨 다른 일들을 하는 낮 동안에는 걷거나 트랙터를 몰며 논을 살피고 다녔습니다. 이 같은 일과는 하루도 빠짐없이, 쉴 틈 없이 계속됐습니다.

농부가 말했습니다.

"귀찮게 학교는 무슨. 학교는 시간 낭비야."

바비는 대답하지 않았습니다. 농부는 사소한 말이라도 자신의 말에 동의하지 않으면 언짢아했기 때문에 바비는 하고 싶은 말을 꾹 참았습니다. 바비는 다른 아이들처럼 학교에 가고 싶었습니다. 다른 아이들처럼 엄마 아빠가 생기기를 바랐습니다. 그 바람은 너무도 간절했지만, 자신이 소원하는 것은 그 무엇도 가질 수 없는 것 같아서, 바비는 소원을 비는 일을 그만두기로 했습니다. 바라지 않으면 실망할 일도 없을 테니까요.

바비는 농장에서 4년을 보냈습니다. 길고도 힘든 4년이었지요.

허리와 팔이 쿡쿡 쑤시도록 커다란 낫으로 건초를 베야 하는 네 번의 추수. 양들에게 건초를 가져다 주고, 머리칼은 건초투성이가 되어 마른 풀 쪼가리에 코가 꽉 막히도록 짐을 실어 나르고 또 실어 나르던 네 번의 겨울. 채소밭에서 잡초를 뽑고 쇠스랑과 삽으로 딱딱한 땅을 깨부수던 네 번의 봄과 여름.

그리고 막 열 살 생일이 지난 뒤, 바비는 달아나기로 결심했습니다.

바비는 마음속으로 생각했습니다.

'나는 노예가 아니야. 돈 한 푼 받지 못하고 평생을 농장에서 일할 필요는 없어.'

떠난다는 쪽지라도 남기고 싶었지만 바비는 글을 쓸 줄 몰랐습니다. 아무도 바비에게 읽고 쓰는 법을 가르쳐 주지 않았기에, 안녕이라는 짧은 말조차 남길 수가 없었습니다. 그래도 그는 'B'라는 글자는 쓸 줄 알았습니다. 그래서 몇 가지 선물과 함께 'B'라고 쓴 쪽지를 부엌 식탁 위에 남겨 두었습니다. 선물은 언덕에서 발견한 깃털 두 개와 길가에서 꺾은 꽃 한 송이, 그리고 강가에서 발견해 반짝반짝 윤이 나도록 문질러 둔 초록색 돌멩이 한 개였습니다. 깃털은 '나는 떠납니다. 나는 날아갑니다.'라는 뜻이었습니다. 꽃은 '나는 아저씨를 나쁘게 생각하지 않아요.'라는 뜻이었습니다. 마지막으로 돌멩이는 '나는 포기하지 않을 거예요. 나는 부서지지 않을 거예요.'라는 뜻이었습니다.

어느 이른 아침, 농부가 침대 밖으로 나오기 전에 바비는 집을 나섰습니다. 작은 가방에 몇 안 되는 소지품을 챙겨서 농장 앞길을 내려와, 들어만 봤지 그저 상상할 수밖에 없었던 머나먼 곳으로 이어지는 도로 위로 올라섰습니다. 거대한 배가 만들어지고 공장 굴뚝의 연기가 하늘을 가득 채운다는 스코틀랜드의 도시들을 향해서요.

바비는 자유가 된 기분을 만끽했습니다. 이제 이래라 저래라 하는 사람이 아무도 없었습니다. 머리 위의 하늘은 오직 그만의 것이었습니다. 숨 쉬는 공기조차 자유로웠습니다. 아침 공기 속으로 머리를 들어 올리며 그 누구도 자신에게서 태양을 앗아가고 꺼 버릴 수는 없다고 바비는 속으로 생각했습니다. 6킬로미터 정도를 걷고 나서, 그는 잠깐 쉬어 가려고 작은 개울 옆 도로 가에 멈춰 섰습니다. 바비는 신발과 양말을 벗고 시원한 물속에 두 발을 담근 채 발가락 사이로 물이 졸졸졸 흘러가는 상쾌한 느낌을 즐겼습니다. 그는 두 눈을 감고 하늘 높은 곳에서 들려오는 새들의 노랫소리에 귀를 기울였습니다. 그러다 눈을 떴을 때, 도로 위에 멈춰 선 대형 트럭 한 대가 보였습니다.

운전사가 트럭에서 내려 바비가 앉은 자리로 내려왔습니다.

"여기서 뭐하는 거냐?"

"그냥 앉아 있어요. 글래스고로 가는 중이에요."

글래스고는 바비가 목적지로 삼은 도시 이름이었습니다. 그곳이 어디인지, 혹은 얼마나 먼 곳인지도 잘 몰랐지만 바비는 그곳으로 가고 있었습니다.

"차에 타라. 가자."

남자는 고갯짓으로 자신의 트럭을 가리켰습니다.

바비는 낯선 사람을 따라가면 안 된다는 말을 들어 본 적이 없어서 조금도 망설이지 않았습니다. 다시 양말과 신발을 신느라 잠시 지체했을 뿐, 그는 곧바로 트럭에 올라탔고, 그들은 출발했습니다.

남자가 말했습니다.

"글래스고로 갈 필요 없어. 내가 너한테 일을 주마."

바비는 다시 농장에서 일하고 싶지 않아서 그 말을 하려고 했지만 채 말을 꺼내기도 전에 남자가 선수를 쳤습니다.

"나는 농부가 아니야. 서커스단을 운영한다."

서커스라는 말을 한번도 들어 본 적이 없는 바비는 남자에게 서커스가 뭔지 물었습니다.

"서커스는 큰 쇼야. 대형 천막 안에서 쇼를 하고 마을에서 마을로 이동한다. 어릿광대도 있고, 공중그네를 타는 곡예사도 있고, 재주 부리는 개들도 있지. 사나운 사자 두 마리와 사자 조련사도 있다. 춤추는 말들과 빨간 옷을 입고 키 큰 모자를 쓴 사회자도 있단다."

남자는 잠시 말을 멈추고 묘한 표정으로 바비를 쳐다보았습니다.

"어때, 관심이 있느냐?"

그러더니 바비의 대답을 기다리지도 않고 말했습니다.

"좋아. 그럼 하기로 한 거다."

5

서커스단은 작은 마을 끄트머리, 황무지에 세워져 있었습니다. 서커스단에 도착하기 전, 맥그리거 씨라고 불리는 그 남자는 저 멀리 '맥그리거 서커스'라고 빨간 글자로 큼지막하게 쓴 표지판을 손으로 가리켰습니다.

"바로 저기다. 저쪽에 트레일러들 보이지? 저곳이 네가 다른 아이들과 함께 머무르게 될 곳이다."

"다른 아이들이요? 개네들은 누군데요?"

"곡예사들이지. 재미있는 패거리야. 개네들이 어디서 왔는지는 아무도 모른다. 개네들이 하는 말을 당최 알아듣는 사람이 있어야 말이지. 하지만 일은 아주 잘해. 중요한 건 그거야. 덕분에 매일 밤 서커스단이 떠나가도록 박수갈채가 쏟아져 나오니까."

바비는 묻고 싶은 말이 있었고, 서커스단에 도착했을 때 마침내 그 말을 물었습니다.

"그런데 제 일은요, 아저씨? 저는 뭐가 되나요?"

맥그리거 씨는 핸들에서 한 손을 떼더니 턱을 문지르며 곰곰이 생각에 잠겼습니다.

이윽고 맥그리거 씨가 말했습니다.

"사자 조련사의 견습생이다. 지미 맥도날드 영감이 점점 더 느려져서 은퇴를 논의하던 참이거든. 그래, 너한테는 그 자리가 딱이겠다. 좋은 자리야. 게다가 어린 나이에 시작하면 빨리 배울 거야. 내가 항상 강조하는 말이지."

바비는 침을 꿀꺽 삼켰습니다. 한번도 본 적은 없지만 사자에 대한 얘기는 얼핏 들었습니다. 그런데 사자에 대해 그는 뭘 알고 있었을까요? 별로 없다고 바비는 마음속으로 결론을 내렸습니다. 머리 둘레에 거대한 갈기가 있고…… 사람을 잡아먹는다는 사실이 전부였습니다. 바비는 다시 한 번 침을 꿀꺽 삼켰습니다.

6

맥그리거 씨는 곧바로 바비를 트레일러로 데려가 내부를 보여 주었습니다. 대형 트레일러는 아니었지만 그럭저럭 이층침대 네 개가 들어갈 정도는 되었습니다. 맨 끝에는 여행 가방들이 쌓여 있었고, 가방 밖으로 양말과 셔츠, 그리고 다른 옷가지들이 삐죽 튀어나와 있었습니다.

맥그리거 씨가 말했습니다.

"네 물건은 저기에 둬라. 그리고 저게 네 침대다. 좋지? 그래, 오늘은 늦었으니 가서 자라. 그래야 내일부터 배울 준비가 될 테니까."

그는 바비를 보며 씨익 웃고는 사과 한 알을 주었습니다.

"이건 네 저녁이다. 사자 조련은 쉽지 않은 일이니까 더 튼튼해져야 될 게야."

바비는 어찌할 바를 몰랐습니다. 그는 맥그리거 씨에게 자신은 사자 길들이는 일을 하고 싶지 않다고 말하고 싶었지만, 그 말을 어떻게 해야 좋을지 몰랐습니다. 그래서 사과를 받아먹고 자신의 침대로 들어가 눈을 감았습니다. 그날의 여행이 힘들었던 터라 바비는 금방 잠이 들었고, 한두 시간 뒤에 곡예사들이 돌아오는 것도 보지 못했습니다. 그래서 일곱이나 되는 아이들이 들어와 침대 위에서 폴짝폴짝 뛰고 통통 뛰어오르며 공중제비를 하는 광경도 보지 못했습니다.

7

"그래, 네가 새로 온 애로구나. 사자에 대해서 아는 게 뭐냐? 없어? 내 생각이 맞았군. 어차피 누구나 배워야 하는 법이니까. 태어날 때부터 사자에 대해 잘 아는 사람이 어디 있겠느냐? 하!"

지미 맥도날드 씨가 말했습니다. 그들은 바퀴가 달린 거대한 우리 정면에 서 있었습니다. 우리 안에는 바비가 이제껏 본 중에 가장 거대한 동물 두 마리가 짚 무더기 위에 누워 있었습니다. 수사자 리오와 암사자 리오나였습니다. 둘은 눈을 감고 있었습니다. 그런데 바비는 리오가 한쪽 눈꺼풀을 살짝 뜨고 자신을 지켜보는 것 같은 느낌이 들었습니다.

맥도날드 씨가 우리에 달린 문고리를 만지작거리며 말했습니다.

"사자에 대해서는 말이다, 무조건 누가 대장인지 깨닫게 해 줘야 한다. 만약 '이놈이 두려워하고 있구나.'라고 사자가 생각을 하면, 그땐 큰일 나는 거야. 사자가 그걸 알아차린 순간······."

바비는 다음 말을 기다렸지만 그는 말을 끝맺지 않았습니다.

맥도날드 씨가 다시 말을 이었습니다.

"나는 무수히 많은 조수를 잃었다. 어디 누가 있었더라······."

그는 한 손을 들어서 손가락으로 이름을 세어 나갔습니다.

"토미, 미키, 보리스, 조지."

이름은 모두 넷이었고, 바비는 문득 맥도날드 씨의 손에 손가락이 네 개밖에 없다는 사실을 깨달았습니다.

맥도날드 씨가 말했습니다.

"내 손가락을 보고 있는 게냐? 그래, 맞다, 네 개뿐이지."

바비가 기어들어가는 듯한 목소리로 물었습니다.

"무슨 일이 있었나요?"

맥도날드 씨가 리오를 가리켰습니다.

"저 녀석이 먹었지. 못된 놈."

바비는 리오를 빤히 쳐다보았고, 리오는 이제 한쪽 눈을 조금 더 뜨고 바비를 마주보고 있는 것만 같았습니다.

"좋다. 지금이 시작하기 제일 좋은 때야. 이제 들어가서 아침을 줘라. 여기 이 고기 접시. 접시를 두 녀석 앞의 바닥에 놓아 줘. 무슨 일이 있어도 녀석들에게 등을 보이면 안 돼. 알아들었지?"

바비는 덜덜 떨리는 손으로 접시를 집어 들었습니다.

"제가 해야 하나요?"

"그럼. 네가 해야지. 사자한테 아침밥도 못 갖다 주면 견습생이 무슨 쓸모가 있겠느냐? 괜히 억지 부리지 마, 꼬마야!"

젤리처럼 후들거리는 다리로 바비는 우리를 향해 나아갔습니다. 두 손은 부들부들 떨리고, 심장은 거대한 증기 망치처럼 가슴속에서 미친 듯이 쿵쾅거렸습니다.

"겁먹은 모습을 들키면 안 돼. 잊지 마, 네가 대장이야."

맥도날드 씨가 뒤에서 중얼거렸습니다.

바비는 그릇을 내려놓았습니다. 리오는 이제 두 눈을 다 떴고, 리오나는 슬슬 잠에서 깨어나기 시작했습니다. 바비는 뒤로 한 걸음 물러나다가 그만…… 발이 걸려 넘어지고 말았습니다.

정신을 차리고 보니 바비는 등을 대고 누워 우리의 천장을 쳐다보고 있었습니다. 리오의 으르렁 소리에 바비는 벌떡 일어났습니다. 일어나 보니 어느 틈에 리오가 바로 앞에 서서 입을 쩍 벌리고 으르렁거리고 있었습니다.

맥도날드 씨가 말했습니다.

"앉으라고 해!"

바비가 소리쳤습니다.

"앉아! 앉아, 리오!"

잠시 사자는 혼란스러운 듯했지만 순순히 자리에 앉았습니다. 사자에게 등을 보이지 않고 뒷걸음질로 살금살금 움직여 바비는 무사히 우리에서 빠져나왔습니다.

"잘했다."

맥도날드 씨가 바비의 등을 토닥이며 칭찬해 주었습니다.

"타고난 사자 조련사로구나, 꼬마야! 성공할 가능성이 충분해. 최소한 50퍼센트, 아니 그보다 더 높을지도 모르지. 두고 보자꾸나."

8

며칠 후 공연 준비가 끝난 뒤, 의상 담당자가 바비를 자신의 트레일러로 불렀습니다. 의상 담당자는 바비에게 빨간 윗옷과 검은색 줄무늬 바지로 된 서커스 복장을 입히며 치수를 꼼꼼하게 쟀습니다. 윗도리는 지난번 견습생이 입던 옷이라고 의상 담당자는 덧붙였습니다.

"사자가 이빨로 뜯어 놓은 구멍을 내가 다 꿰맸어. 엄청나게 망쳐 놓았지 뭐니, 저 사자들이. 끔찍해. 옷을 얼마나 찢어 놨는지. 좋은 천을 다 망쳐 놨다니까."

바비는 새 단복을 차려입고 빛나는 모습으로 다른 서커스 단원들이 재주를 부리는 광경을 지켜보았습니다. 트레일러의 아이들은 매우 인상적이었습니다. 그들은 눈길을 사로잡는 반짝이는 은빛 공연복 차림이었고, 춤추는 다이아몬드 모양의 번쩍이는 빛이 천막 구석구석으로 퍼져 나갔습니다. 공중제비를 돌고, 옆으로 재주를 넘고, 철봉에 매달려 몸을 흔들고, 인간 피라미드를 쌓는 내내, 그들은 아무도 알아듣지 못하는 말로 서로를 큰 소리로 불렀습니다.

곧이어 말들이 나왔습니다. 깃털로 만든 머리 장식을 뽐내며 말들은 천천히 곡마장을 돌았고, 번쩍이는 금속 장식을 단 의상을 입은 여자들이 말에 올라 이제 곧 관중으로 가득 차게 될 빈 좌석들을 향해 손을 흔들었습니다.

그리고 뒤이어 재주 부리는 개, 루퍼스가 나와서 뒷발로 서서 한 바퀴를 돌고 불붙은 고리를 뛰어넘더니, 마지막에는 작은 피아노에 앉아 앞발로 〈시골 경마〉를 연주했습니다.

바비는 입을 떡 벌리고 이 모든 광경을 지켜보았습니다. 그는 흥분이 되었지만 마음 한구석은 두려움으로 서늘해졌습니다. 조만간 사자 우리의 빗장이 들리면 맥도날드 씨와 함께 우리 속으로 들어가 채찍을 들고, 사자들이 균형을 잡는 데 쓸 발판을 놓아야만 했으니까요. 바비는 사자들이 왜 이런 짓을 해야 하는지 이해가 되지 않았습니다. 한낱 인간의 즐거움을 위해 위대한 야생 동물들로 하여금 우스꽝스럽기 짝이 없는 재주를 부리도록 강요하는 게 도대체 무슨 의미가 있는 걸까요? 열 살 난 사내아이로 하여금 이 모든 일을 도와주도록 강요하는 게 도대체 무슨 의미가 있는 걸까요?

9

사람들이 속속 공연장에 도착했습니다. 천막 입구 자신의 자리에서 바비는 객석이 관중들로 가득 들어차는 모습을 물끄러미 지켜보았습니다. 다들 들떠서 재잘재잘 수다를 떨었고, 아이들은 부모님이 사 준 솜사탕과 설탕을 묻힌 사과를 맛있게 먹고 있었습니다. 바비는 부러움이 가득한 눈길로 그들을 지켜보았습니다. 그 누구도 그에게 설탕을 묻힌 사과를 사 준 적이 없었습니다. 그 누구도 그에게 무엇을 사 준 적이 없었습니다.

바비는 부모님이 있다는 건 어떤 느낌일까 궁금했습니다. 쇼가 끝나면 반짝이 옷을 입은 일곱 곡예사들과 함께 쓰는 트레일러가 아니라 자기 집과 자기 방으로 되돌아가고, 부모님 옆에 앉아 마음 놓고 이런 쇼를 즐긴다는 건 과연 어떤 느낌일까 궁금했습니다.

바비는 천막 건너편, 엄마 아빠 사이에 앉은 자기 또래의 사내아이를 쳐다보았습니다. 아버지는 아들에게 손으로 무언가를 가리키며 속닥였고, 사내아이는 열심히 귀를 기울였습니다. 두 사람은 곧 깔깔거리며 웃었습니다. 그들은 농담을 나누고 있었습니다. 내가 저 남자애라면. 바비는 속으로 생각했습니다. 내가 아닌 저 아이가 될 수만 있다면.

악단의 연주가 시작됐습니다. 서커스의 시작을 알리는 신호였고, 웅장한 퍼레이드의 등장과 함께 서커스 쇼의 막이 올랐습니다. 퍼레이드에는 반짝이는 곡예사들이 있었습니다. 껑충거리며 전진하는 말들이 있었습니다. 재주 부리는 개가 있었습니다. 부르릉대는 오토바이와 함께 등장한 죽음의 벽* 오토바이맨도 있었습니다. 울퉁불퉁한 근육과 튼튼한 팔을 자랑하는 공중곡예사도 있었습니다.

쏟아지는 관중들의 박수갈채 속에 단원들이 곡마장을 빙 돌며 인사하는 광경을 바비는 말없이 지켜보았습니다. 그때 바비는 멀지 않은 객석 끝에서 한 남자와 여자를 발견했습니다. 나를 쳐다보고 있잖아. 바비는 시선을 돌렸지만 다시 쳐다봤을 때, 그들의 눈은 여전히 자신에게 고정되어 있었습니다. 순간 남자가 자리에서 일어나 바비 쪽으로 다가왔습니다.

"기분이 몹시 안 좋아 보이는구나. 무슨 문제라도 있니?"

바비는 고개를 끄덕였습니다.

"네, 있어요."

---

*커다란 원통의 안쪽 벽을 오토바이로 달리는 구경거리

10

남자와 여자는 바비를 데리고 조용히 천막 밖으로 나왔습니다. 어둠 속에서 그들은 바비에게 이름을 물었습니다.

"저는 바비 박스라고 해요."

남자가 물었습니다.

"부모님은? 어머니나 아버지는 어디 계시냐?"

바비는 땅바닥을 내려다보았습니다.

"저는 어머니도 아버지도 없어요."

여자는 바비의 어깨를 부드럽게 어루만졌습니다.

"넌 여기서 뭘 하는 거야? 서커스단에서 일하니?"

바비는 자신이 사자 조련사 견습생이 된 사연을 들려주었습니다. 바비의 말을 들으며 여자는 남자를 흘깃 쳐다보았고, 두 사람은 깜짝 놀라 숨을 들이쉬었습니다.

"그게 사실이냐?"

바비가 이야기를 끝냈을 때, 남자가 물었습니다.

"전부 다 사실이에요."

"그럼 너는 우리와 함께 가자. 네가 싫으면 사자 조련사가 될 필요 없어! 그 누구도 억지로 사자 조련사를 시킬 수는 없는 법이지, 암."

남자의 부인이 고개를 끄덕이며 동의했습니다.

"말할 필요도 없어요. 가서 우리랑 살자. 우리가 너를 돌봐 주마."

바비는 머뭇거렸습니다.

"학교에도 다닐 수 있나요?"

남자가 대답했습니다.

"그럼. 다닐 수 있고말고. 우리 집 바로 옆에 좋은 학교가 있단다. 서류 작업만 끝나면 다음 주부터 다닐 수 있어."

그들은 천막을 떠났습니다. 서커스단을 뒤로 하며 바비는 자신의 어깨에 짊어진 무거운 고민의 짐을 벗어 버리는 듯한 기분이 들었습니다. 멀리서 나갈 준비를 하려고 사자들이 으르렁거리는 소리가 들려왔지만 바비는 눈곱만큼도 두렵지 않았습니다. 바비는 이제 더 이상 사자 조련사 견습생이 아니었고, 앞으로 두 번 다시 맞닥뜨릴 일이 없는 사자를 두려워할 이유는 없었으니까요.

11

남자와 여자는 바비가 지금껏 만난 사람들 중에 가장 친절했습니다. 사실 그동안은 세상에 친절한 사람들이 있다는 사실조차 몰랐습니다. 이제는 분명히 알았습니다. 그들은 바비를 집으로 데려갔습니다. 정원이 강까지 이어진 커다란 집이었습니다. 그들은 바비에게 푸짐한 저녁을 차려 주었고, 바비는 초콜릿 아이스크림까지 먹었습니다. 태어나서 처음으로 먹어 본 아이스크림이었습니다. 그는 초콜릿도 맛본 적이 없었습니다.

그런 다음 이제부터는 바비의 방이라고 말해 준 침실로 안내했습니다.

여자가 말했습니다.

"우리는 아이가 없단다. 이제 네가 우리에게 왔으니 너는 우리 아들이 되는 거야. 그렇게 해 주겠니?"

"당연하죠."

그 이튿날, 그들은 바비를 데리고 마을로 가서 새 옷을 사 주었습니다. 그런 다음 몇 가지 서류 작업을 마치기 위해 준비된 사무실로 갔습니다. 모든 일은 일사천리로 진행되었습니다. 검은 양복을 입은 남자가 바비에게 입양되고 싶은 생각이 있는지 물었습니다.

바비가 대답했습니다.

"물론이죠. 정말 고맙습니다."

남자가 말했습니다.

"앞으로 부모님에게 좋은 아들이 되겠느냐?"

"네. 좋은 아들이 되겠다고 약속할게요."

"착하구나. 이제 법적으로 아무런 문제가 없다. 모든 절차가 끝났어!"

12

바비는 무척 행복했습니다. 그는 이제 학교에 다녔고, 자신이 수학과 시, 미술, 역사, 화학과 축구를 뛰어나게 잘한다는 사실을 알았습니다. 어느새 친구도 많이 생겼고, 매일매일 연달아 열 번의 파티를 열어서 불행했던 10년간의 삶에서 놓친 생일 파티를 모두 보상받았습니다.

남자와 여자도 행복했습니다.

"우리는 항상 아들이 생기기를 바랐단다. 이제 네가 있으니 우리는 정말 복 받은 사람들이야."

바비가 대꾸했습니다.

"저야말로 행운아예요. 정말로 행운아예요."

13

여러분은 바비의 이야기를 이상하다고 여길지도 모르지만, 그렇지 않습니다. 장담컨대, 세상에는 바비 박스와 똑같이 별난 인생을 사는 사람들이 있습니다. 물론 그들 모두의 이야기가 이렇게 끝을 맺는 것은 아닙니다. 애석하게도 많은 이들에게 세상은 슬픔과 비탄의 장소이고, 단 한 번뿐인 인생을 살면서 몹쓸 일들을 겪게 된다는 건 참으로 불행한 일이 아닐 수 없습니다.

그렇지만 비록 그들의 인생은 꼬일지라도, 바비 박스가 그랬듯이 여전히 소원은 빌 수 있습니다. 그리고 그 소원은 바비가 그랬듯이 이루어질 때가 있을 것이며, 세상이 빛과 행복으로 가득하다고 느낄 때가 있을 것입니다. 그것은 충분히 가능한 일입니다. 그러니 결코 희망을 포기하지 마세요. 상황이 너무 나쁘니 좋아지는 일은 결코 없을 거라고 지레 포기하면 안 됩니다. 상황은 나아질 수 있고, 나아집니다. 그리고 남을 위해 무언가를 해 줄 수 있는 기회가 생기면 그 기회를 절대 놓치지 마세요. 손을 내밀어 그들을 도와주고, 용기를 주고, 눈물을 닦아 주세요. 남자와 여자가 바비 박스에게 그랬듯이 여러분도 손을 내밀어 주세요. 손을 내밀고 무슨 일이 생길지 지켜봐 주세요.

열두 살 난 난민 베이나가 식구들을 위해 요리를 하고 있다.
여인들과 아이들이 물을 기다리고 있다.　　사진 : 유엔난민기구 / H. 콕스

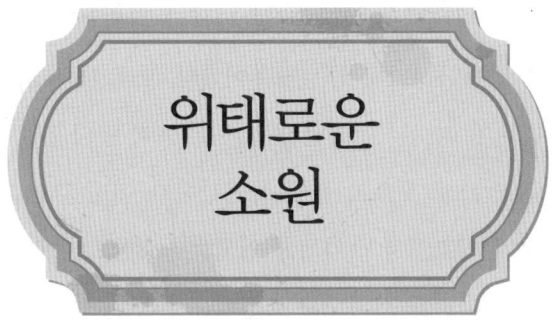

위태로운
소원

잔 뒤프라우

친구라고 불러도 괜찮을지 모르겠지만, 아무튼 펄의 친구들은 캔디, 비치, 파라, 아라벨라와 로네트가 있다. 4월의 토요일, 펄이 나중에 '위태로운 소원'이라고 이름 붙인 그 소원을 빌던 날, 그들은 모두 쇼핑몰에 있었다. 바깥 날씨가 쌀쌀해서 거대한 지하 쇼핑몰은 돌아다니기에 안성맞춤이었다. 오후 내내 넓은 통로를 휩쓸고 다니며 너도나도 진열창 앞으로 바짝 달라붙었다가, 좋아하는 상점 안으로 우르르 몰려 들어갔다가, 어떤 가방과 반지, 혹은 포스터가 최고인지 날카롭게 입씨름을 벌이고, 머리칼을 휘날리고 다리와 다리를 스치도록 쇼핑백을 흔들며 신 나게 돌아다녔다. 펄은 목을 따뜻하게 감싸 줄 보드라운 스카프를 원했고, 비치가 정말 근사하다고 칭찬한, 밝은 연둣빛의 적당한 스카프를 발견하자, 당장 집으로 오고 싶은 마음이 간절했다.

네 시 무렵, 그들은 와이Y 열차를 타고 아스팔트 지구 31동으로 돌아왔다. 엘리베이터 여덟 개 중의 두 개는 고장이어서 펄과 친구들, 그리고 다른 열두 명의 승객들은 너무 붐비지 않는 엘리베이터를 기다리며 20분 남짓 로비를 배회했다. 로비 문이 꽉 닫히지 않아서 문틈으로 들어온 바람에 모래와 종잇조각들이 이리저리 날렸다. 펄은 혹시 찢어진 연애편지나 테러리스트들의 메시지가 없나 싶어 종잇조각들을 유심히 살펴봤지만 늘 그렇듯 햄버거 포장지나 피자 가게 전단지들이 대부분이었다.

여자아이들(모두 열세 살이었다.)은 엉덩이를 부딪치며 돌아다니거나 서로를 주먹이나 손바닥으로 가볍게 치면서 깔깔거렸고, (펄은 빼고) 다들 쉴 새 없이 재잘재잘 수다를 떨었다.

"거짓말!" 하고 아라벨라가 목소리를 높이자, 캔디가 "아니야!"라고 맞받아치더니 깔깔거리며 아라벨라를 벽으로 마구 떠밀었다.

파라가 말했다.

"펄, 그 분홍색 핸드백 정말 괜찮지 않았어?"

무슨 핸드백을 말하는 건지 기억해 내려고 애를 쓰며 펄이 대꾸했다.

"응."

비치가 양손을 내밀며 소리쳤다.

"얘, 얘, 너희들 내 새 매니큐어 봤니? 네온 나이트라는 거야."

"예쁘다!"

파라였다.

"예쁘긴, 개뿔! 주황색이 너무 강하잖아!"

이번에는 로네트였다.

"넌 너무 무례해, 무례해, 무례해!"

비치가 로네트를 떠미는 통에 로네트는 쇼핑백을 세 개나 든 여자와 쾅하고 부딪쳤고, 그 여자가 왜 이러냐며 로네트에게 발칵 화를 내자, 커다란 사각턱을 쓰다듬고 있던 한 남자는 툭하면 엘리베이터가 고장 나고 시끄러운 애들이 벅적이는 이곳이 지긋지긋하다며 툴툴거렸다. 나는 시끄럽지 않은데, 라고 펄은 생각했지만 겉으로는 아무 말도 하지 않았다.

땡 소리와 함께 4번 엘리베이터 위쪽에 있는 상향 화살표에 불이 들어왔다. 일제히 엘리베이터 문으로 몰려들었고, 문이 열리자, 못해도 스무 명은 될 법한 사람들이 우르르 쏟아져 나왔다. 펄은 나오는 무리에 휩쓸리지 않으려고 요리조리 몸을 움직인 끝에 간신히 몸을 비집고 엘리베이터 안으로 들어갈 수 있었다. 펄은 58층을 누른 뒤 구석으로 들어갔고, 이어서 사람들이 꾸역꾸역 안으로 밀려들었다. 캔디는 펄의 발가락을 밟으며 바로 앞에 섰고, 부한 재킷을 입어서 평소보다 더 뚱뚱한 파라가 옆구리에서 펄을 밀어 댔다. 엘리베이터 안은 더웠고, 파라의 팬텀 치자나무 향수 냄새가 진동했다.

아스팔트 지구 31동에는 1,309명이 살았다. 물론 대부분은 펄이 모르는 사람들이었지만 같은 엘리베이터를 타기 때문에 낯익은 얼굴들도 꽤 많았다. 오늘은 어깨에 천사 문신을 한, 28층에 사는 키 큰 대머리 남자와 14층에 사는 나이지리아 인 가족, 그리고 보행 보조기를 가지고 다니는 59층의 할머니를 알아보았다. 학교 매점 주인인 폴락 부인도 있었고, 애들이 여덟 명인 노만 씨와 동그란 안경을 쓴 말 없는 여자, 깡마른 개를 데리고 나온 무뚝뚝한 여자, 양파 냄새를 풍기는 똥배 나온 남자도 보였다. 그들은 펄이 처음 보는 대여섯 명과 함께 엘리베이터 안으로 비집고 들어왔다.

펄과 친구들은 모두 같은 층에 사는 이웃이라 서로를 잘 알았다. 같은 층만 아니었다면 펄은 그들과 그렇게 어울려 다니지 않았을지도 모른다. 그들과 별로 공통점이 없었기 때문이다. 펄은 쇼핑을 좋아했다, 가끔은. 펄은 깔깔 웃고 장난치기를 좋아했다, 가끔은. 하지만 다른 여자아이들은 시도 때도 없이 그랬다. 그것이 친구들과 펄 사이의 가장 큰 차이점이었다. 펄은 되도록 그런 마음을 드러내지 않으려고 노력했다.

잘 가, 잘 가, 잘 가. 모두 작별인사를 나눴다. 내일 봐, 쇼핑몰에 또 가자! 아이스크림 먹으러 가자! 잊어먹으면 안 돼, 비치, 나 꼭 네온 나이트 빌려 줘. 파라, 다른 애들한테는 내가 한 말 비밀이다! 네 구두 안 빌려 주면 나 너 싫어할 거야, 로네트, 그러니까 잊지 마! 그들은 서로 다른 방향으로 뻗은 복도를 향해 우쭐거리며 걸어갔고, 각 복도에는 현관문들이 줄지어 서 있었다. 몇몇은 동쪽으로, 몇몇은 서쪽으로 향했고, 펄은 오른쪽으로 갔다가 다시 왼쪽으로, 이어서 다시 왼쪽으로 꺾어서 5819호에 다다랐다.

집 안으로 들어갔지만 남동생인 레이와 캠은 고개도 들지 않았다. 텔레비전에서는 로봇 만화가 한창이었다. 아기인 동생 테시는 바닥에 대고 빈 플라스틱 음료수병을 탕탕 두들겨 댔다. 부엌에서는 프라이팬에 대고 숟가락을 달그락거리는 소리와 함께 라디오 뉴스가 흘러나왔다. 펄은 부엌으로 들어가 식탁에 앉았다.

"왔구나."

돌아보지도 않고 엄마가 말했다.

"심부름 하나 해 줄래? 이 캔따개 좀 프랜 아주머니한테 돌려주고 오너라. 그 집에서 빌렸거든. 우리 건 망가졌어."

"네. 잠깐만 있다가 갈게요, 괜찮죠? 오렌지 주스 좀 마셔도 돼요?"

"그럼."

펄은 주스를 꺼내 라디오를 들으며 천천히 주스를 마셨다. 오늘, 지구 어딘가에서 90억 번째 인간이 태어날 예정이라고 아나운서가 전했다.

"우리는 예상보다 빠르게 그 놀라운 수치에 다다랐습니다. 전문가들은 2050년을 예상했습니다만, 2050년까지는 앞으로 60년이 더 남았습니다."

펄은 90억 명의 개념을 이해해 보려고 노력했다. 아스팔트 지구에는 31동과 같은 건물들이 쉰 채가 있었고, 그래이블야드 지구에 쉰 채, 하드팩 지구에도 쉰 채가 더 있었다. 더구나 이들은 도시 변두리에 위치한 건물들일 뿐이었다. 도심에는 무수히 많은 사람들이 살았다. 10억 명이 되려면 백만 명이 몇 번이나 있어야 하지? 언뜻 계산이 되지 않았다. 펄은 종종 머릿속에 파리 떼가 앵앵거리며 돌아다니는 것 같은 기분에 휩싸일 때가 있었다.

그럴 때마다 그 앵앵거리는 소음을 뭔가 흥미로운 생각으로 바꿔 줄, 어딘가 조용한 곳으로 떠날 때가 왔음을 펄은 잘 알았다.

펄은 같은 동에 사는 사람들의 일상을 주제로 이야기를 지어내기를 좋아했다. 이를테면, 천사 문신이 있는 그 남자는 밤마다 이 동에서 저 동으로 날아다니며 사건을 해결해 주고 소원을 들어주는, 변장한 천사일지도 모른다. 깡마른 개를 데리고 다니는 무뚝뚝한 여자는 자신의 아파트 안에 트란실바니아* 난민 열두 명을 숨겨두고 있는지도 모른다. 펄은 또한 "우리가 죽으면 무슨 일이 일어날까?"라든가 "갑자기 중력이 사라지면 어떻게 될까?"와 같은 거창한 질문들에 대해 곰곰이 생각해 보기를 좋아했다. 하지만 친구들이나 식구들이 옆에 있으면 이런 생각을 할 수가 없었다. 펄은 조용한 장소가 필요했다. 문제는 그런 장소를 찾기가 힘들다는 사실이다.

"교통정보입니다. 현재 에이치H 열차가 383번가와 지지ZZ 가 사이에 정차해 있습니다. 40분 가량 지연이 예상됩니다."

"물러서!"

텔레비전 만화에서 로봇이 외쳤다.

"삐릭, 삐릭, 저리 비켜!"

펄은 싱크대에서 캔 수프를 냄비에 쏟고 있는 엄마 옆에서 안경을 닦았다.

"자, 여기."

---

*현재는 루마니아에 편입된 유럽 동부에 있는 지역. 흡혈귀 전설로 유명하다.

엄마가 캔따개를 펄에게 건넸다.

"10분 있다가 저녁 먹자, 아니면 아버지 오시면 먹던가."

프랜 아주머니는 5804호에 살았고, 캔디의 엄마였다. 펄이 초인종을 누르자 캔디가 나왔다.

"이거 너희 엄마 드려."

펄이 캔따개를 내밀며 말했다. 캔디의 여동생 둘이 무언가를 놓고 큰 소리로 다투는 소리가 들렸다.

캔디가 말했다.

"저녁 먹고 만날래? 지하 5호실로 내려가자."

31동의 지하 5호실에는 탁구대가 두 대 있고, 비디오 게임기가 여덟 개, 그리고 스케이트를 탈 수 있는 콘크리트 경사로가 갖춰져 있었다.

펄이 대답했다.

"아니. 숙제해야 돼."

이 말은 맞기도 하고 틀리기도 했다. 펄은 숙제가 있었지만 저녁 먹고 할 생각은 아니었다.

캔디가 말했다.

"너무 답답하게 굴지 마!"

"꼭 해야 되는 숙제야."

저녁 식탁에서 레이는 브로콜리를 먹으면서 호들갑을 떨었고, 캠은 커다란 목소리로 어제 본 탱크 전쟁 에피소드의 줄거리를 쉴 새 없이 떠들어 댔고, 아기는 식탁에다 포도 주스를 쏟아서 양탄자 위로 뚝뚝 떨어지는 바람에 엄마가 허둥지둥 물걸레를 가져다가 닦아 내는 등 그야말로 난리법석이 따로 없었다. 뒤에서는 라디오가 최근의 허리케인의 유형에 대해 설명했다.

펄은 서둘러 저녁을 먹고 포크를 내려놓았다. 엄마는 아직도 부엌에서 양탄자를 닦고 있었다.

"캔디가 지하방에서 만나재요."

펄은 아버지에게 이렇게 말했고, 그 말은 거짓말이 아니었다.

아버지가 대답했다.

"그래. 재미있게 놀아라."

펄은 현관문으로 나가다 힐긋 눈치를 살피며, 의자에 걸쳐 두었던 윗옷과 새로 산 스카프를 휙 낚아챘다. 펄은 복도를 걸어 왼쪽으로 돌았다가 오른쪽으로, 다시 왼쪽으로 돌아서 5820호, 5821호, 5822호, 그리고 저녁을 먹고, 텔레비전 쇼를 보고, 말다툼을 하고, 농담을 하며 깔깔 웃거나 세상일로 열띤 토론을 벌이고 있는, 아는 집과 모르는 집들을 모두 지나 엘리베이터에 다다라 상향 버튼을 눌렀다. 오륙 분 뒤 엘리베이터가 도착했다. 문이 열리고 엘리베이터에 탔지만 막 동쪽 모퉁이를 돌아 캔디와 로네트, 그리고 아라벨라가 다가오는 모습은 미처 보지 못했다.

하지만 세 사람은 펄을 보았다.

"어, 저기!"

펄이 엘리베이터 안으로 들어가고 문이 닫히는 모습을 보고 캔디가 손짓을 했다.

"결국 지하로 내려가네. 숙제한다고 하더니."

"엘리베이터가 위로 가는데?"

아라벨라가 위쪽에 불이 들어온 화살표를 가리켰다.

"왜 위로 가지? 위에는 지붕밖에 없는데."

캔디가 말했다.

"지붕은 따분해."

건물 남쪽에서 비치와 파라가 나타났다.

캔디가 말했다.

"펄이 지붕으로 올라갔어."

아라벨라가 말했다.

"아닐 수도 있어. 59층이나 60층에 사는 사람을 만나러 갔을지도 모르잖아."

로네트가 말했다.

"혹시 위층에 괜찮은 남자애가 사는데 우리한테 숨기는 거 아니야?"

비치가 소리쳤다.

"이기적이야!"

파라가 소리쳤다.

"펄 정말 싫어!"

"위로 올라가자! 펄을 찾아보자! 빨리!"

캔디가 위로 올라가는 버튼을 꾹 눌렀고, 엘리베이터가 올라갔다가 다시 내려오는 동안 그들은 춤 스텝과 응원 동작을 연습하며 기다렸다.

그때 펄은 건물 맨 꼭대기 층에 도착해 있었고, 정확히 말하면 61층이었지만 따로 층수는 적혀 있지 않았다. 61층은 에어컨 시설이 놓여 있고, 대형 진공청소기와 양탄자 스팀 청소기와 연장들을 두는 공간이었다. 복도 끝에는 계단으로 통하는 문이 있었다. 그 문에는 '출입금지'라고 쓰여 있었지만 잠겨 있지는 않았다. 펄은 문을 열고 안으로 들어갔다. 딸칵하고 전등 스위치를 켜자 침침한 형광등 불이 작은 방을 밝혔다. 펄에게 그 불빛은 언제나 평화로운 감정의 시작을 의미했다. 오른쪽으로는 축구선수 몸집만 한 초록색 쓰레기통들이 놓여 있고, 왼쪽으로는 계단이 나 있는데, 펄은 그 계단을 타고 올라갔다. 계단 맨 위에는 또 다른 문이 있었다. 그 문에는 간단히 '지붕'이라고 쓰여 있었다. 펄은 문을 열고 새로 산 스카프를 안쪽 문고리에 매듭을 지어 묶고, 다시 반대쪽 끝을 바깥쪽 문고리에 묶었다. 이렇게 해 두면 스카프가 문 가장자리를 감싸서 저절로 문이 닫히는 걸 막아 주었다. 안에서 잠기는 문이었고, 펄은 참 바보 같은 짓이라고 생각했다. 도둑들이 60층 건물의 외벽을 타고 들어와서 안으로 침입하기라도 한단 말인가.

펄은 지붕 위로 발을 내딛었다. 지붕은 타르 지를 바른 뒤 자갈을 덮어 놓은 넓은 공간으로, 앉기도 불편하고, 여기저기 짧은 파이프들이 삐죽삐죽 솟아 있는데다가, 하얀 새똥 얼룩까지 있어서 썩 보기 좋은 곳은 아니었다. 뛰어내려 자살하는 사람들을 막기 위해 지붕 가장자리를 따라 수직으로 막대를 세워 높다란 난간을 만들어 놓았다. 여름이면 귀에 거슬리는 숨소리 같은 소음을 내뱉는 기계들이 들어 있는 커다란 직사각형 모양의 구조물도 두 개 있었다. 지붕에서는 할 만한 일이 전혀 없었다. 이곳에는 아무도 오지 않았고, 그래서 펄은 지붕이 좋았다.

펄은 지붕 끄트머리로 다가가 난간 사이로 드넓게 펼쳐진 풍경을 내다보았다. 자신이 사는 건물처럼 우뚝 솟은 직사각형 모양의 거대한 건물들 너머로 점점 더 많은 건물들이 펼쳐져 있었고, 구불구불한 은빛 철사 같은 강줄기와 저 멀리 도시 중심부의 높고도 빽빽한 마천루들까지 한눈에 들어왔다. 아래쪽으로는 고속도로가 곡선을 그리며 교차했고, 너무 높이 떨어져 있어서 잘 분간은 안 되지만, 꽉 막힌 동맥을 뚫고 조금씩 움직이는 혈구들처럼 고속도로를 지나가는 차들의 움직임을 볼 수 있었다.

이 모든 것들 위로는 하늘이 있었다. 땅에서 보는 하늘과는 사뭇 다른 하늘이었다. 땅에서 보는 하늘은 끄트머리가 조각조각 잘려 나가 작고도 멀어서, 왠지 슬퍼 보이기까지 했다. 지붕 위에서 보는 하늘은 지구의 광대함을 떠올리게 했으며, 더 나아가서는 위대한 우주의 광대함을 떠올리게 했다. 이 하늘은 펄이 마음껏 마음의 나래를 펼칠 수 있을 만큼 드넓은 유일한 공간이자, 마음껏 상상력을 발휘하기에 안성맞춤인 고요하고도 텅 비어 있는 유일한 공간이었다. 가끔씩이라도 여기에 오지 않으면 펄은 머릿속이 앵앵거리는 파리 떼로 가득 차는 느낌이었다. 펄은 이런 자신이 좀 괴상하다는 걸 잘 알았다. 펄은 공감을 느끼는 사람이 아무도 없었고, 항상 사람들에게 둘러싸여 있지만 종종 외로움을 느꼈다.

지금 이 순간, 하늘 끝자락은 잿빛과 분홍빛으로 얼룩져 있고, 머리 위로 보이는 우묵한 하늘은 거꾸로 뒤집힌 깊고 깊은 호수처럼 짙은 파란색이었다.(펄은 한번도 호수를 본 적이 없었지만 왠지 그럴 것 같았다.) 별 서너 개가 반짝였다. 펄은 가만히 별들을 바라보며 별들과 지구 사이의 거리를 가늠해 보려고 했지만, 그것은 90억 명의 인구를 상상하는 일보다 훨씬 더 불가능했다. 펄은 문득 궁금해졌다. 저 별들 중에 행성을 가진 별들이 있을까. 지구가 포화상태가 되면 인간은 다른 행성으로 가야 하나.

펄은 차가운 공기를 길게 들이마셨다. 그때 왈칵 지붕 문이 열리더니 캔디가 카랑카랑한 목소리로 외쳤다.

"여기 있잖아! 그럴 줄 알았다니까!"

그러더니 사방에서 한꺼번에 목소리들이 튀어나왔다. 너 올라왔지? 우리가 봤어! 너 왜 이 위에 있는 거야? 너무 따분해! 추워!

파라는 네가 59층에서 귀여운 남자애를 찾아냈다는 거야! 하, 지금 장난해, 이 건물을 통틀어서 귀여운 남자애는 눈을 씻고 찾아봐도 없다니까!

아라벨라가 펄의 재킷 소맷자락을 잡아당겼다.

"59층에 사는 에이미 알지? 엘리베이터에서 만났어. 방금 새 영화를 샀대! 걔네 집으로 영화 보러 갈 거야!"

"제목이 '크리스털 키스'야!"

"라이몬 배리가 나와!"

"리사 필도!"

"가자, 가자, 영화 보면서 발톱 칠하면 되겠다!"

"얼른!"

"너 왜 그래?"

"가자니까!"

펄은 화산의 용암처럼 마음속에 분노가 부글부글 끓어올랐고, 아무리 참아 보려고 해도 도저히 불가능했다. 순간 자기도 모르게 입 밖으로 진심이 와르르 터져 나왔다.

"가기 싫어! 나는, 가기, 싫다고!"

펄은 목청을 높였고, 순간 결정적인 말이 불쑥 튀어나왔다.

"제발 나 좀 혼자 내버려 두면 좋겠어!"

아이들은 입을 다물었다. 순간 사방이 고요해졌다. 펄이 이런 식으로 쏘아붙이기는 이번이 처음이었다. 모두 얼떨떨한 상태였다.

맨 처음 정신을 차린 사람은 캔디였다.

"좋아! 우리도 너 싫어!"

캔디는 몸을 휙 돌려 문으로 향했고, 다른 아이들도 뒤를 따랐다.

로네트가 어깨 너머로 고개를 돌렸다.

"재미있게 놀아! 우리 찾으러 오지 말고!"

마지막으로 비치가 문밖으로 나갔다.

"스카프 예쁜데."

비치가 문고리에서 스카프를 휙 빼내며 비아냥댔다. 그러고는 자기 목에 스카프를 둘렀다.

"잠깐!"

펄이 소리쳤지만 비치는 스카프 끝자락을 탁 털며 문밖으로 나가 버렸고, 이내 문이 닫혔다.

그리고 문은 잠겼다.

펄은 달려가 문을 쾅쾅 두드렸지만 아무도 오지 않았다.

잠시, 펄은 잠긴 문을 마주하고 주먹을 쥔 채 가만히 서 있었다. 심장이 쿵쾅쿵쾅 뛰었다. 펄은 몇 번 심호흡을 하고 뒤로 물러섰다. 펄은 지붕 위에 홀로 버려진 게 뭐 어떠냐고 중얼거렸다. 어차피 여기에 있고 싶었으니까. 좋은 말로 전하지는 못했지만, 펄은 혼자 있고 싶다고 자기 입으로 말했다. 어차피 누군가는 데리러 오겠지. 아빠는 캔디와 함께 지하로 간다고 했던 말을 기억해 낼 테고, 아빠가 내려가서 캔디를 찾으면 캔디가 다 말해 줄 테니까. 그런데 잠깐. 캔디는 지하에 있을 리가 없으니 아빠는 캔디를 찾지 못할 거다. 캔디는 에이미네 집에 있을 텐데. 오, 이런! 조만간 친구들 중 한 사람이라도 와서 열어 주겠지. 날 좀 내버려 두라고 소리를 지르긴 했지만 그들이 아직도 친구라면. 소리를 지르지 말았어야 했을까. 어쩌면 그 벌로 홀로 버려진 건지도 몰랐다. 펄은 무시무시한 방법으로 소원을 이룬 동화속 주인공 가운데 한 사람이 된 기분이었다.

어쨌든 적어도 얼마 동안은 지붕에 갇혀 있어야 했고, 당장은 뾰족한 해결책이 없었다. 그래서 펄은 차라리 고립을 즐기기로 마음먹었고, 처음에는 그랬다. 펄은 사방의 경치를 감상하다가 일몰과 함께 서쪽 하늘에서 타오르던 주황빛이 차츰 흐릿한 복숭앗빛으로 사그라지는 광경을 지켜보았다. 저쪽 어딘가, 멀고 먼 어딘가에 도시의 경계선이 있었다. 펄은 머릿속으로 '도시경계고속도로'라고 불리는, 도시를 에워싸고 달리는 도로를 그려보았다. 한쪽은 빌딩들과 포장도로로 가득하지만, 그 반대쪽은 풀밭과 노란 꽃들로 가득한 도로. 펄의 마음속에 그 길이 훤히 그려졌다. 풀밭 옆에는 앉아서 생각하기 좋은 벤치들이 있었다. 아니면 책을 읽거나. 아니면 노래를 지어내거나. 비둘기나 까마귀가 아닌, 다른 새들도 보였다.

몇 분 뒤, 태양이 지평선 뒤로 넘어가며 멀리 흐릿하게 바랜 빛으로만 남게 되자, 스카프를 두르지 않은 펄의 맨 목에 쌀쌀한 기운이 느껴지기 시작했다. 태양이 완전히 자취를 감추자, 잔잔하지만 날카로운 바람이 차오르며 목뿐 아니라 온몸이 추워지기 시작했다. 지붕은 어둠의 들판으로 바뀌었다. 보통 펄의 상상력은 친구처럼 다정했지만, 지금은 완전히 돌변해서 그녀에게 닥칠 법한 나쁜 일들을 보여주기 시작했다. 펄은 얼어 죽을 수도 있다. 굴뚝에 걸려 넘어져 다리가 부러질 수도 있다. 데굴데굴 굴러서 난간에 부딪쳤는데, 난간이 추락해 60층 밑으로 떨어질 수도 있다.

지붕에서 내려갈 방법을 찾아내야만 한다. 이제 곧 두려움이 닥쳐올 것임을 잘 알기 때문이다.

5819호에서는 펄의 엄마가 후식으로 초콜릿 푸딩을 내왔다.
"펄은 어딨죠?"
펄의 아버지가 말했다.
"친구들이랑 지하로 내려갔어."
"아, 그래요. 자, 테시, 푸딩 좀 먹으렴, 머리에 묻히지 않게 조심하고."

5922호에서는 여섯 소녀가 양탄자 위에 앉아 전자레인지에 돌린 팝콘을 먹으며 라이몬 배리의 사파이어 빛 눈동자에 매혹된 채 〈크리스털 키스〉를 보는 중이었다. 라이몬 배리가 리사 펄의 어깨에 한 손을 두르더니 가까이 끌어당겼다. 이 영화보다 지붕에서 돌아다니는 게 더 좋다니 펄은 참 알다가도 모를 애라는 생각이 잠깐 캔디의 머릿속을 스치고 지나갔다. 정말 희한한 애라고 생각했지만 이내 펄 생각은 까맣게 잊었고, 그건 다른 친구들도 마찬가지였다.

펄은 발을 쿵쿵 구르고 소리를 질러보기로 했다. 펄은 자신이 서 있는 지붕이 누군가의 아파트 천장이 아니라는 사실을 알고 있었다. 이 지붕은 관리실과 통풍구, 배수관과 쓰레기통뿐인 꼭대기 층 바로 위에 있었다. 그래도 고래고래 소리를 지르면 그 아래 층까지 소리가 전달돼서 누군가 자신의 목소리를 듣게 될지도 모르는 일이었다.

펄은 있는 힘껏 쿵쿵 발을 구르고, 앞뒤로 지붕 위를 가로지르며 목청껏 소리를 질렀다.

"도와주세요! 도와주세요! 도와주세요!"

그런 다음 다가닥다가닥 말소리를 내며 빠르게 뛰어다니다가 줄줄이 늘어선 벌레들을 발로 짓밟는 것처럼 쿵, 쿵, 쿵, 쿵, 양발로 펄쩍펄쩍 뛰었다.

아무도 오지 않았다.

보행 보조기를 가지고 다니는 할머니가 멀리서 탕탕거리는 소리를 듣고 난방관에 문제가 생겼다고 불평을 하려고 건물 관리 주임에게 전화를 걸었다. 하지만 수화기 너머에서는 으레 그렇듯 녹음된 목소리만 흘러나왔다.

"관리 주임의 근무 시간은 월요일부터 금요일, 오전 아홉 시부터 오후 다섯 시까지입니다. 삐 소리 후에 메시지를 남겨 주세요."

5819호에서는 저녁식사가 끝났고 설거지까지 마쳤다.
펄의 엄마가 물었다.
"펄이 오늘밤에 숙제가 있다고 하지 않았나요?"
펄의 아버지가 대답했다.
"모르지."
"지하에 너무 오래 있네. 그 친구들하고 너무 오랫동안 어울려 다니면 안 되는데."
"내가 데려올게. 지하 몇 호지?"
아스팔트 지구 31동에는 지하방이 열여덟 개였다.
펄의 엄마가 대답했다.
"주로 5호로 가요."
펄의 아버지는 문밖으로 나가 복도를 지나 엘리베이터 앞에 도착했고, 하행 버튼을 눌렀다. 일곱 시 반에 엘리베이터가 왔고, 엘리베이터에 올라탔다.
8분 뒤, 지하 5호실에 도착했지만 여자애들은 보이지 않았고,

안에는 소파에서 잠이 든 나이 든 남자 한 명과 포켓볼을 치는 사내아이 둘밖에 없었다.

"너희 또랜데, 짧은 갈색 머리에 초록색 티셔츠 입은 여자애 못 봤어?"

사내아이들은 고개를 젓고는 도로 포켓볼을 쳤고, 펄의 아버지는 캔디라는 여자애가 몇 호에 사는지 기억해 보려고 애를 쓰며 다시 엘리베이터 버튼을 눌렀다.

아무리 소란을 떨어도 소용이 없었다. 다른 수를 생각해야만 했다. 펄은 다시 잠긴 문으로 가서 벌벌 떨며 몸을 기댔다. 정면에 어렴풋하게, 요란한 소리를 내는 기계류가 담긴 박스처럼 생긴 구조물이 보였다. 어쩌면 저것을 통해 지붕에서 빠져나갈 방법을 찾아낼 수 있을지도 모른다. 안으로 들어가 통풍구를 통해 꿈틀꿈틀 기어 나가면 될지도 모른다. 영화에서 본 적이 있었다. 남자들이 주르륵 파이프를 타고 내려가 슬라이딩으로 머리부터 떨어지는 장면.

펄은 발이 걸려서 넘어지지 않게 천천히 어둠 속으로 걸어 나와 더듬더듬 구조물의 벽을 따라 걸음을 옮겼고, 마침내 낮은 문 하나를 발견했다. 문은 잠겨 있지 않았다. 펄은 문을 열고 허리를 굽힌 채 기름 냄새가 진동하는, 차갑고 끈끈한 칠흑같이 새까만 공간 속으로 조심스럽게 한 걸음 들어섰다. 희미하게 또 다른 냄새가 풍겨왔다. 이게 무슨 냄새지? 펄은 코를 킁킁거리며 그대로 섰다. 왼발 옆에서 무언가가 움직였다. 바스락 소리와 함께 잽싸게 후다닥. 꺅 하는 비명과 함께 펄은 뒤로 펄쩍 뛰었다. 쥐똥, 바로 그 냄새였다. 펄은 문을 쾅 닫고 비틀거리며 물러섰다. 끔찍해, 끔찍해! 지붕 위에 사는 쥐들, 쥐들은 밤에 나온다! 펄은 벌벌 떨었다. 속이 울렁거렸다.

펄은 다시 건물 가장자리로 걸음을 옮겨 한 손으로 난간을 붙잡았다. 생각하자. 펄은 혼잣말로 중얼거렸다. 침착하게 생각을 하자. 펄은 여자아이 모양을 한 얼음 덩어리로 꽁꽁 얼어 버리기 일보직전이었다. 누군가의 관심을 끌어야만 했다. 한쪽 벽으로 물건을 떨어뜨리면 밑에서 지나가던 사람이 알아챌까? 종이와 연필이 있다면 쪽지를 남길 수 있을 텐데.

"도와주세요! 아스팔트 지구 31동 지붕 위에 갇혔어요!"

그 쪽지를 양말 한쪽에 넣어서 주머니에서 꺼낸 립글로스와 동전 몇 개로 무게를 늘린 다음, 베란다 선반이나 깃대가 아닌 길바닥에 떨어지길 기도하며 난간 위로 휙 던져 보면 어떨까. 그렇지만 설령 길바닥으로 떨어뜨리는 데 성공한다고 해도 누가 돌돌 말린 양말에 신경이나 쓸까? 누군가 창문 밖으로 던져 버린 양말인 줄 알겠지. 사람들은 항상 이것저것 창밖으로 잘 던졌다.

어차피 펄에게는 종이는커녕 연필도 없었다.

펄의 아버지는 캔디네 집을 기억해 내지 못했고, 집으로 돌아와 부인에게 물었더니 5804호라고 알려 주었다. 그는 5804호로 가서 초인종을 눌렀다. 캔디의 언니인 민디가 나왔다. 민디는 외출 준비를 하는 중이었고, 한쪽 눈에만 자주색 아이섀도를 바른 상태로 펄은 물론 캔디도 없고, 어디에 갔는지도 모른다고 대답했다.

펄의 아버지가 말했다.

"너희 어머니는 아실지 모르겠다."

민디가 외쳤다.

"엄마, 캔디 어딨어?"

캔디의 엄마가 큰 소리로 대꾸했다.

"지하 5호실!"

펄의 아버지가 말했다.

"아니. 내가 가 봤다. 거기 없던데."

민디가 다시 엄마에게 소리쳤다.

"거기 없대!"

"그럼 지하 다른 방에 있겠지. 항상 거기 어디서 노니까."

민디는 빙그레 웃고는 어깨를 으쓱했다. 민디는 문을 닫고 다시 거울로 돌아갔다.

펄의 아버지는 무겁게 걸음을 옮겼다. 캔디는 항상 지하에 내려가 있을지 몰라도 펄은 아니었다. 그는 조금 걱정이 되기 시작했다.

어둠 속 저편에서 무언가 후다닥 움직였다. 이크! 쥐였나? 펄은 펄쩍 뛰어올랐다가 주위를 살피며 귀를 쫑긋 세운 채 뒤로 몇 걸음 달아났다. 바람에 머리칼이 휘날렸다. 그밖에는 아무런 움직임도 없었다. 무언가 다리를 스르륵 스치고 지나갔고, 펄은 소스라치게 놀라며 옆으로 펄쩍 뛰었지만 손으로 다리를 찰싹 쳐 보니 깃털이었다.

펄은 쥐 생각을 떨쳐 내고 오로지 자신을 구해 낼 길이 무엇인지에만 생각을 집중했다. 60층에는 사람들이 있다. 지금으로선 그 사람들이 가장 가까이에 있다. 그들 중 한 사람에게 자신이 여기에 있다는 사실을 알려야 한다.

펄은 계산을 했다. 바로 아래층의 설비 층은 높이가 3미터쯤 된다. 60층은 그 밑에서 시작될 거다. 아파트마다 키 큰 창문이 네 개씩 있다. 어떻게 하면 그 창문들 중 하나에 다다라 창문을 두드릴 수 있을까? 펄은 난간을 타고 올라가서 난간의 반대쪽 면을 타고 내려가야만 한다. 300미터 높이에 대롱대롱 매달려 왼손으로 난간의 쇠막대를 붙잡고 어떻게든 3미터 밑의 창문을 탕탕 쳐야만 한다. 이렇게 하기 위해서는 한쪽 끝에 돌덩이처럼 무거운 물건이 달린 3미터 길이의 밧줄이 필요하다.

펄은 3미터짜리 밧줄이 없었고, 돌덩이도 없었으며, 난간을 타고 내려가 건물 벽에 매달릴 용기도 없었다. 생각만 해도 손바닥에 식은땀이 배어 나왔다. 하지만 상상이 허사로만 끝난 건 아니었다. 다만 몇 가지 조정이 필요했다.

난간의 막대는 간격이 대략 10센티미터씩이었다. 작은 개나 고양이라면 그 사이로 들어갈 수 있지만 사람은 불가능했다. 펄은 막대 사이에 얼굴을 대고 밑을 내려다보았다. 한참 밑의 작은 가로등까지가 아니라, 바로 아래 60층의 창턱을 살폈다. 밑으로 좁은 콘크리트 선반 세 개가 보였는데, 창문 안쪽에서 새어나온 불빛 덕분에 알아볼 수 있었다. 창문에서 불빛이 나온다는 것은 안에 사람이 있다는 뜻이다. 바로 저 밑에 펄을 구해 줄 수 있는 사람이 있었다.

팔이 3미터라면 얼마나 좋을까. 그럼 일이 쉬울 텐데. 그냥 난간 쇠막대 사이로 손을 쓱 내밀고 길고긴 팔을 축 늘어뜨린 다음 유리창 문을 똑똑 두드리면 될 테니까. 펄에게는 당연히 그런 팔이 없었지만, 그런 상상을 하다 보니 퍼뜩 좋은 수가 떠올랐다.

펄은 주저앉았다. 자갈이 바지를 입은 엉덩이를 쿡쿡 찔렀다. 펄은 오른발 부츠의 끈을 풀어서 부츠를 벗은 다음 구멍에서 신발 끈을 빼냈다. 신발 끈은 60센티미터쯤 되었다. 펄은 반대쪽 부츠도 똑같이 했다. 양쪽 신발 끈을 함께 묶자, 120센티미터쯤 되는 줄이 생겼지만 그 정도로는 턱도 없었다. 펄은 양말을 벗었다. 무릎 양말이라서 쫙 펴면 양말 한 짝이 30센티미터쯤 되었다. 양말 두 짝을 신발 끈에 연결시키면 펄의 밧줄은 대략 2미터 정도가 된다. 여전히 짧았다.

펄은 재킷을 벗었다. 바람이 살 속을 파고들었지만 마음을 단단히 먹었다. 노력 끝에 펄은 재킷의 한쪽 소매를 양말 끝에 묶었다. 한쪽 소매에서 반대쪽 소매까지, 펄의 재킷은 대략 120센티미터쯤 되었다. 펄의 밧줄은 이제 이런 모양이었다. 재킷, 양말, 양말, 신발 끈, 신발 끈. 그 정도면 충분히 긴 것 같았다. 펄은 마지막 신발 끈을 부츠의 구멍에 끼워서 최대한 단단하게 매듭을 지었다.

완성. 맨발인 탓에 발가락은 추위로 곱을 지경이었다.

펄은 부츠를 난간 쇠막대 사이로 밀어 넣고 불이 켜진 창문 위쪽이 맞는지 확인한 다음, 조심스럽게, 아주 조심스럽게 자신이 만든 밧줄을 내리기 시작했다. 이마를 난간에 바짝 들이대고, 부츠가 창문이 시작된다고 여겨지는 지점 바로 위에 다다를 때까지 눈을 떼지 않았다. 아직 더 내려가야 한다. 이러다간 유리가 아닌 건물 벽에 쾅하고 부딪칠 테고, 안에 있는 사람은 그 소리를 들을 수 없다. 앞으로 15센티미터만 더, 그러면 된다.

그리고 펄은 해냈다. 펄의 팔은 짧았지만 펄이 만든 밧줄은 충분히 길었다. 펄은 밧줄을 쇠막대 사이에 넣은 뒤 어깨를 난간에 바짝 붙이고, 차가운 쇠막대가 얼굴에 닿을 때까지 밧줄을 밑으로 쭉 내렸다. 그런 다음 팔을 바깥쪽으로 세차게 흔들었다가 밧줄 끝에 매달린 부츠가 건물 바깥쪽으로 흔들리는 것을 느끼자, 곧바로 밧줄을 끌어당겼다.

쾅.

부츠 굽이 유리에 닿는 소리가 들렸다.

펄은 몇 번이고 같은 행동을 되풀이했다. 쾅. 쾅. 쾅.

마침내 끼익하고 창문을 여는 소리가 나더니 짜증스런 목소리가 들려왔다.

"거기 밖에 뭐야?"

펄은 온 힘을 다해 외쳤다.

"도와주세요! 지붕에 있어요! 내려갈 수가 없어요! 저는 펄이에요, 내려갈 수가 없어요, 제발 도와주세요!"

* * *

펄의 아버지가 부엌으로 들어왔을 때, 레이와 캠은 아이스크림을 먹고 있었고, 아기는 식탁 다리에 대고 숟가락을 탕탕 치고 있었다.

"못 찾겠어. 누나가 어디 갔는지 알아?"

그들은 모른다고 대답했다.

침실로 들어갔더니, 펄의 엄마는 수건을 접어 눈에다 얹은 채 잠들어 있었다. 아직은 부인을 깨우지 않기로 했다. 부인은 심한 두통을 앓고 있었다. 다시 한 번 지하로 내려가 보기로 했다. 이번에는 방마다 가 볼 생각이었다.

5922호에서는 영화가 막바지에 이르렀다. 라이몬 배리는 리사 필과 입을 맞추었고, 그들은 이제 손을 맞잡고 눈부시게 아름다운 일몰을 배경으로 바닷가의 아름다운 거리를 한가로이 거니는 중이었다.

아라벨라가 말했다.

"정말 아름답다."

로네트가 말했다.

"저 여자가 나라면."

라이몬과 리사가 손을 꼭 잡고 타오르는 저녁 하늘을 배경으로 실루엣을 그리며 기나긴 포옹을 나누는 장면을 지켜보며 그들은 한숨을 포옥 내쉬었다.

캔디가 말했다.

"저런 영화를 놓쳤으니 펄은 후회하게 될 거야."

비치가 물었다.

"영화가 얼마나 좋았는지 가서 말해 줄까?"

파라가 말했다.

"아니면 우리한테 소리를 질렀으니까 계속 미워할까?"

그들은 더 이상 펄을 미워하지 않기로 결론을 내렸고, 영화의 엔딩 크레디트까지 다 보고 나서 우르르 5819호로 내려오다가 막 문밖으로 나서는 펄의 아버지와 맞닥뜨렸다.

그들을 보고 펄의 아버지가 소리쳤다.

"아하! 그런데 펄은 어딨지? 너희들이랑 같이 있는 줄 알았는데."

캔디가 말했다.

"아뇨. 우리더러 혼자 있게 내버려 두라고 했어요."

캔디가 눈을 굴렸다.

"집에 없어요?"

"없는데."

그들은 그 자리에 서서 서로를 쳐다보았다.

복도 아래쪽 모퉁이를 두 번 돌아간 곳에서 엘리베이터 문이 열렸고, 동그란 안경을 쓰고 회색 스웨터에 헐렁헐렁한 파란색 코르덴 치마를 입은 한 중년 부인과 펄이 내렸다. 펄은 어깨에 두꺼운 하늘색 담요를 두르고 있었다. 자신의 집이 있는 복도에 다다르자 펄은 달리기 시작했다.

"아빠!"

펄이 외쳤다. 담요가 펄럭펄럭 움직였다.

모두 펄을 빤히 쳐다보았다.

"지붕 위에 갇혔어요!"

펄이 그들 앞에 멈춰 서며 말했다.

캔디가 물었다.

"갇혔다고?"

"그 문은 안에서 잠겨. 너희들이 문을 잠갔어."

"우린 안 그랬어."

아라벨라가 맞받아쳤지만 자신 없는 표정이었다.

로네트가 말했다.

"우리는 그럴 생각이 아니었어!"

비치가 말했다.

"우리는 몰랐어."

펄은 비치를 쏘아보았다.

"내 스카프 돌려 줘."

그때 안경을 쓴 부인이 펄의 아버지에게 큰 소리로 말했다.

"저는 마가렛 골업이라고 합니다. 6033호에 살지요. 댁의 흥미로운 따님이 제 눈길을 끌었습니다."

나중에 안 사실이지만, 펄은 여러 가지 의미로 스스로를 구해 냈다. 마가렛 골업은 대부분의 시간을 컴퓨터 앞에서 보내며 지난 7년간 작업해 온 소설을 마무리 중인 작가였다. 무언가가 창문을 쾅하고 때리는 소리에 그녀는 창문을 열었고, 도움을 청하는 목소리를 듣고 황급히 지붕으로 올라가 펄을 자신의 아파트로 데리고 내려왔다. 부인은 펄에게 담요를 둘러 준 다음 따뜻한 사과술을 건넸고, 펄이 오한을 멈추고 몸이 충분히 따뜻해질 때까지 기다렸다. 펄은 부인에게 자신이 지붕에 고립된 사연을 들려주었고, 왠지 부인이 이해해 줄 만한 사람처럼 보여서 애초에 지붕에 올라

가게 된 사연, 즉, 가끔은 스스로에게 생각하고 상상할 여유를 주기 위해 탁 트인 넓은 공간과 침묵이 절실하지만, 인적이 드물고 시끄럽지 않은 장소를 찾기가 어렵다는 말도 덧붙였다.

마가렛이 말했다.

"이리로 와도 괜찮아. 우리 집은 항상 조용하거든. 가끔 내 고양이와 이야기를 나누기도 하지만, 그때 말고는 완전한 침묵의 시간이니까."

그 뒤로 마가렛의 아파트는 펄의 비밀스런 침묵의 공간이 되었다. 펄은 종종 그곳을 찾아갔다.

마가렛은 구석방의 컴퓨터 하나만 놓인 책상에서 작업을 했다.

마가렛이 펄에게 말했다.

"나는 주위가 너저분한 게 싫어. 그러면 마음에 안개가 자욱하게 낀 기분이 들거든."

알고 보니 마가렛의 마음은 펄과 상당히 비슷했다. 펄은 안개가 아닌, 앵앵거리는 소음 때문이었지만 두 사람 모두 마음을 말끔하게 하고 필요한 생각을 하기 위한 공간과 침묵이 절실했다. 펄은 자신과 비슷한 사람을 만나게 돼서 기뻤다.

펄이 두드렸던 바로 그 창문 옆, 마가렛의 거실에는 넓은 초록색 안락의자가 있었다.

마가렛이 말했다.

"우리 집에 오면 이게 네 의자다."

마가렛은 규칙을 만들었다. 펄은 주말 아침 여덟 시 삼십 분과 아홉 시 삼십 분 사이에는 언제든 마가렛의 문을 노크해도 좋았다. 펄에게는 최대한 두 시간이 허락되었고, 열한 시까지는 침묵을 지키되, 그 이후에는 둘 다 기분이 내키면 서로 대화를 나눌 수도 있었다. 명확한 규칙이 있으니 오히려 좋았다. 덕분에 펄은 쭈뼛거리거나 방해한다는 느낌 없이 마음 편히 마가렛의 집에 드나들 수 있었다. 펄은 못해도 일주일에 한 번, 때로는 일주일에 두 번씩 마가렛의 집을 찾았다. 펄은 60층에서 고양이를 쓰다듬으며 창밖의 풍경을 즐기고 생각을 정리했다. 가끔은 책을 가져 가서 읽기도 했다. 때로는 열한 시 이후에 마가렛과 잠시 얘기를 나누기도 했고, 그런 다음에는 레몬 과자나 포장해 온 중국 음식을 먹기도 했다.

펄은 소리를 질러서 미안하다고 친구들에게 사과했다. 펄은 친구들에게 가끔은 혼자만의 시간이 필요하다고 말했고, 그것은 친구들의 잘못이 아니라고도 덧붙였다. 그 후로 그들은 펄을 이상한 아이라고 놀려 대지 않았고, 펄 역시 친구들과 함께하는 시간을 더욱 즐기게 됐다.

지붕 사건이 있었던 그 이튿날, 비치가 펄의 스카프를 목에 두르고 찾아왔다. 비치는 스카프를 벗어서 펄에게 내밀었다.

"문이 잠길 줄 알았다면 스카프를 가져 가지 않았을 거야. 정말이야."

"괜찮아."

희한한 방법이긴 했지만 혼자 있고 싶다는 펄의 소원은 두 번이나 이루어졌다. 처음에는 나쁜 식으로, 다음에는 좋은 식으로. 비치가 아니었더라면 나쁜 식이든 좋은 식이든 아무런 일도 일어나지 않았을 것이다.

펄은 비치에게 고마운 마음을 전하고 싶었다. 서로 마음이 다르고 좋아하는 색깔이 다르듯이, 비치가 자신과 조금 다를지라도, 그것은 비치의 잘못이 아니었다.

펄이 말했다.

"그 스카프 너 가져. 너한테 더 잘 어울린다."

제인 욜런

모든 소원에는 그런 순간이 생깁니다.

파르르 떨리며, 조금씩 어긋나는,

산의 갈라진 틈을 따라 드러나는 균열

결과와 욕망이 만나는 그곳.

누구에게나 당신 먼저, 아니, 나 먼저의 과정이 찾아옵니다.

누군가와 만나는 그곳,

거리에서, 학교 복도에서, 탈의실에서

그리고 힘든 결심의 순간들을 겪습니다.

누가 왼쪽으로 가고, 누가 오른쪽으로 가고, 누가 가운데로 지나갈지.

우리는 너무도 많은 것을 원하며,

또한 원하지 않기를 너무도 원합니다.

욕망은 우리를 약하게 만들고, 우리는 힘없이 받아들입니다.

나는 주어진 것을 취할 것이며, 취한 것을 줄 것입니다.

나에게는 그것이 우선입니다.

소원은 입으로 말해집니다.

행동은 몸으로 행해집니다.

인어공주는 자신의 꼬리를 다리와 맞바꿉니다.

방앗간 집 딸은 태어나지도 않은 아기를 금을 위해 내어놓습니다.

잭은 거위와 하프를 가져오고, 콩 줄기를 도끼로 마구 자릅니다.

　　대체 무엇 때문일까요?

　　꼬리는 다리보다 더 나았습니다.

　　방앗간 집 딸은 방앗간을 떠나지 말아야 했습니다.

　　잭은 영웅이 아닌 범죄자가 되었습니다.

　　우리는 소원을 내어놓아야 합니다.

　　취하는 게 아니라.

　　옛이야기들은 소원을 잘못 알고 있습니다.

　　그런 소원들은 우리에게

　　순간의 만족과

　　영원한 후회를 선사합니다.

집안일에 치여서 난민촌의 어린이들은 학교를 빠질 때가 많다.
사진 : 유엔난민기구 / M. 콜린스

멕 캐봇

누구든 한계점이 있게 마련이다. 나로서는 여동생의 등에서 테이프로 붙인 이런 쪽지를 발견한 그때가 바로 그 한계점이었다.
'납작가슴! 좀 키워라.'

"데이브."

제니가 내 표정을 살피며 말했다. 제니는 전혀 몰랐다. 등에다 저걸 붙이고 대체 얼마나 돌아다닌 건지.

"난 신경 안 써. 가슴이 무슨 대수야. 가슴이 크면 손짚고 앞돌고 옆돌며 반바퀴 틀어서 손짚고 뒤돌기 하는 데 방해만 될걸. 다들 내가 얼마나 잘한다고 칭찬이 자자한데. 그것만 잘 해내면 오늘밤에 커클랜드 목장 텀블링 초대선수 대회에서 일등은 따 놓은 당상이야."

제니는 괜찮을지 몰라도 나는 괜찮지 않았다.

"이번에는 도가 지나쳤어."라며 나는 식당 안을 죽 훑어보았다. 코디 카푸토는 눈에 확 띈다. 우리 반에서 제일 덩치가 크고, 하이랜드 에스테이트 중학교에서 점심마다 페페로니 소시지 피자 한 판을 통째로 해치울 수 있는 유일한 아이였다.

"네가 여자라고 그런 모욕적인 말을 남기는 건 언어희롱이고, 그런 걸 편견범죄라고 하는 거야."

제니가 긴장된 표정으로 말했다.

"데이브, 그냥 없던 일로 하면 안 돼?"

내가 따라 말했다.

"없던 일로 하라고? 진심이야? 현대 거시경제학의 아버지인 존 메이너드 케인스한테 한번 물어볼래? 아니면 프로 비엠엑스 BMX* 선수인 아론 웨인스타인한테 물어볼까? 그 사람들이 그냥 없던 일로 하자고 했다면 어떻게 됐을까? 오늘날 우리는 어디에 존재할까?"

제니가 눈동자를 데록데록 굴렸다.

"못 말려. 또 시작이네."

바로 그때 쓰레기통 위에 걸린 '노력하면 무엇이든 이룰 수 있다!'라는 벽보 근처에서 우리를 향해 코디의 요란하고 멍청한 웃음소리가 쏟아졌다. 코디와 릭 카도자, 그리고 오스틴 맥필리가 우리 쪽을 손으로 가리켰다.

"봐, 지금까지 왜 몰랐지? 동생이 오빠인 '새우 뉴버그'보다 가슴이 더 작잖아!"

치즈와 고기를 한입 가득 물고 코디가 소리쳤다.

목소리가 어찌나 쩌렁쩌렁한지 식당 안에 있는 모든 사람들한테 들릴 정도였다.

나는 제니를 쳐다보지도 않았다. 언제나처럼 나를 말리려고 제니가 손을 뻗는 것 같긴 했지만 너무 늦었다. 코디 카푸토는 우리 반에서 제일 몸집이 크고 나는 우리 반에서 제일 작지만, 그게 무

---

*거친 노면에서 탈 수 있게 만들어진 튼튼한 자전거 및 그 자전거를 이용한 경주나 묘기를 일컫는 말

슨 대수랴. 존 메이너드 케인스는 19세기 후반의 청년 시절, 건강 문제로 학교를 많이 빠졌다. 그렇다고 그가 페세타와 같은 에스파냐의 진귀한 통화를 수집했다가 적당한 시기에 전량 매각함으로써 시장을 폐쇄하고 제1차 세계대전 당시 영국 경제를 살리는 데 무슨 문제가 있었나? 그렇지 않았다.

물론 제1차 세계대전이 일어났던 시절에는 코디 카푸토가 없었고, 따라서 존 메이너드 케인스도 쓰레기통에 머리부터 처박히는 수모 따위는 당하지 않았다.

"누가 '새우 뉴버그'를 먹다가 질렸나 봐."

코디가 재빨리 범죄 현장을 벗어나며 자기 패거리들과 함께 낄낄거렸다. 어쨌든 나는 그렇게 알아들었다. 버려진 고기 피자 조각들이 온통 귀에 처박혀서 말소리가 제대로 들리지 않았다.

"세상에 누가 저렇게 맛좋은 크림 범벅 '새우 뉴버그'를 먹다 말았을까."

릭 카도자가 배꼽이 빠져라 웃으며 비아냥거렸다.

나는 그들이 자취를 감추고 나서야 간신히 쓰레기통에서 몸을 끌어냈다. 녀석들은 눈곱만큼도 무섭지 않았지만, 각종 아이스크림과 샌드위치 포장지들로 쓰레기통 속이 너무 미끌미끌했기 때문이다.

마침내 내가 쓰레기통 밖으로 몸을 드러내자, 제니가 휴지를 내밀었다.

"그냥 없던 일로 하는 게 좋을 거라고 내가 그랬잖아."

다행히 그때는 제니의 체조 친구들은 가고 없었다.

"그냥 없던 일로 할 수가 없어. 너까지 끌어들이다니, 해도 해도 너무 하잖아. 그 자식은 완전히 반사회적 인격장애자야."

제니가 멍한 표정을 짓는 걸 보고, 나는 보충 설명을 덧붙였다. (가끔 같은 자궁 속에서 나란히 10개월을 보냈다는 사실은 둘째 치고, 우리 둘이 가족이라는 것 자체가 의아할 때가 있다.)

"도덕적 책임감이나 사회적 양심이 부족한 사람을 지칭하는 말이야. 그 자식 같은 깡패들이 우리 사회에 넘쳐 나게 가만히 놔 두면, 결국 그런 놈들이 공무원이 되거나 뉴스를 장식하는 유명인사가 되기 십상이라니까. 코디가 그렇게 되는 꼴은 절대 못 봐."

제니가 휴지를 더 건네 주며 말했다.

"머리카락에 소시지 묻었어."

"그 자식들은 이 정도로 물러나지 않을 거야, 제니. 나를 '새우뉴버그'라고 부르는 건 상관없어. 사실, 나는 내 또래 평균 신장 범위에 들어가고도 남으니까 그것도 어불성설이지. 하지만 너더러 발달이 부족하다고 놀리는 사람은 누구라도 절대 그냥 넘어갈 수 없어."

제니는 한숨을 내쉬었다.

"제발 이번 일은 교감 선생님한테 가서 이르지 마. 학교 끝나고 걔네들이 앙갚음을 한다고 너를 남자 화장실에 테이프로 꽁꽁 묶어 놔도 오늘은 못 구해 줘. 커클랜드 목장 텀블링 초대선수 대회에 나가잖아."

"걱정 마."

내가 제니의 등에서 떼어 낸 쪽지를 들어 올리며 말했다. 나는 그 쪽지가 더러워지지 않게 투명 비닐 케이스 속에 잘 넣어서 매일 입는 셔츠 오른쪽 앞주머니에 꼭꼭 넣어 두었다.

어떤 애들은 이걸 보고 '주머니 보호장치'라며 비웃지만, 가령 법의학적 증거처럼, 물건을 보호하는 데는 아주 요긴하게 쓰인다.

"이번에는 증거가 있으니까."

제니가 고개를 설레설레 저었다.

"그건 내가 알 바 아니야."

그 애를 처음 본 건 내가 교감 선생님과의 면담을 기다리고 있을 때였다. 처음에는 우리 학교에 수위 아저씨 면접을 보러 온 사람인 줄 알았다. 어른들은 면접을 볼 때 엄마를 데려오는 일이 드물다는 점만 빼면.

"가르시아 부인, 하이랜드 에스테이트는 우수학교로 지정된 훌륭한 학교입니다."

부시 교감 선생님은 그 아이 옆에 서 있는 부인에게 말하고 있었다. 부인은 키가 그 애의 절반밖에 되지 않았지만 그 애의 윗입술 위에 송송 돋은 콧수염만 빼면 생김새는 완전히 판박이였다.

"국내 최고의 학교만이 교육부에서 지정하는 우수학교로 선정

될 수 있습니다."

가르시아 부인이 감사를 표하며 말했다.

"고맙습니다, 교감 선생님. 아마도가 예전 학교보다 훨씬 더 즐겁게 생활할 거라고 믿습니다."

아마도 가르시아? 이게 그 아이의 이름이었고, 몸집이 얼마나 큰지 코디 카푸토를 제니의 꼬마 인형 중의 하나로 보이게 만들어 버릴 정도였다. 가엾은 녀석. 아마도 미오 Amado mio는 에스파냐어로 '사랑하는 자기'라는 뜻이다. 나는 영어 심화과정을 포함해, 전과목에 걸쳐 대학과목 선이수제를 수강 중이라 우연히 그 뜻을 알게 되었다.

아마도는 하이랜드 에스테이트 같은 우수학교로 전학시켜 준 일은 물론이고, 에스파냐 어로 '사랑하는 자기'라는 이름을 지어 준 엄마에 대해 그리 고마운 마음을 간직하고 있는 것처럼 보이지 않았다. 그는 우거지상을 하고 잔뜩 노려보았다…… 자신의 엄마를, 부시 교감 선생님을, 나이는 지긋하지만 대단히 매력적인 교감 선생님의 비서인 리베라 선생님을, 그리고 마지막으로 나를.

걸어가는 불도저가 노려보는 듯한 기분이었다.

그런데 이 불도저는 아론 웨인스타인의 '예티* 쇼크 조크' 비엠엑스 경주 티셔츠를 입고 있었다. 내 옷장 속의 티셔츠와 똑같은.

＊유명한 산악용 자전거 브랜드

아마도는 특특특대형이라 나처럼 백화점 아동복 코너에서 샀을 가능성은 극히 희박해 보였다.

교감 선생님이 말했다.

"그리고 우리 농구부 입단 테스트를 받아 보면 아주 좋을 것 같구나. 전에 다니던 학교에서도 아주 훌륭한 선수였다고 들었다만. 너희 지부에서 최고였다고? 우리 학교의 카푸토 감독은 우리 주 중학교 감독 중에서도 최고로 우수한 분이란다."

나도 모르게 웩 소리가 튀어나왔다. 그건 내 잘못이 아니었다. 카푸토 감독님은 코디의 아빠였다.

"오, 데이브."

교감 선생님은 그제야 나를 발견했다. 하이랜드 에스테이트 팬더스 팀에 귀중한 식구가 될지도 모르는 학생 앞에 피자 소스 범벅이 된 셔츠 차림으로 내가 나타나자, 교감 선생님은 언짢은 기색이 역력했다.

"오늘 면담 약속이 있는 줄 몰랐는데."

나는 한 눈을 찡긋하며 교감 선생님을 안심시켰다.

"약속은 없어요. 그런데 걱정하실 필요 없어요. 지난주와 똑같은 일은 당하지 않았으니까요. 아직까지는요."

애들은 나를 '새우 뉴버그'라고 부르는 것도 모자라서, 역시 코디 카푸토 덕분에, 이제는 '빨간 머리 데이브'라고 부르기 시작하더니, 급기야는 유성펜으로 그 이름을 내 사물함에 도배해 놓는

지경에 이르렀다. 내 성과 이름을 번갈아 애용해 주니 오히려 코디한테 고맙다고 해야 하나. 그렇게 놀림이라도 당하지 않으면 학교에서 내 이름이 불릴 일조차 없었을 테니까.

"좋다. 그렇다니 다행이구나. 좀 들어오려무나. 내 시간은 학생들을 위해 언제든 열려 있으니까!"

교감 선생님이 가르시아 부인 쪽을 불안하게 힐긋거리며 대답했다.

"사실이에요."

교감실로 들어가며 내가 아마도와 그의 엄마를 안심시켰다.

"교감 선생님은 문호개방 정책을 쓰세요. 특히 특별한 요구가 있는 학생들에게는요."

나는 '특별한 요구'라는 말을 하면서 우리 둘이 기질이 맞는 친구임을 주지시키기 위해 아마도를 향해 의미심장한 눈길을 던지려고 노력했다. 어쨌든 아마도와 나는 둘 다 이름이 이상하고,(내 성인 뉴버그는 소스 이름이기도 한데, 온갖 해산물 요리를 버무리는 데 쓰인다.) 성장 호르몬 부분 또한 둘 다 기만을 당하긴 마찬가지였다.

하지만 아마도는 내 눈길을 이해하지 못한 게 분명했다. 아니면 자기는 특별한 요구가 필요한 사람이 아니라고 생각했거나. 사실, 아마도는 다른 애들처럼 나를 무슨 괴물 보듯이 피하지는 않았지만 나한테 거의 눈길을 주지 않았다.

대체 내가 무엇을 기대하고 있었는지 모르겠다. 아마도처럼 멋진 애가 뭐가 아쉬워서 나 같은 애랑 친구가 되겠나? 다음 주면 아마도도 카푸토 감독님의 농구부 선수들과 짝짜꿍이 돼서 나를 쓰레기통에 처박아 버릴지 모를 일이다.

코디 카푸토가 여동생을 성희롱했다는 법의학적 증거를 제시하자, 교감 선생님은 코디를 교감실로 불러서 '대화를 해보겠다.'고 말했다. 나는 엄마의 오래된 아이섀도와 비상용으로 항상 가방에 가지고 다니는 투명 테이프를 이용해 쪽지에서 지문을 채취하는 데 5교시 한 시간을 꼬박 투자했고, 그 결과 그 지문(글씨체는 물론이고)이 지난주 내 사물함에서 채취한 지문과 일치한다는 사실을 발견했다. 나는 그 두 지문을 코디가 내 머리에 던진 콜라 캔에서 채취한 지문과도 맞추어 보았다.

하지만 그렇게 싱겁게 끝나고 말 일이 아니라는 것을 진작 깨달았어야 했다. 교감 선생님은 '대화를 위해' 코디를 두 번이나 교감실로 불렀지만, 그때마다 나는 코디와 그 일당들에 의해 소변기에 테이프로 꽁꽁 묶이는 보복을 당해야만 했다.

사실, 교감 선생님의 머릿속은 온통 농구부의 트로피 획득에 쏠려 있었다. 그러니 아들을 보고 반사회적 인격장애자라고 했다가 괜히 카푸토 감독님의 신경을 건드려서 농구부의 연승에 찬물을 끼얹거나, 감독님으로 하여금 다른 학교로 옮기는 일을 고민하게 만드는 무모한 짓을 할 리가 없었다.

하지만 그때는 내 사물함을 '빨간 머리 데이브'로 도배를 하거나 내 머리에 콜라 캔을 던진 사람이 코디라는 확실한 증거가 없었다. (코디의 말은 나와 달랐다.) 이번에는 확실한 증거가 있었다. 교감 선생님은 아무리 아빠가 대단한 감독이라 해도 '납작가슴! 좀 키워라.'라는 종이 따위를 여자애의 등에 붙이는 학생을 퇴학, 아니 최소한 정학을 시키지 않고는 못 배길 테니까……. 코디가 범죄에 가담했다는 빼도 박도 못할 법의학적 증거를 생각한다면 더더욱.

그런데 코디처럼 아빠가 수많은 지부 토너먼트에서 우승한 화려한 경력의 소유자라면 법의학적 증거 따위는 무용지물이 될 수도 있다는 게 흠이긴 했다. 만약 코디가 무사히 넘어간다면 그 이유밖에 없다고 생각하며 아침마다 자전거에 자물쇠를 채워 놓는 자전거 보관소에 도착했을 때, 내 예티 쇼크 조크 비엠엑스 경주용 자전거는 감쪽같이 사라지고 없었다. 다음 달 이탈리아의 발디솔에서 열리는 국제 사이클 연합 월드 챔피언십에서 아론 웨인스타인이 타게 될 자전거와 똑같은 자전거다.

코디는 자신의 글씨체로 쪽지를 남길 정도로 배려심이 넘쳤다. 이것은 법에 대한 명백한 도전이다.

'고자질애 대한 대까다, 빨간 머리, 경찰 불러, 그럼 다음 차래는 너다.'

맞춤법도 엉망이었다. 만약 경찰을 부르면 자전거 자물쇠를 절

89

단 낸 절단기로 이번에는 나를 두 동강 내 버리겠다는 뜻일까?

아니면 내 자전거를 훔쳤듯이, 이번에는 나를 훔치겠다는 뜻일까?

잘 이해가 되지 않았다.

모든 위대한 사람은 살아가는 과정에서 고난을 극복해야 한다. 존 메이너드 케인스는 자신이 만든 경제모델로 인해 좌파와 우파 양 진영으로부터 동시에 공격을 받았다. 어떤 사람들은 너무 진보적이라고 비난했고, 반대로 다른 사람들은 너무 보수적이라고 손가락질했다.

그리고 아론 웨인스타인은 열두 살 나이에 스노보드 사고를 당해 척추를 다친 뒤로, 취미로 운동을 즐기는 건 고사하고, 다시는 걷지 못하게 될 수도 있다는 말까지 들었다.

하지만 두 사람 모두, 맞춤법은 형편없지만 남, 특히 자기보다 몸집이 작은 애들을 괴롭히는 기술만은 평균을 훌쩍 뛰어넘는 코디 카푸토와 같은 장애물을 헤쳐 나갈 필요는 없었다.

나는 존 메이너드 케인스가 아니다. 나는 아론 웨인스타인도 아니다.

그리고 변명을 하자면, 코디와 릭, 그리고 오스틴은 나와 같은 단지에 산다. 무엇이 됐든, 확실한 작전을 세우기 전에 그들 중 누구와도 맞닥뜨리고 싶지 않았다. 세 사람이 다 내 자전거를 타고 가지는 못할 거다. 최소한 두 사람은 버스를 탈 테고, 내가 타야 하는 바로 그 버스다. 만약 내가 버스에 타면 둘은 버스에서 나를 벼르고 있을 게 뻔하다. 내가 수적으로 열세인 상황이다.

이런 상황을 알았다면 존 메이너드와 아론도 내 입장을 충분히 이해했을 거다.

그래서 나는 집까지 걸어가기로 했다. 통틀어 5킬로미터를. 내가 알기로 아빠는 아직 시내에서 일하는 중이었고, 엄마는 제니를 태우고 커클랜드 목장 텀블링 초대선수 대회장으로 가는 중이었다. 태워다 달라는 내 전화를 받았다 해도 두 분 다 그다지 나를 측은하게 여길 성싶지는 않았다. 내가 자전거를 샀을 때,(할아버지의 요양원에 거주하는 모든 입주자들에게 손자들과 인터넷으로 대화를 나눌 수 있도록 무료 음성통화 프로그램인 스카이프를 깔아 주고 번 돈으로) 공식적인 예티 쇼크 조크 비엠엑스 경주용 자전거이자, 시장에서 제일 비싼 경주용 자전거를 가진 사람은 전교에서 나 하나뿐일 테니까 친구들이 샘을 낼 거라며 엄마 아빠는 분명히 경고를 했다.

그런데 나는 그 말을 듣자, 그 자전거를 사고 싶은 마음이 더욱 커졌다.

왜 그때 엄마 아빠 말을 듣지 않았을까? 후회막심이었다.

집에 도착했을 무렵에는 해가 거의 다 지고 있었다. 우리 집 뒷마당 바로 뒤, 골프장 위로 별 하나가 반짝였다.

목이 말라서 엄마가 냉장고에 남겨 둔 비타민 음료를 꿀꺽꿀꺽

마셨다. 왜 도시 계획가들은 하이랜드 에스테이트 중학교와 우리 단지 사이에 편의점 하나 만들 생각을 하지 못했을까? 우리 단지는 외부인 출입통제 단지인데, 이곳에 집을 정한 것은 부모님의 판단착오였다. 나는 가만히 별을 올려다보며 엄마가 제니와 나한테 항상 똑같은 옷을 입혔던 어린 시절, 할머니가 우리 둘에게 부르게 했던 그 노래를 떠올렸다.

나중에, 포장해 온 중국 음식을 앞에 두고 온 식구가 식탁에 모여 앉자 내가 물었다.

"별을 보고 소원을 빌면 이루어진다는 말, 다들 믿어요?"

엄마가 대답했다.

"믿다마다. 무슈포크* 좀 건네주겠니?"

아빠가 물었다.

"너는 소원이 뭔데, 아들?"

"친구가 생기는 거요."

엄마가 무슈포크 용기를 툭 떨어뜨렸다.

"아빠가 네 친구잖아, 아들."

아빠는 목에 콱 걸린 만다린 치킨을 간신히 꿀꺽 삼키고 나서 말했다.

---

*중국식 돼지고기 볶음 요리

"엄마도 친구고. 제니도 친구고."

"엄마 아빠랑 제니는 가족이죠. 가족은 빼고요. 진짜 친구, 내 또래, 나를 도와줄 수 있는…… 여러 가지로."

제니가 말했다.

"별에 대고 빌어 봤자 소용없어. 그랬다면 지금 나한텐 조랑말이 있었겠지, 내가 얼마나 많이 빌었는데. 그리고 엄마 아빠가 나한테 사 준 비디오 게임 얘기는 하지 마세요. 나는 열두 살이니까, 네 살이 아니라."

엄마가 무슈포크를 뒤적거리며 말했다.

"너는 친구가 많잖아, 데이브. 저번 밤에 전화한 그 친구는 누구였지?"

제니가 대신 말했다.

"그건 라지트였지."

제니는 대회에서 딴 금메달을 손가락 끝으로 빙빙 돌렸다.

"라지트는 인도에 살아요. 데이브랑 온라인으로 아론 웨인스타인 비엠엑스 경주 게임을 하고 있었어요. 데이브는 가상 친구밖에 없어요. 코디 카푸토가 학교 애들을 몽땅, 아얏!"

제니가 나한테 눈을 흘겼다. 내가 식탁 밑에서 발로 걷어찼기 때문이다.

엄마가 따라 말했다.

"코디 카푸토? 카푸토 감독님 아들 말이야? 걔가 왜?"

내가 재빨리 말했다.

"아무것도 아니에요. 걔가 가슴통만 컸지 좀 멍청하거든. 안 그래, 제니?"

제니의 얼굴이 새빨개졌다.

"맞아요. 신경 쓰지 마세요."

저녁을 먹고 나서 식기세척기에 지저분한 접시들을 넣으며 제니가 나를 향해 쏘아붙였다.

"아까 무슨 짓이야? 내가 아빠 앞에서 가슴 얘기를 하고 싶을 것 같아?"

"그러는 너는? 내가 엄마 앞에서 쓰레기통에 처박힌 얘기를 하고 싶을 것 같아?"

"그래서, 어쩌려고? 너를 도와줄 친구가 생기는 게 소원이라면서, 나한테는 엄마 아빠한테 왜 그런 친구가 필요한지 말도 못 꺼내게 하잖아. 그리고 너는 친구가 생길 수 있어, 조금만 노력한다면."

"무슨 말을 하는 거야?"

"너는 소원이 그냥 이루어지는 것 같아? 별들도 바빠. 하루 종일 가만히 앉아서 우리가 말하는 소원마다 재까닥재까닥 들어주는 게 아니란 얘기야. 소원을 빈 사람도 자기 몫을 해야 돼. 내가 정말로 조랑말을 원한다면, 네가 자전거를 살 때 그랬던 것처럼 나도 나가서 조랑말을 살 돈을 벌어야 돼. 하지만 나는 다른 소원 때문에 몹시 바쁘거든. 우리나라에서 손짚고 앞돌고 옆돌며 반바퀴 틀어서 손짚고 뒤돌기를 최고로 잘하는 사람이 되는 소원. 결국, 나는 해냈지."

제니는 내 눈 앞에서 자신이 딴 금메달을 달랑달랑 흔들었다.

나는 눈을 깜빡거렸다. 지금까지 단 한 번도 소원에 대해 이런 식으로 생각해 본 적이 없었다. 당연히 알고 한 이야기일 리가 없지만, 제니는 방금 신고전주의 미시경제학 모델을 요약해 냈다.

내가 물었다.

"친구를 만들려면 어떻게 해야 되는데? 나는 친구가 그냥……생기는 건 줄 알았는데."

제니는 정말 그런 것 같았다. 제니는 친구가 엄청나게 많았다.

"글쎄, 첫째는, 그 늙은 죽은 남자와 아론 웨인스타인 얘기를 너무 많이 떠들고 다니지 않는 편이 좋을 거야."

늙은 죽은 남자? 혹시 그 사람을…… 설마, 존 메이너드 케인스? 케인스는 늙은 죽은 남자 정도로 깎아내릴 만한 인물이 아니다. 그리고 아론 웨인스타인? 아론 웨인스타인은 비엠엑스 경주에서는 대세로 통하는 사람인데, 제니가 그런 사실을 알 턱이 없다.

그렇지만 유익한 정보를 주었으니 제니를 용서하기로 했다.

"그리고 너랑 친하게 지내도 코디 카푸토가 자기들을 소변기에 테이프로 꽁꽁 묶어 버리는 참사는 일어나지 않을 거라고 애들이 생각하게 해야 돼. 그것도 도움이 될 거야."

제니가 말을 이었다.

"참, 교감 선생님한테 갔던 일은 어떻게 됐어?"

자전거 얘기는 하고 싶지 않았다. 차고 안, 늘 놔 두던 자리에 내 자전거가 없다는 사실을 아직 아무도 눈치채지 못했다.

내가 퉁명스럽게 말했다.

"교감 선생님이 코디하고 면담할 거야. 다 잘될 거야."

제니가 비아냥거리는 투로 말했다.

"아, 당연히 그렇겠지. 지난번처럼. 참, 데이브, 친구 사귀는 걸 자전거를 살 때처럼 한번 접근해 봐. 임무처럼 만들어 보란 말이야, 소원이 아니라. 알겠지?"

내가 대체 무슨 복이 있어서 제니 같은 여동생이 생겼을까. 아무튼, 나는 정말 행운아인 것 같다.

그날 밤 늦게, 아빠가 방문을 똑똑 두드렸다.

"어이, 아들. 잠깐 들러봤다. 혹시 하고 싶은 얘기 있니?"

나는 고민거리가 있을 때면 종종 펴드는 『고용, 이자 및 화폐의 일반 이론』을 손에서 내려놓았다.

"네, 아빠. 있어요. 내일 학교에 좀 태워다 주실 수 있으세요? 자전거 바퀴에 구멍이 나서요."

아빠는 꽁무니를 뺐다.

"어, 미안하다, 아들. 안 되는데. 네가 일어나기 전에 출발해야 돼서. 아침 일찍 회의가 있거든. 대신 식탁에 돈을 두고 갈 테니까 바퀴를 고치도록 해라. 그럼 됐지? 잘 자라."

부모님들은 아무것도 모르고 얼떨결에 일을 저지를 때조차 대단할 때가 있다. 가령, 아론이 다시는 스노보드를 못 탈 거라는 말을 들은 그의 어머니는 척추를 다쳐 걷기조차 힘든 아론에게 자전거가 치료에 도움이 되지 않을까 싶은 단순한 이유로 벼룩시장을 찾아가 아들에게 첫 산악용 자전거를 사 주었다.

만약 아론의 어머니가 아니었다면, 지금은 억만 달러를 버는 기업이 된 예티 쇼크 조크는 결코 탄생하지 못했을지도 모른다.

존 메이너드 케인스의 부모님도 그렇게 도움이 되는 일을 했는지는 잘 모르겠지만, 우리 부모님은 그동안 확실히 도움이 되고도 남았다.

하지만 그 이튿날은 엄마도 아빠도 아무런 도움이 되지 못했다.

"학교 끝나고 보자!"

필라테스* 강습 시간에 늦은 엄마가 차를 몰고 나가며 나에게 손으로 키스를 날렸다. 강습소는 우리 학교와 반대 방향이었다.

그래서 내가 아빠한테와 똑같이 구멍 난 자전거 얘기를 했을 때, 엄마는 안 된다고 손사래를 쳤다.

---

*요가, 발레, 헬스 등의 장점만을 살려서 만든 최신 스포츠

"너 자전거에 구멍 안 났잖아."

함께 버스 정류장으로 터벅터벅 걸어가면서 제니가 말했다. 엄마와 아빠는 그 정도 변명이면 깜빡 속아 넘어간다. 하지만 제니의 눈은 절대 오래 속일 수가 없다. 우리가 엄마의 자궁 속에서 아주 오랫동안 함께 헤엄친 탓인지도 모른다.

"차고에도 없던데. 어떻게 된 거야?"

바로 그때, 타이밍 한번 기가 막히게, 코디 카푸토가 내 예티 쇼츠 조크를 타고 나타났다. 내 자전거는 별 탈 없이 여전히 빛나는 검은색을 뽐내고 있었다. 코디가 내 자전거를 함부로 다루지 않은 것만도 천만다행이었다.

"어이, 빨간 머리 얼간이들!"

코디가 쌩하고 옆으로 지나가며 소리쳤다. 제니는 헉하고 숨을 들이마셨다.

제니가 두 눈을 가늘게 떴다.

"데이브, 나한테 다 잘될 거라고 했잖아. 그런데 다 잘된 게 아닌 것 같은데, 내 말이 맞지?"

제니는 덜커덩거리며 버스가 도착할 때까지 비난을 멈추지 않았다.

그래도 나는 걱정스럽지 않았다. 왜냐하면 코디가 버스에 없었으니까. 코디는 내 자전거를 타고 갔다. 그 말은 코디가 나한테 무슨 짓을 하건 최소한 반 시간은 걱정할 필요가 없다는 뜻이었다.

그런데 코디는 없을지 몰라도 그 패거리는 버스에 있다는 사실을 깜빡 잊어버렸다. 결국 오스틴 맥필리가 제니의 목에서 잽싸게 금메달을 벗겨내 릭 카도자에게 휙 던졌다.

릭이 비명을 질렀다.

"윽, 넌 어떻게 그걸 만질 수가 있냐! 이제 넌 세균에 오염됐다!"

제니의 얼굴이 새빨개졌다.

"너희들, 돌려줘, 당장!"

내가 거들었다.

"그래, 너희들."

내 얼굴도 새빨개졌다. 나한테 세균이 있다고 해서가 아니라, 버스 안에서 나에게 옆자리를 비워 주는 친구가 한 명도 없었기 때문이다. 나는 고독한 늑대였고, 내가 자전거를 즐겨 타는 이유도 다 그 때문이다.

고독한 늑대, 그 말은 곧 내가 친구가 한 명도 없다는 뜻이다. 제니의 말처럼, 인도 뭄바이에 사는 라지트만 빼고.

버스 운전사 아저씨의 고함 소리에 상황은 더욱 악화되었다.

"너! 빨간 머리! 당장 앉아!"

앉고 싶어도 앉을 자리가 없었다. 옆에 빈자리가 있는 애들은 내가 가까이 갈 때마다 하나같이 "여기 자리 있어."라며 책가방을 올려놓았다.

오스틴이 소리쳤다.

"새우 뉴버그한테서 떨어져!"

제니의 메달은 제니와 내 머리 위를 획획 날아다녔다.

악몽과도 같았다. 아직 잠에서 깨어나지 않은 것은 아닌지 얼굴을 꼬집어 보고 싶을 정도였다. 나는 아직 침대에 있는지도 모른다. 버스에 있는 애들이 일제히 합창을 시작하자, 그런 마음은 더욱 커졌다.

"새우 뉴버그, 바닷가재 뉴버그, 게 뉴버그."

열이 있다고 둘러대고 그냥 집에 있어야 했는데.

그때 난데없이 거대한 주먹이 공중으로 솟아올랐다. 그 주먹은 제니의 메달을 획 낚아채더니 다시 밑으로 내려갔다.

"자."

아마도 가르시아가 제니에게 메달을 내밀었다.

제니는 축구공만 한 아마도의 손바닥을 내려다보았다.

"고, 고마워."

제니가 쭈뼛쭈뼛 메달을 받아서 목에 걸고는 체조 팀 친구들이 맡아 둔 자신의 자리로 쌩하니 돌아갔다.

"빨간 머리! 당장 앉지 못해!"

버스 기사 아저씨가 백미러로 나를 잡아먹을 듯이 노려보며 버럭 소리를 질렀다.

악몽은 끝나지 않았다. 그래도 아까보다는 훨씬 나아졌다. 오스틴과 릭은 맥없이 주저앉아 깜짝 놀란 얼굴로 아마도를 빤히 쳐다보았다. 이번에는 아마도가 나를 자기 신발 바닥에 붙은 껌이라도 되는 듯이 쳐다보았다. 당연히, 아마도의 옆자리는 비어 있었다. 몸집이 어마어마한데다 처음 보는 얼굴이라 다들 그를 두려워했기 때문이다. 코디 카푸토 패거리보다 훨씬 더.

그 모습을 보자, 당연히, 나는 좋은 생각이 떠올랐다.

신통한 생각은 골프장 위로 떠오르는 별들처럼 불쑥 떠오르기 마련이다. 웨인스타인 부인은 왜 아론에게 낡아빠진 고물 산악용 자전거를 사 주었을까? 존 메이너드 케인스는 왜 페세타를 몽땅 사들였을까?

아무도 모른다. 하지만 우리 모두를 위해서는 얼마나 다행스러운 일인가.

"여기 자리 있어?"

내가 갖은 용기를 다 끌어모아 아마도 가르시아에게 물었다.

아마도는 버스 천장을 올려다보며 한숨을 내쉬더니 자리를 내주려고 옆으로 찔끔 움직였다.

"내 이름은 뉴버그야, 데이브 뉴버그."

옆자리에 풀썩 주저앉으며 나를 소개했다.

"정말? 네 성이 진짜로 뉴버그인 줄은 몰랐어."

그러고는 선글라스를 낮추고 잠든 척하며 몸을 푸욱 눌러앉았다.

하지만 나는 포기하지 않았다.

제니가 말한 것처럼 소원이 있다면 이루어질 수 있도록 노력을 해야 하니까.

"왜 내 여동생을 도와줬어?"

아마도는 몸을 똑바로 세우고 선글라스를 다시 추어올리며 제니 쪽을 힐끔 쳐다보았다. 보이는 것이라고는 친구들과 신 나게 재잘거리느라 머리를 까딱거릴 때마다 좌석 위로 살짝살짝 보이는, 하나로 묶은 제니의 구릿빛 머리가 다였다.

"쟤가 네 동생이야?"

아마도가 놀란 듯이 물었다.

사람들은 늘 이렇게 말한다. 하지만 내 생각에는 우리 둘은 닮은 데가 많다. 물론, 하나로 묶은 머리는 빼고.

"우리는 이란성 쌍둥이야. 일란성 쌍둥이들은 항상 성性이 똑같지만. 그리고 너는 내 질문에 대답을 안 했어. 왜 내 동생을 도와줬어?"

"그냥. 남자애들이 힘없는 여자애를 못살게 구는 게 싫어서."

아마도는 다시 한숨을 내쉬며 선글라스를 내렸다. 힘없는! 제니가? 아론 웨인스타인의 팬이고, 그의 엄마가 그를 '사랑하는 자기'라고 이름 지었다는 것 외에 아마도에 대해 한 가지 사실을 더 알았다.

그는 얼간이였다.

내가 아마도에게 알려 주었다.

"제니는 어젯밤에 커클랜드 목장 텀블링 초대선수 대회에서 손 짚고 앞돌고 옆돌며 반바퀴 틀어서 손짚고 뒤돌기로 일등을 했어. 그건 중학교 체조협회에서 개최하는 대회 중에서도 가장 경쟁이 치열한 대회야. 제니는 마음만 먹으면 넓적다리로 상대방의 경동맥에 피가 통하지 않게 만들어 버릴 수도 있는 애야."

그런데 예상과 달리 제니에 대한 관심이 식기는커녕 아마도는 다시 허리를 곧추세우며 선글라스를 낀 눈으로 제니를 더욱 뚫어져라 쳐다보았다.

"정말?"

"그렇다니까."

제정신이 아니군. 그렇다면, 좋아. 내 무기를 제대로 써먹는 수밖에.

"저 뒤에 앉은 녀석들하고 코디 카푸토 때문에 내 동생이 얼마나 힘든지 몰라."

"카푸토? 그건 농구부 감독님 이름 아니야?"

아마도가 짙은 검은색 눈썹을 찌푸렸다.

"맞아."

상황이 이런 식으로 풀리면 곤란한데. 그는 벌써 하이랜드 에스테이트 팬더스 팀으로부터 입단 제의를 받은 눈치였다.

"너 그 팀에 들어갈 거야?"

아마도는 어깨를 으쓱하고는 다시 푹 주저앉았다.

"선택권은 나한테 있어. 어젯밤에 카푸토 감독님이 피자 두 판을 들고 우리 집에 찾아왔어. 우리 엄마한테 내가 뛸 수 있게 해 달라고 사정하다시피 하시던데."

내 꿈이 산산조각이 나는 기분이었다.

"아! 그럼…… 넌 이제 그 팀에 들어가겠네."

"먼저 내가 직접 몇 가지를 확인한 다음에. 연습 게임 몇 번 뛰면서 어떤지 좀 보려고."

그 말에 나는 조금 기운이 솟았다.

"그래, 그랬다니 진짜 다행이다. 왜냐하면 카푸토 감독님 아들이……."

아마도가 큼지막한 한쪽 손을 번쩍 들어올렸다.

"잠깐. 내 말 못 들었어? 내가 직접 몇 가지를 확인해 보고 싶다고 했잖아. 나는 소문에 관심 없어. 그런 데 휘말리기 싫어."

나는 이 말을 되새겨 보았다. 나는 당연히 새로 전학 온 아이가 나에 대한 소문을 듣는 걸 원치 않았다. 빨간 머리 데이브. 새우 뉴버그. 항상 소변기에 테이프로 꽁꽁 묶이는 신세가 되고 마는 아이.

반대로, 내가 코디 카푸토에 대해 말하는 내용은 백퍼센트 사실이다. 증거도 있다.

"좋아. 그렇지만 감독님 아들은 학교에서 나와 제니를 괴롭히는 못된 녀석이야. 어제는 내 동생 등에 종이를 붙여 놨어. 너무 심한 말이라 차마 그 내용은 말하지 않겠어. 내가 어제 교감실에서 너를 만난 것도 다 그 때문이었어."

아마도가 손을 내리며 말했다.

"난 누가 너를 쓰레기통에 처박아서 온 줄 알았는데. 내 눈으로 보기에는, 그리고 냄새로 봐서도 꼭 그런 분위기였거든."

"맞아. 그것도 코디 짓이었어. 그 자식이 제니한테 몹쓸 짓을 해서 내가 한방 먹이려고 달려들다가 그 꼴이 됐어. 그랬더니 이번에는 내 공인 예티 쇼크 조크 비엠엑스 자전거를 훔쳐 갔……."

"잠깐."

아마도가 나를 빤히 내려다보았다.

"너한테 공인 예티 쇼크 조크 비엠엑스 경주용 자전거가 있단 말이야? 아론 웨인스타인 예티 쇼크 조크 비엠엑스 경주용 자전거?"

"응."

나 같은 깡마른 빨간 머리, 주근깨투성이 꼬맹이한테 예티 쇼크 조크가 있을 거라고 누가 상상이나 했을까.

하지만 아론 웨인스타인 역시 몸통에 석고붕대까지 하고 난생처음 출전한 대회에서 360도 회전을 선보일 만한 사람으로는 전혀 보이지 않았다.

아마도가 말했다.

"하지만 그건 몇 개 되지 않는 한정판인데."

"삼천 개. 나도 알아. 어제 코디 카푸토가 내 자전거를 훔쳐 가기 전까지는 나도 한 대 있었어. 내가 너한테 말하고 싶은 게 바로 그거야. 네가 아론 웨인스타인 셔츠를 입고 있는 걸 봤으니까 하는 말인데, 아론의 모토 중에 하나가 '친구는 항상 어려움에 처한 다른 친구를 도와야만 한다.'라는 것쯤은 너도 잘 알 거야. 너하고 내가 짝을 이루면, 우리는······."

아마도가 의심쩍은 말투로 물었다.

"무슨 말이야, 짝을 이루다니?"

"그 어려움에 처한 친구가 바로 나니까."

내가 제대로 하고 있는 걸까? 부디 그렇기를. 나는 한번도 친구를 가져 본 적이 없었다. 친구가 되어 달라고 하려면 어떻게 해야 하는 건지도 몰랐다. 아무것도. 제니는 시시콜콜한 부분까지는 가르쳐 주지 않았다.

"너도 봐서 알겠지만, 나는······ 이 버스 안에 있는 애들보다 몸집이 작은 편이야. 머리도 빨간색이고. 그래서 우리 학교에는 나를 별종처럼 여기는 애들이 좀 있어. 걔네들은 나를 매일매일 괴롭혀. 내 자전거를 훔쳐 간 녀석들도 걔네들이고. 나는 이 고난을 끝내고 싶어. 내 자전거도 되찾고 싶고. 네가 있으면 가능할 것 같아. 솔직히 말해서, 아마도, 난 네가 필요해. 난······ 그러니까, 보호론자가 필요해."

"보호론자가 뭐야?"

아마도가 어리둥절해 하며 물었다.

"수입품에 세금을 매겨서 외국과의 경쟁으로부터 국내 산업을 지키려는 이론이나 방침을 '보호주의'라고 해. 대부분의 경제학자들은 자유무역을 옹호하면서 보호주의를 반대하지. 도와주려는 의도와는 반대로 오히려 사람들한테 해를 끼치기 때문이야. 하지만 내 경우에는 보호주의가 아주 유용해 보여."

아마도가 나를 좀 더 빤히 내려다보았다.

"너도 아스퍼거 증후군*이야?"

아마도가 물었다. 고약한 의도는 없어 보였다.

"어떤 사람이라고 꼬리표를 붙이는 건 싫어. 중요한 건, 내가 그 자전거를 산 다음부터 코디는 나를 노렸어. 나는 내 편에서 재산을 보호해 줄 누군가가 필요해."

"보디가드처럼."

"바로 그거야. 어때? 할래?"

아마도는 천천히 고개를 저었다.

"모르겠어."

버스는 학교로 들어가는 모퉁이를 돌고 있었다. 내 앞에 어떤 놀림과 조롱이 기다리고 있을지 모르겠지만, 도무지 감당해 낼 자신이 없었다.

---

*집단에 적응하지 못하는 정신발달장애의 일종

107

제니는 이렇게 말했다. 친구 사귀는 걸 자전거를 살 때처럼 한 번 접근해 봐. 임무처럼 만들어 보란 말이야, 소원이 아니라.

아, 맞다. 깜빡할 뻔했다.

"어, 당연히 돈도 지불할게. 하루에 5달러."

아마도가 얼굴을 찡그렸다.

"내 말은 그런 게……."

"10달러."

"돈이 문제가 아니야. 난 새로 전학 왔잖아. 예전 학교에서 난 친구가 한 명도 없었어. 다들 나를 외모로만 판단했기 때문이야. 그래서 전학 온 거야. 아까 말했지, 난 소문을 싫어한다고. 나는 그 소문의 중심에 있었던 적이 많았어. 그 소문이 몽땅 거짓말이긴 했지만. 여기서도 똑같은 상황에 빠지기 싫어. 무슨 말인지 알겠어?"

나는 아마도를 물끄러미 쳐다봤다.

"응."

버스가 깃대 바로 옆 원형 진입로로 들어설 즈음, 내 눈에는 눈물이 가득 차올랐다.

"알아, 알다마다."

눈물을 참기가 너무 힘들었지만 가까스로 버텨냈다. 버스에서 내렸을 때 나에게 닥칠 일이 두려워서가 아니었다. 내 제안을 거절한 아마도에 대한 실망감 때문도 아니었다. 나 자신한테 너무 실망해서 나는 울고 싶었다. 도무지 믿기지가 않았다. 나는 코디와 하나도 다를 바가 없었다. 나 역시 아마도를 외모로만 판단했다. 나는 아마도가 몸집이 크다는 이유 하나만으로, 그가 누군가의 보호론자가 되는 일을, 돈을 받는 불량배가 되는 일을 아무렇지도 않게 받아들일 거라고 여겼다.

내가 몸집이 작다는 이유 하나만으로 코디 카푸토가 나를 만만하게 보고, 나를 샌드백 취급을 해도 내가 아무렇지도 않게 받아들일 거라고 여겼던 것과 똑같이.

그래, 나는 더 이상 코디 카푸토의 밥이 아니다. 아마도처럼, 나도 새 출발을 하겠다.

제니가 가르쳐 준 대로. 그냥 소원만 빌어서는 아무 일도 일어나지 않는다. 남에게 돈을 주고 부탁하지도, 끝내주는 한정판 자전거를 소유해서 남들이 나를 끝내주는 아이로 생각하게 만들지도 않겠다.

아마도가 전학을 통해 완전히 처음부터 새 출발을 하려고 했듯이, 나도 열심히 노력하겠다. 존 메이너드 케인스가 비평가들에 맞서 제2차 세계대전 이후 또 다른 대공황에 빠지지 않도록 미국을 구해냈듯이. 아론 웨인스타인이 벼룩시장에서 구입한 낡아빠진 고물 산악용 자전거로 집 앞에서 토끼뜀뛰기부터 시작해 극한 스포츠 대회인 서머 엑스게임에서 공중회전 점프를 성공해 내기에 이르렀듯이.

이 위대한 영웅들이 버스에서 내릴 용기를 나에게 전해 주었다고 마음속으로 되뇌이며, 나는 곧바로 코디 카푸토를 향해 걸어갔다. 코디는 자전거 보관소 근처에 모인 몇 안 되는 아이들 앞에서 심히 어처구니없는 180도 회전을 선보이는 중이었고, 나는 이렇게 말했다.

"코디, 그건 내 자전거야. 내 자전거 당장 돌려줘. 이리 내 놔."

내 목소리는 떨렸다. 무릎도 떨렸다. 손가락이 얼마나 부들부들 떨리는지 들키지 않으려고 재킷 주머니에 양손을 집어넣었다.

"오호, 이걸 돌려받고 싶으시다?"

코디가 내 자전거를 타고 옆으로 휙 지나가면서 씨익 웃었다. 순간 그가 나를 자전거로 뭉개 버리려는 줄 알고 본능적으로 움찔하며 뒤로 물러섰다. 그 모습에 다들 깔깔거리며 웃음을 터뜨렸다.

"자, 그럼 해봐, 빨간 머리. 와서 가져가 봐."

모두 더 크게 웃음을 터뜨렸다. 코디 카푸토가 타고 있는 자전거를 뺏어 올 방법은 없었다. 그는 너무 몸집이 컸다.

"어, 왜 그러니, 아가야? 우쭈쭈, 우리 새우 뉴버그가 울려고 그러는 거예요?"

코디가 다시 내 주위를 빙 돌며 놀렸다.

또다시 깔깔깔 웃음이 터져 나왔다.

끔찍했다. 나는 절대 내 자전거를 돌려받지 못할 것이다.

나는 사실을 직시할 필요가 있다. 어떤 사람들은 영웅이다.

나, 데이브 뉴버그는, 영웅이 아니다.

식당에 붙어 있던 벽보, 거기에는 이렇게 쓰여 있었다. '노력하면 무엇이든 이룰 수 있다!'

그 벽보는 거짓말이다.

그때, 코디 카푸토가 자전거로 나를 뭉개 버리는 시늉을 하며 세 번째로 내 옆을 휙 지나가는 순간, 기적이 일어났다. 아니 최소한 나는 그것을 기적이라고 생각했다. 그의, 아니 내 자전거 바퀴살 속으로 빛나고 반짝이는 무언가가 휙 날아오더니 앞바퀴에 꽉 끼면서 자전거가 끼익 멈춰 섰다. 코디는 핸들 위로 붕 날아가 내 발 밑에 쿵하고 떨어졌다.

그 빛나고 반짝이는 물건에는 파란 리본이 달려 있었다. 리본의 주인이 그것을 휙 잡아당기자, 그 빛나는 물건은 자전거 바퀴살에서 휙 빠져나와 도로 주인의 손으로 들어갔다.

내 여동생이다.

제니가 자신의 금메달을 주머니에 넣으며 말했다.

"코디, 넌 왜 맨날 그렇게 덜떨어지게 구니?"

모두 우리 주위에 동그랗게 모여들어 깔깔 웃음을 터뜨렸다. 이번만은 비웃음의 주인공이 내가 아니었다. 그들은 코디를 비웃고 있었다.

정말 우스꽝스러웠다. 코디는 너무나도 벙찐 표정이었다.

내가 제니에게 말했다.

"내가 말했잖아. 쟤는 판단력이 부족하다고. 하지만 방법을 바꿔 봐, 코디. 네가 무슨 말만 하면 사람들이 무서워하게 만들지 말고, 조금만 더 친절하게 굴면, 다들 너를 좋아하게 될 거야."

나는 그에게 다가가 내 자전거를 들어올렸다. 제니의 메달 때문에 바퀴살이 조금 찌그러지긴 했지만 화가 나지 않았다. 제니의 메달도 상처가 났을 게 분명하다. 제니는 나를 위해 자신의 메달을 희생시켰다.

어쩌면 노력하면 무엇이든 이룰 수 있을지도 모른다.

코디는 주저앉은 자리에서 잠시 우리를 빤히 쳐다보았다. 그러더니 별안간 소리를 꽥 지르며 분노를 폭발시켰다.

그가 노리는 사람이 제니인지 나인지 확실치 않았다. 하지만 그는 우리 둘 중 누구도 붙잡지 못했다. 버스에서부터 제니를 따라온 게 분명한 아마도가 긴 팔로 코디의 멱살을 붙잡고 따끔하게 훈계를 했기 때문이다.

"야! 너보다 작은 애들을 괴롭히면 안 된다는 걸 지금까지 아무도 안 가르쳐 줬냐?"

코디는 두 발이 땅바닥에서 몇 센티미터는 들려져 대롱대롱 매달린 채 아마도를 올려다보았다.

"야, 내려 놔. 이러면 안 되지. 우리는 같은 팀이잖아."

"아직은 아니지. 솔직히 지금 같아서는 앞으로 그럴 일이 없을 것 같네."

우르르 모여든 아이들이 한목소리로 탄성을 내질렀다.

"오오오!"

"거기 무슨 일이야?"

인파를 뚫고 키가 큰 남자가 불쑥 나타났다. 카푸토 감독님이었다. 싸움 구경을 하려고 몰려든 아이들은 괜히 휩쓸려서 벌이라도 받을까 봐 뿔뿔이 흩어졌다.

코디가 소리쳤다.

"아빠! 하느님, 고맙습니다. 아빠가 왔네. 이 자식한테 나 좀 내려놓으라고 해."

아마도가 여전히 코디의 멱살을 붙잡고 차분하게 인사했다.

"안녕하세요, 감독님. 방금 코디가 다른 아이의 자전거를 훔치고, 여자아이를 때리려는 현장을 목격한 사실을 근거로, 지금 감독님 아들에게 저는 팬더스 팀에 들어갈 수 없다고 설명하던 참이었습니다. 이런 녀석과는 같은 팀에서 뛰지 않겠습니다."

그때 카푸토 감독님이 실로 놀라운 반응을 보였다. 감독님이 아들을 보고 말했다.

"코디, 그게 사실이냐?"

"당연히 아니지. 그냥 저 바보 같은 애한테 자전거를 빌려 탄 게 전부야. 아빠도 알잖아, 좀 덜떨어진 녀석. 새우 뉴버그, 쟤 때문에 내가 맨날 얼마나 골치가 아픈데……."

113

제니가 말을 잘랐다.

"그래서 어제 데이브의 자전거를 훔치고, 데이브를 쓰레기통에 처박은 거야? 내 등에 구역질나는 종이를 붙여 놓고?"

제니는 카푸토 감독님에게 돌아섰다.

"우리 오빠가 교감 선생님한테 그 종이를 줬어요. 교감 선생님은 감독님한테 보여 주지 않았겠죠. 감독님을 화나게 만들고 싶지 않을 테니까요."

카푸토 감독님은 화가 치민 기색이 역력했다. 하지만 제니나 나한테가 아니었다.

감독님이 아마도에게 말했다.

"이제 내려놔도 된다. 그리고 우리 아들이랑 함께 뛸 걱정은 하지 않아도 돼. 저 녀석은 팀에서 짤렸으니까."

코디가 소리쳤다.

"아, 아빠!"

감독님이 제니와 나를 보고 말했다.

"너희 둘에게 우리 아들이 무슨 짓을 했건 간에 내가 다 사과하마. 모든 일은 적절한 절차를 통해 처리할 테니 염려 말고, 앞으로는 절대 그런 일이 없을 거다."

아마도는 코디를 내려놓았다. 코디는 곧바로 아버지에게 먹살을 붙잡혀서 학교와 교감실 쪽으로 질질 끌려갔다.

코디가 소리쳤다.

"놔, 아빠. 아빠가 오해한 거야. 내 말 좀 들어 봐!"

하지만 카푸토 감독님은 이미 들을 만한 얘기는 다 들었다는 표정이었다.

아마도와 제니, 그리고 나, 우리 세 사람은 서로를 쳐다보았다.

제니가 주머니에서 상처 난 금메달을 꺼내 도로 목에 걸며 말했다.

"아무튼, 마침내 잘 해결돼서 기뻐. 잘 가."

그러고는 몸을 돌려, 학교로 들어오다가 호기심에 멈춰 선 여자애들 무리를 향해 걸어갔다. 제니가 가까이 다가가자마자, 모두 신이 나서 조그맣게 비명을 지르고는 제니의 팔을 붙잡고 서둘러 학교로 들어갔다. 여자애들은 어깨 너머로 아마도를 흘깃거리더니 싱긋 웃었다.

제니만 빼고 모두 다. 제니는 하나로 묶은 머리를 까딱거리며 교문에 시선을 고정한 채 한번도 돌아보지 않았.

하지만 잘 가라고 인사를 할 때 어떤 까닭인지 제니의 얼굴은 몹시 빨개져 있었다.

"자물쇠가 없으니까 자전거를 행정실로 가져가서 학교 끝날 때까지 좀 맡아 달라고 해. 안 그러면 다른 애가 또 훔쳐 갈지도 모르잖아."

여자애들을 모른 척하며 아마도가 나에게 말했다.

나는 어쩔 줄 몰랐다. 행복해서. 마음이 놓여서. 하지만 무엇보다 아마도에게 고마워서.

"난…… 네가…… 그게…… 태어나서 이렇게 멋있는 광경은 처음이야. 어떻게 보답을 해야 좋을지 모르겠어."

아마도가 어깨를 으쓱했다.

"별거 아니야. 네 말마따나 친구는 항상 어려움에 처한 다른 친구를 도와야 하니까. 보답할 필요 없어."

"하지만 해야 돼. 선물경제학은 효과가 없다는 사실을 역사가 증명하고 있어. 우리는 재화와 용역을 교환해야 돼. 내가 너를 위해 어떤 용역을 제공해 줄 수 있을지 잘 모르겠고, 아까 나한테 돈을 지불하지 못하게 했으니까……."

그러다 내 자전거를 내려다보는데, 순간 머릿속에서 작은 수류탄 하나가 쾅하고 터지는 듯한 기분이 들었다. 알았다. 아마도에게 보답할 방법을.

"자, 자전거 너 가져!"

나는 아마도 쪽으로 자전거를 들이밀었다.

아마도는 깜짝 놀라서 나를 빤히 쳐다보았다.

"뭐라고?"

"예티 쇼크 조크. 가져. 넌 자전거를 가질 자격이 있어. 바퀴살은 좀 손봐야 할 거야. 넌 상상도 못할 거야. 정말로, 내가 얼마나 고마운지. 아론 웨인스타인이라면 네가 그 자전거를 가지길 바랐을 거야. 그리고 내 마음도 그래."

아마도는 한숨을 내쉬었다. 친구란 서로에게 이런 종류의 일을 해 주는 거라고 들었기 때문에, 순전히 그리고 온전히, 마음 깊은 곳에서 우러나온 희생을 감내하고 준 선물이었지만, 아마도는 그리 고마워하는 눈치가 아니었다.

"네 자전거 필요 없어. 나도 집에 예티 쇼크 조크 있어. 작년 여름에 몇 달 동안 잔디를 깎은 돈으로 샀어."

내가 깜짝 놀란 표정을 짓자, 아마도가 고개를 끄덕였다.

"그래. 난 그걸 학교에 타고 올 정도로 멍청하진 않아. 코디 카푸토 같은 바보가 훔쳐 가길 바라지 않거든."

나는 바보가 된 기분이었다.

"아."

아마도가 고개를 저었다.

"그거 알아? 넌 보호론자가 꼭 필요하겠더라."

자전거를 사이에 두고 아마도와 함께 행정실 쪽으로 걸어가면서, 나는 어젯밤 제니의 말을 곱씹어보았다. 친구에 대해, 그리고 친구를 얻는 일은 소원으로 할 수 있는 일이 아니라, 일을 하듯이 열심히 노력을 해야만 한다는. 제니가 말하는 일이란, 재화와 용역을 교환하는 실질적인 노동경제에서 의미하는 그 일이 아니었던 것 같다. 그 속에는 다른 뜻이 숨겨져 있었는지도 모른다.

나는 제니와 친구들의 대화를 옆에서 주워들었던 기억을 되살려 보려고 애를 썼다.

"어, 이번 주말에 같이 놀래? 같이…… 자전거 탈까? 우리 집 옆에 아주 근사한 점프대가 있는 공원이 하나 있어."

아마도가 어깨를 으쓱했다.

"좋아. 농구 연습이 없으면."

"연습 끝나고 우리 집에 와서 컴퓨터로 아론 웨인스타인 익스트림 비엠엑스 더트 트랙스 게임하면 어때? 나한테 최신 버전이 있거든."

"네 동생도 있어?"

"제니? 응, 있을걸. 하지만 왜 걔를 끼워 주냐. 제니는 진짜 못해. 주말에는 그냥 돌아다니거나 뒷마당에서 점프 연습을 하거든."

"갈게."

"제니가 가끔 쿠키도 굽는데, 태워 먹을 때가 많아."

사태를 정확히 파악하게 해 주는 게 아마도에 대한 최소한의 예의일 듯싶어서 나는 이렇게 경고했다.

"그런데 화재경보기가 나갔어. 그리고 가끔 제니가 먼저 컴퓨터 책상을 차지하면, 얼마나 바보 같은 게임을 하고 싶어 하는지 몰라. 승마 쇼에 나갈 조랑말들을 사야 된다나……."

아마도가 말을 잘랐다.

"야, 데이브."

아마도는 말을 멈추고 선글라스를 추어올린 다음 나를 보며 빙그레 웃었다.

"간다고 했잖아, 알겠지?"

나는 아마도를 빤히 쳐다보았다. 절로 웃음이 나왔다.

"왜? 그럼…… 내 보호론자가 돼 줄 거야?"

"아니. 네 친구가 될 거야. 있다가 점심시간에 내 자리 맡아 놔. 알겠지?"

그러고는 몸을 돌려 수업을 받으러 가 버렸다.

믿기지가 않았다. 불가능한 일 같았다. 마치 꿈이 이루어진 것처럼. 하지만 불가능한 일이 아니었다. 꿈이 아니었다.

나는 친구가 생겼다. 진짜 친구가.

아마도는 『고용, 이자 및 화폐의 일반 이론』을 읽어 봤을까? 만약 읽지 않았다면, 기꺼이 내 책을 빌려 줘야겠다.

모래폭풍에 교실 지붕이 날아갔고, 장마로 인해 상태는 더욱 나빠졌다.
사진 : 유엔난민기구 / H. 콕스

소피아 퀸테로

그것은 작년 여름 렉시가 피트에게 반하면서 시작되었다. 그 때는 그의 이름을 몰랐지만.

아무튼 첫 번째 단서 : 렉시는 하루가 멀다하고 '중국 음식을 먹고 싶어' 했다. 렉시에게 돼지고기 볶음밥을 맛보게 하는 데만 몇 년이 걸렸고, 마침내 맛을 봤을 때도 렉시는 코를 찡그리며 "먹을 만하네."라는 반응을 보였다. 지금은 볶음밥을 좋아하다 못해, 일주일에 네 번이나 나를 만리장성으로 끌고 갔다. 내가 질리지 않은 게 용할 정도다!

두 번째 단서 : 만리장성은 랜들 가와 화이트 플레인즈 로드 모퉁이에 있다. 우리 아파트에서 길게 뻗은 골목을 세 번이나 지나야 나오는 거리다. 게다가 가는 길에 중국음식점이 네 군데나 더 있다. 하지만 렉시 말로는 차이나 파빌리온은 맛이 별로고, 황금성은 볶음밥이 다른 데보다 더 비싸고, 만다린 왁은 개업한 지 얼마 되지 않아서 모험을 하기 싫다 하고, 오성은 제이제이네 집 골목에 있다며 툴툴거렸다.

바로 그것이 제일 큰 단서였다. 일 년 내내, 렉시는 제이제이가 사는 아파트 옆으로 지나가려고 등하굣길에 일부러 나를 데리고 먼 길로 돌아다녔다. 렉시네 엄마는 대단히 엄격해서 렉시가 현관 앞 계단만 벗어나도 질색을 했지만, 우리 엄마는 시원시원해서 운동장에 가거나 영화를 보러 가도 잔소리를 하지 않는다. 나는 혼자 가는 게 겁나서 몰래 렉시를 대동하고 다니지만, 세상에 공짜는 없는 법. 렉시네 엄마와 함께 일하는 변호사들이 잘 쓰는 말로 대가지불이랄까. 렉시가 벌을 각오하고 나와 함께 극장에 가 주는 대신, 나는 그 대가로 렉시가 찜한 그 달의 인물을 좇아 캐슬 힐을 휘젓고 다녀야 했다.

렉시의 부추김에 만리장성에 갔던 어느 수요일, 나는 드디어 제이제이의 자리를 피트가 대신했음을 깨달았다. 그날 렉시는 돼지고기 볶음밥을 먹을 돈이 부족했다.

렉시가 나에게 물었다.

"너 얼마 있어?"

"이번 주에만 벌써 세 번째야. 더 이상 돼지고기 볶음밥에 용돈을 날릴 수 없어."

엄마는 매주 월요일 출근 전에 식탁 위에다 일주일치 용돈으로 10달러를 두고 나간다. 렉시의 새로운 집착 덕분에, 나는 2달러와 잔돈 몇 푼으로 일주일의 반을 버텨야 했다. 나는 마지막 남은 2달러로 소프트 아이스크림을 사 먹기로 이미 마음을 굳혔고, 아이스크림 트럭은 매일 오지만 금요일까지는 꾹 참으려고 노력하는 중이었다.

렉시가 말했다.

"그럼 잔돈만 좀 줘. 그럼 볶음밥을 먹을 수 있을 거야."

내가 렉시의 손바닥에 동전들을 쏟아 내며 말했다.

"알았어. 그러니까 그냥 차이나 파빌리온으로 가자. 만리장성까지 가기는 너무 더워."

미리 잔돈을 내 주지 말았어야 했는데. 렉시는 이미 만리장성 쪽으로 걸어가고 있었다.

렉시의 꿍꿍이를 깨닫게 된 건 바로 그 더위 덕분인지도 모른다. 벌써 몇 주째 만리장성을 들락날락했는데도, 나는 렉시가 피자 가게나 패스트푸드점에 갈 때와 사뭇 행동이 다르다는 점을 눈치채지 못했다. 식당에 가면 보통 어떻게 하는가. 들어가서, 메뉴를 보고, 주문을 한 뒤, 자리에 앉는다. 사람이 많고 앉을 자리가 없으면 밖에서 차례를 기다린다. 불쾌하도록 끈적끈적한 날씨에 세 골목이나 걸어서 만리장성에 도착했기에 나는 조금이라도 빨리 자리에 앉고 싶다는 생각밖에 없었다. 만리장성은 거대한 선풍기가 뜨거운 바람을 이리저리 뿜어 내는 단순한 포장음식 전문점이 아니었으니까. 만리장성은 규모는 작지만 에어컨이 갖춰진 제법 괜찮은 식당이었다. 만리장성에 도착하자마자 나는 곧바로 자리에 풀썩 주저앉았지만, 렉시는 주문을 한 뒤에도 내 옆자리에 앉는 대신 목을 길게 빼고 손가락으로 머리카락을 배배 꼬며 계산대를 떠나지 않았다. 그제야 나는 렉시가 올여름 내내 창문 뒤에 있는 누군가에게 눈길을 주고 있었다는 사실을 깨달았다.

나는 자리에서 일어나 렉시의 어깨 너머를 슬쩍 쳐다봤다. 렉시는 점심으로 로메인*을 먹고 있는 배달 소년한테서 눈을 떼지 못했다. 어쩐지 렉시가 처음 먹자고 했던 중국음식이 배달 음식이더라니.

"왜? 차이나 파빌리온이 바로 저기잖아."라고 나는 그때 모퉁이를 가리키며 물었다.

그때 렉시는 처음으로 차이나 파빌리온의 돼지고기 볶음밥이 싱겁다고 불평했다.

내가 말했다.

"우리는 볶음밥 일인분이면 충분하니까 3달러 75센트만 있으면 돼. 그런데 배달시키면 최소한 8달러는 줘야 되잖아. 한 번 주문하는 데 일주일치 용돈을 날릴 수는 없어."

결국 나를 꼬여서 만리장성에 가게 됐고, 렉시는 가는 길에는 내내 폴짝폴짝 뛰다시피 했지만, 집으로 되돌아오는 길에는 입이 비죽 튀어나와 있었다. 처음에 나는 음식 맛이 나빠서 그런 줄 알았다. 이제야 알았다. 그때 만리장성엔 그 배달 소년이 없었다.

나는 렉시의 팔을 붙잡아 가게 밖으로 끌고 나왔다.

"세상에, 렉시. 너, 정말, 그 중국인 배달 소년한테 홀딱 반한 거였어?"

렉시가 팔을 휙 빼냈다.

"아예 마이크에 대고 떠들지 그래, 니콜!"

"미안!"

---

*중국식 볶음국수

그렇게 큰 소리로 떠든 것 같지는 않았지만, 아무튼 나는 목소리를 낮추었다.

"왜 나한테 말 안 했어?"

"왜냐하면……."

하지만 렉시는 말을 끝맺지 않았다. 대신 싱긋 웃고는 이렇게 말했다.

"귀엽지, 그치?"

나는 어깨를 으쓱했고, 렉시는 나를 보고 입을 삐죽 내밀었다.

"뭐라고?"

나는 렉시처럼 그 애를 유심히 보지 않았다. 한 번 더 볼 필요가 있었다.

이번에는 렉시가 내 팔을 붙잡고 잡아당겼다.

"니콜, 안 돼!"

"아무 짓도 안 할게."

나는 어항 앞으로 걸어가 물고기 구경에 흠뻑 빠진 척했고, 그건 그리 어렵지 않았다. 어항 밑바닥에서 메기 한 마리가 조약돌을 스치듯 지나가는 동안, 수면 가까이에서는 테트라들이 요리조리 헤엄쳤다. 어항 중앙에 혼자서 앞뒤로 헤엄치고 다니는 검은색 물고기가 보였다. 곧 렉시가 내 옆으로 와서 주방에 있는 배달 소년을 힐긋거리며 나를 쿡쿡 찔렀다.

소년은 대충 열여섯 살쯤 되어 보였고, 새까만 머리칼을 되는 대로 층을 내서 자르고, 제일 긴 머리는 한쪽 눈을 덮었는데, 사과 사탕 같은 빨간색으로 물을 들였다. 귓불에는 장식용 징도 하나 박혀 있었다.

"저 문신 보여? 끝내주지?"

렉시가 내 귀에 대고 소곤댔다. 그의 손목에 있는 문신을 언젠가 본 적이 있었다. 옷을 입은 에프 자와 티 자가 네모난 탁자에서 만난 듯한 그림이었다. 그런데 그게 무슨 뜻인지 얼른 생각이 나지 않았다.

"저게 뭐지?"

렉시는 어깨를 으쓱할 뿐이었다. 계산대를 지키는 여자애가 그 소년에게 중국말로 무어라 말하자, 그가 고개를 들어 우리를 똑바로 쳐다봤다. 그 여자애는 깔깔 웃음을 터뜨리더니 주방으로 되돌아갔다. 그는 여자애를 향해 눈동자를 데룩데룩 굴리더니 뭐라고 한마디 던지고는 아무 일도 없었다는 듯 다시 밥을 먹기 시작했다.

렉시가 씩씩거렸다.

"설마 우리 얘기한 건 아니겠지?"

"아니, 우리 얘기한 게 틀림없어."

"뭐라고 했을까?"

"모르지, 렉시! 넌 내가 중국 사람처럼 보여?"

여자애는 상냥하게 웃으며 갈색 봉투를 가지고 계산대로 돌아왔다.

"돼지고기 볶음밥 소小자 나왔습니다!"

여자애가 강한 말투로 커다랗게 외쳤다. 누구를 놀리나. 식당 안에는 우리밖에 없는데 또 누가 주문을 했다고. 렉시가 계산대로 가서 계산을 하는 동안 나는 밖에서 기다렸다. 너무 창피해서 그 남자애를 잘 살펴보지도 못했다.

아파트로 되돌아갈 때, 렉시에게 소위 궁금증 폭발의 순간이 찾아왔다. 렉시가 이른바 대답이 불가능한 질문을 한꺼번에 쏟아낼 때를 일컫는 말이다. 세 번에 한 번 정도는 대답해 볼 만한 질문도 있었지만, 미처 대답할 말을 생각하기도 전에 렉시는 다른 질문을 쏟아냈다.

"걔 이름이 뭘까? 그 문신은 무슨 뜻일까? 걔는 머리를 왜 그렇게 했을까? 나름대로 귀엽지, 안 그래, 니콜? 그 바보 같은 여자애는 걔한테 뭐라고 했을까? 걔 여동생일까? 걔 여자친구라거나, 뭐 다른 관계인 것 같지는 않지, 안 그래, 니콜? 학교는 어딜까?"

렉시의 궁금증 폭발의 순간은 해답을 찾을 수 있을 만한 질문을 떠올리기 전까지는 절대 멈추는 법이 없다. 일단 대답이 가능한 질문이 떠오르면, 렉시는 도무지 막무가내여서, 유치원 때부터 렉시의 영원한 단짝 친구인 나는 영락없이 그 대답이라는 임무를 수행해야만 한다. 가끔은 그 임무가 순진하고 재미있을 때도 있다. 이를테면 우리는 여덟 살 때 크리스마스이브에 밤을 꼬박 새려는 계획을 세웠다. 굴뚝도 없는 우리 아파트에 어떻게 산타클로스가 선물을 주는지 궁금했기 때문이다. 하지만 작년 여름에는 그 임무 덕분에 이 주일 내내 벌을 받아야 했다. 렉시가 인터넷에서 무슨 얘기를 읽었는지, 모퉁이에서 마약을 파는 남자들에게 전화선에 운동화를 매달아 둔 사람이 바로 당신들이냐고 물어보기로 마음먹었기 때문이다.* 누군가 렉시의 엄마에게 렉시가 그 남자들과 이야기하는 모습을 봤다고 일렀다. 아마도 길 건너 세탁소 주인 여자인 듯싶었다. 세탁소는 사방이 한눈에 들어오는 자리였고, 주인 여자와 렉시네 엄마는 우리 나이부터 알고 지내는 사이였다.

아파트에 도착하자 렉시가 말했다.

"중국 사람들은 식당 문을 닫고 나면 어디로 갈까?"

나는 또다시 우리를 곤경에 빠뜨릴 만한 임무가 눈앞에 기다리고 있음을 직감했고, 괜히 금쪽같은 여름의 두 주를 작년처럼 허비하고 싶지는 않았다.

"레모네이드, 아니면 아이스티?"

내가 냉장고 앞에서 주전자 두 개를 들어 보이며 물었다.

"그러니까, 눈치 못 챘어, 니콜?"

---

*미국 주택가나 도심지에선 전깃줄이나 전화선 따위에 운동화가 걸려 있는 것을 흔하게 볼 수 있는데, 마약상이 '물건'을 파니 사러 오라는 의미로 달아 놓은 신호라는 소문도 있다.

렉시가 레모네이드로 손을 뻗어 식탁에 놓아 둔 유리잔에 쪼르르 따랐다.

"캐슬 힐에는 온갖 가게들이 많잖아. 브롱스 지구가 다 그렇지만. 포장음식 전문점, 우리가 배낭하고 예쁜 머리핀을 사는 가게, 네일샵……."

그냥 입을 다물고 있거나 화제를 돌려야 했지만, 나도 모르게 말이 튀어나왔다.

"잘은 모르지만 그 사람들은 중국 사람들이 아닐 거야. 내가 보기엔 한국 사람들 같던데."

렉시 같은 애들한테 이 말은 곧 이번 주에는 또 어떤 종류의 문제를 일으키려고? 라고 묻는 거나 마찬가지였다. 볶음밥을 먹으면서 텔레비전을 보겠느냐고 말을 돌리거나, 비상계단으로 접시를 가지고 나가 버리거나, 혹은 완전히 화제를 바꾼다 해도 이제는 돌이킬 수가 없었다.

"하지만 이 동네 사람들은 아무도 없는 것 같아. 너 그 사람들 본 적 있어? 학교든, 도서관이든, 어디서도 그 가게 주인들 한번도 못 봤어."

곰곰이 생각해 보니 렉시의 말이 옳았다.

"우리 엄마들이랑 비슷한 것 같아. 두 분 다 브롱스에 살지만 일은 맨해튼에 가서 하잖아. 사는 데랑 일하는 데가 다른 사람들이 많은 것처럼."

"아니, 그건 달라."

렉시가 접시에 돼지고기 볶음밥을 덜어 주며 말했다.

"우리 엄마는 시내에서 일하고, 너희 엄마는 대학교에서 일하잖아. 월급을 받고 일하는 수천 명 중에 한 명이지. 하지만 중국 사람들은 우리 골목에서 자기네 가게를 운영하는 도미니카 공화국 사람들이랑 비슷해. 아니면 제이제이네 골목에 있는 멕시코 인들이나. 아니면 피자 가게 맞은편에서 진짜 소고기 패티를 파는 자메이카 사람들이든지……."

나는 렉시가 하는 말이 이해가 되기 시작했다.

"비디오 가게 주인인 인도인 가족이라든가."

내가 볶음밥을 조금 먹으며 말했다. 캐슬 힐에서 장사를 하는 사람들은 업종은 달라도 모두 이 동네에 산다. 우리는 그들의 손님만이 아니었다. 우리는 그들의 이웃이기도 했다. 문득 어떤 생각이 머리를 스쳤다.

"그런데 비디오 가겟집 아들은 우리 학교에 안 다녀."

"맞아, 가톨릭 학교에 다니잖아, 바로 저기야. 그 사람들은 가톨릭 신자도 아닌데."

"그런 걸 네가 어떻게 알아?"

순간 기억이 났다. 제이제이는 인도인이다. 제이제이에 대한 정보라면 뭐든지 알아내야 한다는 임무수행을 하면서, 렉시는 우리 동네에 사는 다른 인도인들에 대한 정보도 꽤 수집했던 게 틀림없다.

"차이점은, 중국 사람들은 캐슬 힐에 가게가 있는 건 똑같지만 도미니카 공화국 사람들이나 인도 사람들, 그리고 여기에서 장사를 하는 다른 모든 사람들과는 달리 이 동네에 살지 않는다는 거야. 이상하잖아."

나는 레모네이드를 홀짝이고 다시 생각에 잠겼다.

"어쩌면 아닐 수도 있지. 생각해 봐, 렉시, 그만큼 서로 다르다는 얘기야. 다른 사람들은 모두 같은 지역 출신이잖아. 우리 자메이카 인들하고 인도인들도."

"아니, 인도인들하고 중국인들이 같은 지역이지."

"그래, 내 말은, 애초에는 그렇지. 백만 년 전이라면. 하지만 이 동네에 사는 인도인은 특히 가이아나에서 건너온 사람들이 많아. 자메이카에서 금방이잖아."

"아니, 그렇지 않아. 완전히 바다 반대편이야."

지리는 렉시가 나보다 더 잘하는 과목이다. 훨씬 더.

"그래도 가이아나가 인도나 중국보다는 푸에르토리코나 도미니카 공화국 같은 곳들에 훨씬 더 가깝잖아."

"그렇네."

우리는 잠시 말을 멈추고 밥을 먹었다. 그때 렉시가 말했다.

"있잖아. 우리가 밤에 만리장성 근처에서 기다렸다가 그 사람들을 집까지 따라가야겠어."

렉시와 말싸움을 해봤자 소용이 없지만 그렇다고 이대로 물러설 수는 없었다. 결국에는 내가 늘 두 손을 들었지만 일단 말리는 봐야 했다. 그래야 나중에 혹시 걸려서 엄마들한테 변명을 해도 할 말이 있을 테니까.

사실은 밤에 잠자리에 들 때, 만리장성의 어항에 대한 생각이 머릿속을 떠나지 않았다. 끼리끼리 뭉쳐서 다니기는 했지만 어항 속에는 온갖 종류의 물고기들이 한데 어울려 살았다. 테트라들은 어항 맨 위에서, 메기는 밑바닥 자갈 근처에 자신의 영역을 확보했다. 어항 속 그들의 세상은 우리 동네와 상당히 비슷했다. 길거리에서 만나면 다들 친절하게 대하지만, 대부분은 끼리끼리 뭉쳐 다닌다. 우리 동네 사람들이 다 렉시 같지는 않다. 렉시는 사람을 가리지 않고 다 좋아한다. 더 많은 사람들이 렉시 같으면 좋겠다. 특히 나부터. 내가 렉시의 말도 안 되는 계획에 결국 동의한 것도 어떻게 보면 그런 이유 때문인 것 같았다.

우리는 한밤중에 자전거를 타고 몰래 빠져나와 만리장성 길 맞은편 모퉁이에서 만나기로 했다. 첫 번째 시도는 실패였다. 둘 다 잠이 들어 버렸기 때문이다. 이튿날 우리는 상대방을 바람맞힌 줄 알고 서로에게 달려가 천 번은 넘게 사과를 했다. 우리는 깔깔깔 웃음을 터뜨렸고, 엄마들을 깨우지 않고 휴대폰 알람을 맞춰 놓으면 된다는 사실을 깨달았다. 그리고 실수가 없도록, 먼저 일어난 사람이 다른 사람에게 문자를 하고, 다른 사람이 온다는 사실을 확인하기 전까지는 나가지 않기로 했다.

두 번째 밤에 우리는 약속 시간 전까지 완전히 깨어 있었는데, 천둥번개 탓에 둘 다 잠을 이룰 수가 없었기 때문이다. 나는 여름에 치는 천둥번개를 특히 좋아했지만 렉시는 무서워했기 때문에 렉시가 걱정스러웠다. 내가 먼저 문자를 보냈다.

오늘밤은 거기 절대 못 가.

당근!

드디어 세 번째 시도에서, 열한 시에 모퉁이에서 만나는 데 성공했고, 승합차 뒤에 쭈그리고 있다가 피트와 그 여자애, 그리고 둘의 부모님이 식당에서 빠져나오는 모습을 목격했다. 렉시는 완전 흥분상태였다.

렉시가 내 팔을 치며 말했다.

"맞지, 여동생이라니까! 그냥 직원이나 여자친구라면 뭐 하러 이렇게 늦게까지 있다가 저 사람들하고 같이 가겠어?"

내가 소리쳤다.

"아얏! 제발 흥분 좀 가라앉혀!"

"쉿!"

피트와 가족이 차에 올랐고, 우리는 자전거에 올라탔다.

"제발 빨간불이 많이 걸리게 해 달라고 기도해, 니콜."

"그러게."

 한동안은 운이 따랐다. 빨간불과 정지 신호가 아주 많았고, 렉시와 내가 다리가 활활 타 버리는 느낌이 들 때까지 미친 듯이 페달을 밟은 덕분에 차를 따라잡기가 수월했다. 하지만 피트네 차가 크로스 브롱스 고속도로 진입로에서 좌회전을 했고, 그걸로 끝이었다. 자전거를 타고 고속도로로 들어갈 방법은 없다. 렉시는 제정신이 아닐지 몰라도, 나는 아니다.

 그래도 한밤중에 훈훈한 여름 공기를 가르고 가닥가닥 땋은 머리를 휘날리며 캐슬 힐 가를 전속력으로 내려오다 보니 마치 슈퍼 영웅이라도 된 기분이었다. 처음에 상상만 했을 때는 무서워서 소름이 돋았지만 렉시 때문에 직접 해보니, 갑자기 하늘이라도 훨훨 날 듯한 기분이었다. 불끈 용기가 솟아났고, 그 무엇도 나를 해치거나 막아 세울 수는 없었다.

 달리 좋은 수가 없어서 일주일 동안 렉시와 나는 아무런 시도도 하지 않았다. 그런데 결국 그 주는 우리의 여름 중에서 최악의 일주일로 끝났다. 심지어 렉시와 싸우기까지 해서 며칠 동안 서로 말도 하지 않았다. 렉시의 기분을 돋아 주려고 했는데, 렉시는 그럴 마음이 없었다는 것밖에 기억나는 게 없다. 그래서 내가 해서는 안 될 말을 했다. 렉시가 예전에 나에게만 털어놓았던 비밀을 끄집어내서 렉시의 심기를 건드렸다. 그 비밀이 무엇이었는지는 말할 수 없다. 애초에 그 말을 꺼낸 게 잘못이었고, 지금도 후회스럽기 때문이다.

그 다음 주에 나는 렉시에게 사과의 말과 함께 피트를 뒤쫓을 계획을 적은 문자를 보냈다.

정말 미안. 제발 용서해 줘. 3주 용돈 다 줄게. 30달러!!! 택시 타고 만리장성 따라가면 돼.

렉시는 삼십 분 정도 뜸을 들이다가 마침내 답문자를 보냈다.

용서할게. 계획 짜게 아래층으로 와.

택시 대신, 우리는 같은 동네에 사는 마르샤라는 자메이카 인 여자애를 포섭했다. 모르는 사람들은 가끔 마르샤가 내 동생인 줄 아는데, 내 입장에서는 듣기 좋은 말이다. 마르샤는 열여섯 살인데 예쁜데다 멋쟁이다. 게다가 근사한 차가 있는 귀여운 남자친구까지 있어서 가끔 차도 빌려 준다.

그날 밤 우리는 마르샤가 가져온 남자친구의 차를 타고 만리장성이 문 닫을 시간만 기다렸다. 그의 아버지가 철문을 내리고 자물쇠를 채우는 동안, 피트와 여동생은 서로 밀치락달치락했다. 그 애의 이름이 피트라는 사실도 이 과정에서 알게 됐다. 두 사람의 어머니가 남매를 떼어 놓고 중국말로 꾸짖자, 여동생이 영어로 소리쳤다.

"그럼 피트 오빠한테 나 좀 내버려 두라고 하세요!"

그 여자애는 중국식 말투가 전혀 없었다.

렉시가 말했다.

"세상에, 저 사람들 영어 잘하네. 그것도 완벽하게."

내가 말했다.

"쯧쯧. 여기서 살고, 여기서 일하고, 모르긴 해도 여기서 학교도 다닐 텐데. 어느 정도는 알아야지."

하지만 나도 렉시만큼이나 놀란 게 사실이다. 렉시와는 달리, 나는 그런 당연한 사실을 몰랐다는 게 창피했다.

렉시가 말했다.

"그런데 어느 정도가 아닌 것 같은데, 니콜. 저 여자애는 방송국에 나오는 사람처럼 말하잖아."

피트네 식구가 자기네 차로 걸어가는 동안 우리 차를 출발시키면서 마르샤까지 웃음을 터뜨렸다. 하지만 그들이 크로스 브롱스 고속도로에서 빠져나와 화이트스톤 다리로 향하자, 마르샤는 웃음을 뚝 그쳤다.

"저 사람들 어디로 가는 거야? 퀸스로 가잖아!"

렉시가 소리쳤다.

"가, 가, 가! 니콜이 다음 주에 10달러 더 줄 거야."

나는 렉시의 팔을 찰싹 때렸지만 이미 엎지른 물이었다. 마르샤는 통행료를 내고 계속해서 피트네 식구들을 뒤쫓았다. 차로 다리를 건너는데, 맨해튼의 황홀한 스카이라인이 강 위로 그림자를 던졌다. 계속 가라고 마르샤를 부추긴 렉시에게 고맙다고 인사라도 하고 싶은 마음이었다. 지금까지 엽서와 텔레비전으로만 봤지, 직접 맨해튼의 스카이라인을 본 건 오늘이 처음이었고, 실제로 보니 훨씬 더 멋있었다.

만리장성 가족은 15분을 더 이동해 마침내 우리 동네에 있는 집들과 똑같은 2층짜리 벽돌 연립 주택 앞에 차를 댔다. 마르샤는 몇 미터 뒤에 차를 세우고 라이트와 시동을 껐다. 렉시와 나는 뒷좌석에서 피트와 그의 여동생, 그리고 그의 부모님이 차에서 내려 집 안으로 들어가는 모습을 지켜보았다.

내가 마르샤에게 물었다.

"여기가 어디야? 퀸스 어디냐고."

"아스토리아야."

순간, 마르샤와 내가 알아챌 틈도 없이 렉시가 차 문을 열고 뛰어갔다.

"쟤 뭐하는 거야?"

나는 렉시를 쫓아 달려나갔다.

"렉시! 너 미쳤어?"

렉시는 피트네 집 진입로에 멈춰 섰고, 현관문이 코앞이었다.

"쉿!"

"나한테 조용히 하라고 하지 마! 피트네 집 현관으로 달려온 사람은 바로 너잖아."

고함과 속삭임을 동시에 하려니 목이 아팠다.

"현관문으로 달려가려는 거 아니야. 그냥 번지수만 확인하려고."

"그건 왜?"

"그래야 엽서를 보내든지 말든지 할 거 아니야."

"차에서 달려 나올 필요는 없었잖아. 마르샤한테 차를 앞으로 좀 가 달라고 하면 되는데."

"아, 그 생각은 못했네. 미안!"

렉시가 빈정대는 투로 낮게 쏘아붙였다.

바로 그때 여자애의 낄낄거리는 웃음소리가 들렸다. 바보 같은 말싸움에 열중하느라 피트의 동생이 침실 창문에서 우리를 내려다보고 있는 줄도 몰랐다.

딱 걸린 충격에서 어느 정도 벗어나자, 뭐에 씌웠는지 나도 모르게 이렇게 외쳤다.

"뭐가 그렇게 웃기니?"

그제야 렉시도 창피함을 느꼈나 보다. 렉시가 내 팔을 붙잡아 차 쪽으로 끌어당겼고, 마르샤는 어느새 집 바로 앞까지 차를 전진시켰다.

렉시가 사정을 했다.

"쟤가 부모님을 부르거나 하기 전에 어서 여길 빠져나가자."

"우리 동네에 살기에는 너희 식구들이 수준이 높다고 생각하는 것도 가소로운데, 가게에서는 영어를 잘 못하는 시늉까지 하다니. 참 어이가 없더라!"

"이것 봐, 오지랖도 넓지, 내가 어디에 살건 그쪽에서 참견할 문제는 아니잖아, 안 그래?"

내가 무어라 대꾸하기도 전에 그 여자애는 이렇게 덧붙였다.

"그리고 진짜 어이없는 게 뭔지 알아? 너희 둘이 우리 오빠가 무슨 완소남이라도 되는 줄 알고 쫓아온 거야. 바보천치인 줄도 모르고."

렉시가 말했다.

"그건 너희 오빠니까 그렇게 말하는 거지."

"그렇다고 사실이 달라지는 건 아니지. 게다가…… 오빠는 벌써 여친 있어."

이제 진입로에는 마르샤까지 나와 있었다. 마르샤는 우리 둘을 붙잡아 차로 끌고 갔다.

"그만하면 됐어, 둘 다."

마르샤는 여자애를 올려다보고 사과했다.

"미안, 우리 금방 갈 거야."

"그러든지 말든지."

그리고 렉시의 가슴이 메어지는 소리가 이층까지 들리기라도 했는지 이렇게 덧붙였다.

"우리 오빠한테는 그쪽이 너무 예뻐서 아까워."

렉시와 나는 자동차 뒷좌석으로 기어들어갔고, 마르샤가 운전석에 앉기를 기다리는 사이에 렉시가 뒷좌석 창문으로 외쳤다.

"그런데 너는 이름이 뭐야?"

"몰리. 식당 어항에 있는 검은색 물고기랑 똑같아."

내가 끼어들었다.

"나는 니콜이야, 얘는 알렉산드라고."

"하지만 다들 나를 렉시라고 불러."

그러더니 렉시가 이렇게 덧붙였다.

"아이i자를 쓰는 렉시Lexi."

마르샤가 차를 빼는 동안 우리는 몰리에게 손을 흔들었다. 렉시는 피트가 사는 거리 이름을 알 수 있게 모퉁이에서 멈춰 달라는 부탁 같은 건 하지 않았다. 누구도 말이 없었고, 아무도 피트 생각은 하지 않았던 것 같다. 몰리는 우리의 예상과 전혀 달랐다. 우리 이름을 모를 때조차 우리를 보며 깔깔거리고 놀리던 그 모습. 자신의 오빠를 험담할 때나 스스로를 표현하기 위해 사용했던 속어. 피트를 따라온 일로 우리에게 건방지게 대꾸를 하던 모습에서부터 피트에게 이미 여자친구가 있다며 오히려 렉시를 위로해 주려는 모습까지. 단지 중국인이라는 이유만으로 우리는 그 누구도 그녀가 우리와 똑같을 거라는 생각을 하지 못했다.

일이 나쁘게 풀린 것 같지는 않았지만, 나는 세상사가 늘 이런 식은 아니기를 그 어느 때보다 간절히 바랐다. 다툼이 잦은 동네에 대한 뉴스를 들을 때마다 나는 캐슬 힐 같은 동네에 사는 우리가 정말 복이 많다고 생각했다. 캐슬 힐은 온갖 종류의 사람들이 모여 살지만 서로 사이좋게 지낸다. 하지만 몰리와의 만남을 통해 나는 우리 동네 사람들이 동시에 존재할 수는 있지만 여전히 끼리끼리 나뉘어 있는 이유를 더 이해하기 어려워졌다. 우리는 서로의 음식을 먹고, 서로의 손톱을 칠할 수는 있지만, 서로의 집으로 찾아가거나 서로의 언어를 배우지는 않는다. 우리는 왜 이렇게 자리를 잡았을까? 안타까운 건 어항 속에서 어울리는 무리 없이 홀로 헤엄치는 만리장성의 검은 물고기를 쏙 빼닮은 몰리만이 아니었다. 나는 우리 모두 즉, 테트라와 메기도 안타까웠다.

다행히 엄마를 깨우지 않고 내 방으로 슬그머니 들어왔다. 나는 티셔츠와 반바지도 갈아입지 않고 침대 속으로 기어들어갔다. 잠이 오지 않아서 렉시에게 문자를 보냈다.

잘 들어갔어?

렉시는 아파트로 몰래 들어가다가 엄마한테 딱 걸려서 답문자를 보내지 못했다. 렉시는 그날 밤 어디까지 갔었는지는 물론, 내가 동행했다는 사실도 절대 입에 올리지 않았다. 아주머니는 그

벌로 렉시에게 여름 내내 외출금지령을 내렸다. 제아무리 더운 날도 예외가 없었다. 나는 아파트 현관 계단에 앉아 렉시에게 문자를 보내곤 했다.

공원이든 영화든 뭐든 가서 문자해. 이제 니가 우리 둘 몫을 사는 거야!!!!!

나는 렉시 없이 그런 곳에 가기를 두려워했고, 왜 그런지 그 이유조차 몰랐다. 하지만 우리의 만리장성 모험 이후, 그러한 두려움은 감쪽같이 사라졌다. 아스토리아로의 자동차 여행이 어쩌다가 우리 동네에 걸려 버린 '함께 있지만 나뉘어 사는' 마법에서 나를 풀려나게 했나 보다. 이제는 벌을 받는 렉시를 두고 나 혼자 가야 한다는 미안한 마음이 내 발목을 잡을 따름이었다. 렉시가 아니었다면 내 두려움을 절대 극복하지 못했을 텐데. 렉시는 내 마법해제자였고, 그러니 나 혼자 즐기는 건 공평하지 않은 것 같았다. 그것은 애당초 마법의 주문 같은 건 걸리지도 않았던, 아무리 렉시 같은 멋진 친구라 해도 영원한 단짝이 오직 한 사람밖에 없을 때 발생하는 단점 중의 하나였다.

그러던 어느 날 현관 계단에서 마르샤가 남자친구와 말다툼을 벌인 일에 대해 렉시에게 문자를 보내고 있는데, 누군가가 자전거를 타고 나를 향해 다가오는 게 보였다. 몰리였다.

"잘 있었어?"

몰리가 내 발치에 자전거를 세우며 아는 체를 했다.

"이거."

몰리가 나에게 종이봉투를 건넸다.

"주문한 거 없는데."

"알아. 너하고 아이i자를 쓰는 렉시한테 주는 거야. 한동안 식당에 오지 않았잖아."

"맞아, 나는 파산 상태고 렉시는 외출금지라서."

"이 배달을 못 끝내면 나도 같은 신세야. 오빠한테 뇌물을 주고 겨우 배달을 맡았거든. 엄마 아빠가 오빠 대신 내가 배달하고 있다는 사실을 알면 오빠나 나나 끝장이야."

왜 부모님이 몰리가 배달하는 걸 싫어하는지 물어보고 싶었지만 몰리는 금세 자전거에 휙 올라탔다.

"그래도 식당으로 돌아가는 길에 끝까지 해낼 거야."

순간, 나는 앞으로도 몰리에게 그 질문뿐 아니라 그밖에 다른 것들을 물어볼 기회가 아주 많다는 사실을 깨달았다.

"멋지다. 그리고 고마워!"

그리고 그렇게, 몰리는 사라졌다. 봉투에 스테이플러로 찍어 놓은 주문 용지에 몰리가 남긴 휴대전화 번호가 보였다. 봉투 안에는 에그롤 두 개와 돼지고기 볶음밥, 그리고 행운의 과자* 몇 개가 들어 있었다. 과자 하나를 쪼개서 점괘를 읽어 보았다.

당신의 최고의 행운은 당신의 친구들입니다.

나는 과자를 깨물어 먹으며 휴대전화를 꺼냈다.

야! 깜짝 놀랄 소식…

＊중국 음식점 등에서 만들어 파는 점괘가 든 과자

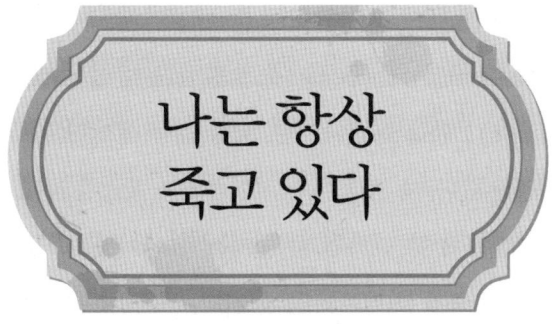

캐런 헤스

나는 죽고 있다. 나는 백 년 동안 죽고 있었다. 나는 내가 항상 죽고 있을 거라는 사실이 두렵다.

처음에는 죽음 직전에 있다는 것이, 항상 마지막 순간에 한 육체에서 다른 육체로 탈출한다는 사실이 기뻤다. 하지만 지금은…… 지금 나는 멈출 수 있기를 소망한다. 항상은 긴 시간이다.

그리고 나는 항상 어린아이다. 항상 열두 살이다. 나는 아주 많은 거짓말을 했다. 아주 많은 어린이들의 정체성을 취했다. 하지만 처음은 평범하게 한 남자와 한 여자에게 태어났고, 그 여자는 죽었고, 나 역시 죽을 예정이었던 것 같다. 하지만 나는 죽지 않았다. 그 이유는 나도 모른다.

나는 열두 살까지 살아남았다. 첫 번째 삶은 비참했다. 내 기억을 온전히 믿을 수 있다면, 나를 자신의 장화 뒤꿈치에 묻은 똥처럼 취급했던 아버지와 함께했던 굶주림과 고통의 삶, 외로운 삶이었다. 채 말을 떼기도 전에 아버지는 나를 구걸하러 내보냈다. 아무 수확 없이 돌아온 날이면 아버지는 내가 안개로 변하고 육체에서 영혼이 이탈할 지경이 될 때까지 두들겨 패곤 했다. 아마도 그게 시작이었고, 그렇게 해서 내가 영혼의 이동을 배웠던 것 같다.

열두 살이 되던 어느 겨울날 밤, 아버지는 나를 때리고 또 때렸다. 구타는 멈추지 않았다. 다시 한 번 나는 몸이 뿌연 안개로 바뀌는 느낌이 들었다. 그런데 이번에는 안개가 걷혔을 때 나는 다른 육체 속에 있었다. 내가 이동한 육체의 주인인 소녀는 아픈 몸이었다. 하지만 그녀는 사라졌고, 그 자리를 내가 차지했다. 내 첫 육신이 어떻게 되었는지 나는 말할 수 없다. 하지만 나는 새로운 삶에 적응하기 위해 빠르게 배웠다.

  그리고 나는 그 삶을 수개월 동안 길게 연장하는 법을 배웠다. 그래봤자 일 년을 넘기지 못했지만, 그렇게 해서 그 일은 지속되고 있다. 내가 취한 육신의 아이들은 항상 열두 살이다. 나는 최대한 오랫동안 그들을 살려 둔다. 하지만 가끔은 한 해를 보내는 중에 그들의 몸이 쇠해지면 나는 다른 몸으로 스르르 이동해 들어간다.

  나는 항상 죽고 있다. 나는 결코 죽고 있지 않다. 나는 죽었고, 죽었고, 또 죽었지만, 나는 죽은 몸이 아니다.

  오늘밤, 또 다른 열두 번째 해가 끝난다. 이번에는 부모님의 사랑을 받는 외동딸이다. 그동안 알았던 모든 부모들 중에 이분들이 제일 친절하다. 어떤 부모는 몸이 아픈 아이의 비용을 부담할 여유가 없었다. 또 어떤 부모는 아픈 아이를 보살피는 일에 지쳐갔다. 남이 보는 앞에선 사랑을 주는 척했지만, 아무도 없을 때는 인내심을 잃었다. 이따금 나 역시 그 부모들에게 인내심을 잃었던 일을 뉘우친다.

  이번에는 다르다. 열두 달을 이 몸속에 있는 동안 이 부모님은 단 한 번도 그들의 헌신적인 사랑에 흔들림이 없었다. 살면서 이 몸처럼 떠나기 싫었던 적이 없었다. 그리고 왠지 내가 계속 남아 있을 수 있을 것 같은 기분이 든다.

이 몸에서 처음 깨어났을 때 나는 그 어느 때보다 훨씬 건강했다. 그리고 매우 지극한 보살핌을 받았다. 나는 구름처럼 편안하고 보드라운 이불에서 잠을 잤다. 나에게 입을 맞추려고 몸을 숙일 때 어머니에게서는 라일락 향기가 났는데, 어머니는 수시로 나에게 입을 맞춰 주었다. 어머니의 자애심에 절로 그러한 반응이 일어났다. 어머니의 사랑에 스스로 차오르는 느낌이 들다니 놀랍기 그지없다. 그리고 나의 아버지, 그는 몹시 친절하다. 매일 그는 주머니에 선물을 가지고 왔다. 그들은 나를 위한 치료법을 찾는데 비용을 아끼지 않았다. 그들은 누가 됐든지 의술이 뛰어나기로 명성이 높은 의사라면, 그와의 면담을 위해 자신들의 에너지와 재산을 내던졌다. 하지만 그들은 과도한 아픔을 야기할지 모르는 치료에는 결코 나를 내어놓지 않았다.

그들이 이 죽음을 어떻게 견뎌 낼지 나는 모른다.

나 역시 이 죽음을 어떻게 견뎌 낼지 나는 모른다.

내 방문을 닫으며 나는 덴마크의 작가가 쓴 책 한 권을 선반에서 꺼내 온다. 침실의 벽난로를 통해 사방으로 안락함이 퍼져나간다. 마치 정교한 도자기가 잘게 쪼개지듯이, 불씨들이 미묘한 소리를 만들어 낸다. 이 방은 공주의 방처럼 반짝인다. 샹들리에가 벽난로의 불빛을 굴절시키고, 굴절된 빛을 천장으로 보내 이리저리 춤추게 만든다. 탁자 위에는 빵과 코코아가 차려져 있다.

내 손에서 책은 내가 가장 좋아하는 이야기에 펼쳐져 있다. 나는 보드라운 쿠션들이 놓인 초록색 비단 소파로 걸음을 옮긴다. 몸을 오그리고 다리 위로 모피 담요를 끌어당긴 다음 읽기 시작한다…….

낡은 해는 힘을 거의 다 소진했다.
낡아빠진 누더기를 입고 문간에서 잠이 들었다.
새 해는 탄생을 위해 안간힘을 썼다, 낡은 해의 품속에 갇혀.
쇠퇴하는 지위 속에, 낡은 해는 놀라운 힘으로
새 해를 저지했다.

생명의 소리들이 귓가에 와 닿는다. 술기운에 대담해진, 휴일을 즐기는 향락자 무리가 창문 밑 거리에서 서로에게 소리를 치며 눈보라에 저항한다. 나의 부모님은 아래층에서 작은 만찬을 연다. 나는 이미 잠깐 모습을 비추었다. 내일 손님들은 나의 죽음을 알고 충격을 받을 것이다.

그들은 이렇게 말하겠지.
"아주 건강해 보였는데."
"훨씬 더 튼튼해진 것 같았는데."

낡은 해를 보내는 이 마지막 날
살아 있는 모든 것은 추위에게 머리를 숙였다.

잔혹한 추위,

푸르스름한 빛과

하얀 송곳니.

추위는 마을을 배회하고 다녔다.

그 옛날 짐승들처럼

날개를 퍼덕였다.

날카롭디 날카로운 회오리바람을 만들어 내며.

나는 가만히 책을 옆에 두고, 창문을 난타하는 추위에 맞서기 위해 벽난로에 나뭇가지를 몇 개 더 얹는다. 다시 소파로 돌아가 자리를 잡기 전에 시계가 열한 시를 알린다.

차가운 바람 속에 눈이 소용돌이쳤다.

부드러운 눈도, 동그란 눈도 아닌

사포처럼 거친 눈이

앙상한 겨울 피부에 괴로운 붉은 흔적을 남긴다.

솟아오른 짐승 같은 눈은, 모여드는 어둠 속에,

지나가는 나그네들을 맹렬히 공격한다.

사나운 발톱으로 어둠을 베어 내며.

이 이야기 속의 날씨가 창문 밖의 날씨와 어찌나 흡사한지, 희한하고 또 희한할 뿐이다. 오늘밤 바람은 성난 동물처럼 포효한다. 동물원의 사자들이 떠오른다.

이 부모님을 따라 동물원에 갔던 게 벌써 몇 번이던가? 여름이면 우리는 소풍 바구니를 들고 나갔다. 어머니는 태양으로부터 내 얼굴을 지키기 위해 파란 벨벳 리본이 달린 밀짚모자를 꼭 챙기곤 했다. 내가 언덕을 달려 내려갈 수 있다고 우기다 중간쯤 가서는 풀썩 넘어졌던 기억이 난다. 나는 초콜릿 빵을 들고 가다 손에서 놓쳤다. 아버지는 두 팔로 나를 일으켰다. 나는 그의 품속에 안겼다. 아버지는 스킨 냄새와 갓 누른 목화 냄새가 났다. 아버지의 턱수염이 내 뺨을 간질였다. 아버지는 나에게 새 빵을 사 주고 빵을 먹는 동안 나를 품에 안아 주었다.

그날 우리에 갇힌 사자들이 어슬렁거리는 모습을 지켜본 기억이 난다. 사자들은 우뚝 멈춰 서서 냄새를 맡으며 나를 살폈다. 지금 그 사자들은 탈출하고 없을 것 같다. 사자들은 나직한 으르렁 소리와 함께 창유리를 흔들어 대며 창문 밖을 어슬렁거린다.

나그네 중의 한 사람, 작은 소녀,
무리를 헤치며 보일락말락한 모습으로 가만가만 움직인다.
소녀는 머리를 덮을 모자가 없다.
사람들은 소녀의 주위를 움직인다,
갈색 털을 입고 쿵쿵거리며 돌아다니는 곰 떼처럼.

나는 소파에서 몸을 일으켜 방을 가로질러 창문으로 다가가 아래를 내려다본다. 쏟아지는 눈 때문에 잘 보이지 않는다. 그저 겨울옷을 입고 서로를 밀어제치며 움직이는 갈색과 검은색과 두툼한 덩치의 사람들뿐. 곰. 그래, 그들은 정확히 그렇게 보인다. 창문 밑으로 곰의 바다가 밀려들어 왔다가 빠져나간다. 하지만 작은 소녀는 어디에도 보이지 않는다.

당연히 있을 리가 없다. 내가 무슨 생각을 했지? 나는 한숨을 내쉬고 자리로 돌아와 털담요를 끌어올린다. 오로지 책 속에만 존재하는, 오로지 내 상상 속에만 존재하는 소녀를 보기 위해 눈을 크게 뜨고 창가에 서 있다가 한기만 느꼈다.

소녀는 모자도, 외투도, 장갑도,
심지어 작은 발에 신을 구두조차 없었다.
그날 아침 소녀는 할머니의 장화를 신고 나왔다.
하지만 분주한 거리를 뛰어다니는 사이에
소녀를 향해 인정사정없이 마차를 몰아대는 거리에서,
소녀는 신발이 벗겨졌고 신발을 잃어버렸다.
한 짝은 돛단배로 만들어 바다로 가겠다며
어떤 사내아이가 낚아채 가 버렸다.
곰은 발로 눈을 깜작이며, 자신을 빤히 쳐다보는 소녀를 보고

사내아이는 깔깔거리며 달아나 버렸다.
나머지 한 짝은 공중으로 날아가
소녀가 찾을 수 없는 곳에 떨어졌다.
아무리 찾아다녀도 소용없는 곳으로.

성냥팔이 소녀의 장화를 가져간 녀석과 같은 부류의 사내아이들을 잘 알고 있다. 남을 괴롭히는 일에서 가장 큰 기쁨을 얻는 사내아이들을. 하지만 이번 생에서는 아니다. 이번 생에서는 그런 녀석은 한 명도 보지 못했다. 이 부모님은 그런 아이가 내 곁에 오게끔 가만히 놔 두지 않을 것이다.

추위는 소녀의 맨살에 색을 칠했다.
빨강, 파랑, 하양.
이 색깔들은 소녀의 앙상한 팔다리를 얼룩지게 했지만,
그 중에서도 소녀의 발에 가장 생생하고도 놀라운 무늬를 만들어 냈다.

털담요를 들어 내 발 위로 펼친다. 비단 양말과 하얀색 비단 실내화 위로. 천천히 신발과 양말을 벗자, 마침내 맨발이 드러난다. 난롯불 앞에 맨발을 들어 올리자 내 발은 따뜻한 분홍빛, 건강해 보인다. 활석 냄새가 콧속을 가득 채운다.

소녀의 꾀죄죄한 앞치마에는 앞주머니가 하나 있지만
그만 솔기가 터져 버렸다.
주머니에 들어 있던 물건들이 우르르 땅바닥으로 쏟아졌다.
하는 수 없이 소녀는 팔러고 가져온 성냥을 받들기 좋게
양손으로 앞치마를 붙들었다.

기억이 마음속을 휘젓는다. 나 역시 외투도, 모자도, 비바람을 피할 어떤 보호 장구도 없이 밖으로 내몰린 적이 있었다. 나 역시 나의 물건, 여름에 꺾어서 거꾸로 매달아 빛깔을 잃지 않게 잘 말려 둔, 부서지기 쉬운 꽃들을 잃어버리지 않으려고 조심조심 나선 적이 있었다. 하지만 그런 죽어 버린 갈색 꽃을 원하는 이가 누가 있을까? 오직 나를 가엾이 여긴 사람들만이 내 꽃다발을 보고 나에게 돈을 주었다.

하지만 나에게 자비로운 마음을 느끼는 이가 단 한 명도 없는 날이 있게 마련이었고, 그럴 때면 나는 굶주린 채 빈손으로 돌아왔다. 그러면 나의 아버지, 그렇다, 기억난다, 나의 아버지는 나를 때리곤 했다. 그러면 내 살갗엔 추워서 그럴 때처럼 얼룩덜룩 멍자국이 생겼고, 나중에는 어디가 아버지의 학대로 생긴 자국이고, 어디가 자연의 학대로 남은 자국인지 분간할 수가 없었다.

소녀에게는 이 날이 좋은 날이 아니었다.

추위 탓에 사람들은 외투 위에 숄을 걸친 채 앞도 보지 않고
힘들게 앞으로 나아갔고,
어깨를 잔뜩 웅크린 채 사정없이 눈을 찔러 대는 눈을 피하려고 눈을
가늘게 떴다.
그들은 성냥이 달아날세라 턱 밑까지 앞치마를 접어 올린 소녀를 보지
못했다.
아니, 보았다 하더라도 소녀를 위해 가던 길을 멈춰 서지도, 주머니에
서 동전을 꺼내지도 않았다.

나는 도로 양말과 신발을 신고, 담요를 턱 밑까지 끌어당긴다.

소녀는 얼마나 떨었을까.
행여 사람들에게 부딪칠세라 소년을 꼭 붙잡은
아버지의 나무람에도 아랑곳없이
벙어리장갑에 빵 기름을 잔뜩 묻힌 채
빵을 먹는 장밋빛 뺨의 소년 옆을 지나치며
소녀는 얼마나 군침을 흘렸을까.
성냥팔이 소녀는 걸음을 멈추고 소년이 섰던 자리에 서서
숨을 깊이 들이마시며
차가운 공기 속에 아직도 남아 있는 달콤한 롤빵 냄새를
마구 삼켰다.

길거리에서 외침이 들린다. 사람의 목소리라기보다 새끼고양이의 울음소리에 더 가깝다. 땡땡 종이 울리고, 말들이 따그닥거리고, 휘몰아치는 바람과 서로를 부르는 목소리들의 한가운데서는 더더욱 그렇게 들린다. 외침이, 약한 외침이 들린다. "성냥 사세요."라고 말한다. "성냥 사세요." 책에서 나온 내 상상이 틀림없다. 그런데 그 외침이 얼마나 생생한지.

참으로 안타까운 광경이 아닌가.
창백한 얼굴로 부들부들 떨며
무례하기 짝이 없는 추위에 몸을 내맡긴 소녀라니.
머리칼 위로 수북이 쌓인 눈에 금발은 백발로 변해 가고
기다란 곱슬머리는 레이스 같은 눈 목도리를 둘렀다.
누군가 소녀를 유심히 보았다면,
꾀죄죄하고 곤궁한 모습 속에 숨겨진
위대한 아름다움을 깨달았을지 모른다.
하지만 소녀를 유심히 보는 이는 아무도 없었다.
그 누구도 소녀를 주목하지 않았다.
소녀는 보잘것없는 존재였다, 스스로에게조차.

강력한 힘이 나를 벌떡 일으켜 세운다. 손에 책을 꼭 붙들고 허

겹지겹 창가로 달린다.

　소녀가 상점들 앞을 지날 때, 거리로 노란 불빛이 쏟아져 들어왔다.
　그곳에는 온갖 사치스러운 것들이 있었다.
　화사한 비단 천, 보드랍디 보드라운 가죽으로 신발을 만드는 구두 장인,
　카페, 품질 좋은 은을 파는 보석상.
　상점들 위쪽, 2층과 3층과 4층으로는
　사람들이 그들의 불 켜진 아파트로 모습을 감추었다.
　고개를 든 소녀의 눈에 자신을 내려다보고 있는 아이가 보였다.
　잠시 그들의 눈이 마주쳤고, 성냥팔이 소녀는 공중으로 몸이 들리는 듯한 기분이 들었다.
　하지만 그때 어떤 멍청한 남자가 소녀를 확 밟고 지나가서
　성냥팔이 소녀는 또다시 시작된 두 발의 고통과 견디기 힘든 추위를 느꼈다.

　그리고 그녀를 본다. 그녀는 내 아래쪽, 창문 바깥에 있다.
　나는 그녀를 눈보라로부터 끌어올려, 나의 침실로 데려와 차가운 몸을 따뜻하게 만들어 주고 싶다. 지나가는 난봉꾼들 무리 때문에 소녀의 모습이 보이지 않는다. 그들이 지나갔을 때, 소녀는 사라지고 없다. 필사적으로 주위를 둘러보았지만 소녀는 이미 사

라지고 보이지 않는다.

책방과 사탕 가게 사이의 우묵한 문간이
어린 성냥팔이 소녀에게 쉴 곳을 제공해 주었다.
소녀는 앙상한 등뼈를 나무문에 기대고
건물 안의 온기를 상상해 보았다.
이곳에서는 사납게 몰아치는 바람을 피할 수 있었다.
아무도 소녀를 볼 수 없었고, 따라서 성냥 한 개비 팔지 못했지만
최소한 이곳에서는 눈의 공격을 벗어날 수 있었다.

소녀를 찾아 문간들을 살핀다. 어디로 갔는지 보지는 못했지만 그녀 역시, 이야기 속의 그 소녀처럼, 쉴 문간을 찾았으리라. 맞다, 그림자 속에 움직임이 있다. 마치 작은 한 마리 동물이 빙글빙글 돌다 위안을 찾아 그곳에 자리를 잡은 양.
 몸의 떨림을 멈춰야 한다. 만약 이 삶을 연장할 기회가 조금이라도 있다면, 창문 틈으로 들어오는 지독한 바람으로부터 떨어져 나와야 한다. 나는 이야기책을 가지고 벽난로로 다가가 난롯불 앞에 선다.

소녀는 결코 집으로 가지 않을 생각이었다. 이대로 머물고 싶을 뿐,
기다리는 사람이라곤 소녀의 아버지뿐, 한 마리 괴물처럼,

괴팍한 성질에 주먹질을 일삼는 아버지.
아버지에게 줄 돈이 한 푼도 없으니,
소녀는 아버지의 분노를 끓어오르게 만들 것이다.
아버지는 소녀를 때릴 것이다.
소녀는 그것을 알고도 남았다.
아버지는 소녀를 무자비하게 때릴 것이다.
아니, 소녀는 집에 가지 않을 생각이었다.
이 문간을 피난처 삼아 영원히 앉아 있을 것이다.

난롯불에 몸이 따뜻해진다. 나는 난롯불의 위로하는 듯한 손길을 느낀다. 따스한 온기가 내 손을 덥히고, 내 얼굴을 달구고, 책의 온도를 끌어올린다.

소녀는 자신의 아치형 피신처에서 밖을 내다보았다.
시선이 닿는 곳마다 도시의 황금빛 불빛이 가득했다.
소녀는 불 켜진 창문을 향해 조그만 손을 들어 올렸지만
그들의 안락함에 닿을 수는 없었다.

그녀를 저 바깥에 둘 수는 없다. 저렇게 가게 내버려 둘 수 없다. 무슨 대가를 치르던 간에 그녀를 여기로, 나에게로, 이 방으로 데려와 함께 이야기를 나누고, 몸을 덥히고, 위로해 주어야 한다.

성냥팔이 소녀는 맥없이 주저앉아 누더기 속으로 몸을 잔뜩 오므렸다.
이렇게 몸을 웅크리면 성냥불 하나만 있어도
따뜻함을 느낄 정도로 소녀는 몸집이 작았다.
성냥불을 켜면, 소녀는 더 가난해진다.
하지만 성냥불을 켜면, 아주 작은 온기라도 가질 수 있을 텐데.

두 눈을 감고 집중한다. 나는 그녀에게 무엇이 필요하고, 그녀가 무엇을 원하는지 정확히 알고 있다. 그녀가 나와 함께 이 방에 있다고 상상한다. 한 줄기 빛이 아치형 문간에서부터 그녀를 인도해 내 방까지 안내해 주는 장면을 머릿속에 그려본다. 나는 그녀를 이리로 안내해 나와 함께하도록 할 것이다.

소녀가 문 옆 차가운 벽돌 벽에 대고 성냥을 긋자
성냥개비 끝에서 작은 불길이 확 튀었다.
이제 소녀에게는 마음껏 쓸 수 있는 황금빛 작은 세상이 생겼다.
소녀는 푸르스름하면서 주황빛과 하얀빛을 드러낸 불꽃자락이 춤추는 광경을 정신없이 쳐다보았다.
불꽃의 발레 춤.
소녀의 얼굴에 확고한 온기가 느껴졌다.
소녀는 그 온기를 따라 자신의 몸이 둥둥 떠올라,

벽난로가 환하게 불타고 마음을 달래 주는 열기를 뿜어 내는
어떤 방으로 안내되는 기분이 들었다.
방 어딘가에서 자신을 향해 말하는 목소리가 들려왔지만,
소녀는 말을 할 수가 없었다.
그 목소리는 무자비하게 들리지 않았다,
자신의 장화를 훔쳐 간 그 소년과는 달리.
깜짝 놀라 숨을 죽인, 환영의 목소리였다.

나는 소녀에게 말한다.
"괜찮아. 겁먹지 마. 내가 너를 도와줄게."

목소리가 나는 쪽으로 몸을 돌리는 순간, 성냥이 다 타 버려서
소녀는 어둠을 느꼈고 다시 추위가 찾아와 온몸을 에워쌌다.
소녀의 곱은 손가락에서 타고 남은 조그만 성냥개비가
땅바닥으로 툭 떨어졌다.

나는 잠시 소녀와 함께했다. 눈 덮인 소녀의 머리칼과 파래진 귀, 나달나달해진 원피스가 보였다. 나는 소녀를 잠시 이곳에 붙잡아 두었다, 단 한순간. 소녀는 어느새 돌아가고 없다. 책 속으로, 내 창문 밖으로. 다시 소녀를 이리로 데려오기 위해 나는 더욱 간절히 노력하고, 더욱 마음을 다해야 한다.

추위는 성냥팔이 소녀의 가슴에 돌덩이처럼 무겁게 느껴졌다.

그 무게와 싸우며, 소녀는 새로운 성냥개비에 불을 붙였다.

순간 불꽃이 일고 치이익하는 소리가 나더니 마침내 성냥이 살아났다.

불붙은 성냥을 들어 올리자, 소녀는 자신을 에워싼 벽들이 훤히 들여다 보였다.

마치 성냥이 벽돌과 나무를 유리로 바꾸어 놓은 양.

소녀는 자신이 들어가고 싶은 아파트를 골랐다.

위에서 자신을 내려다보았던 그 아이가 있는 아파트를.

그리고 그곳에 그 아이가 있었다. 그 아이는 아름다운 방에 서 있었다.

방 안에는 왕궁에 어울릴 법한 다리가 넷 달린 튼튼하고 작은 탁자가 있었고, 테이블보 위에는 완벽하게 윤을 낸 은쟁반 위에 달콤한 빵과 초콜릿이 담긴 반짝이는 단지가 놓여 있었다.

고상한 도자기 그릇 안에는 잘 익은 과일이 담겨 있었다.

향긋한 냄새들이 성냥팔이 소녀의 코를 흥분시켰고 소녀의 입을 희망으로 간절히 채웠다.

아이는 의자 하나를 빼며 성냥팔이 소녀에게 앉으라고 손짓했다.

하지만 그때 소녀의 손끝에 마지막 불꽃이 닿았고,

너무 추워서 불꽃이 남기고 간 그슬린 성냥불조차 느낄 수가 없었다.

그리고 다시 한 번, 배고픈 어둠 속에서 소녀는 문간의 우묵한 곳으로

깊숙이 몸을 움츠렸다.

"돌아와. 제발 돌아와. 나는 너에게 이걸 줄 수 있어. 이 모든 걸 너에게 줄 수 있어. 하지만 네가 나를 도와줘야 돼. 너도 그것을 원해야만 해. 정신을 집중해. 돌아와."

**소녀는 세 번째 성냥에 불을 붙였다.
곧바로 소녀는 그 아이가 있는 아파트로 되돌아왔다.**

내 앞에 성냥팔이 소녀가 서 있다. 샹들리에와 음식이 가득한 탁자와 금박을 입힌 거대한 거울을 보고 소녀의 두 눈이 커다래진다. 소녀의 두 눈은 크리스마스트리에서 떨어질 줄 모른다. 트리는 유리 지팡이들로 반짝인다. 벽난로에서 나온 불빛에 트리 그림자가 벽을 따라 아래위로 춤을 춘다. 트리를 채운 가지들이 방 안 가득 소나무 향내를 풍긴다.

**소녀는 이런 방을 한번도 본 적이 없었다.
크리스털 샹들리에가 별자리의 별들처럼 반짝였다.
아찔한 향내가 성냥팔이 소녀의 코를 자극한다.**

소녀는 반은 망설이고 반은 비틀거리며 꽁꽁 언 두 발로 어색하게 움직인다. 나는 다가가 소녀의 손을 잡는다. 소녀는 트리 장식이 궁금해 나무를 만져 보고 싶어 한다.

벽은 그림들로 화려했다.
소녀를 불렀던 아이가 소녀의 손을 잡았고 그들은 함께 서 있었다.
그리고 세 번째 성냥이 끄트머리에 다다랐다.
소녀가 고개를 들었을 때, 샹들리에가 걸려 있던 자리는 별들로 가득했다.
눈은 그쳤고 하늘은 맑게 개었다.
추위는 하루 중에서도 가장 매섭게 기세를 떨쳤다.
하지만 위를 쳐다보던 소녀는 별 하나가 하늘을 가르며 떨어지는 광경을 보았다.
그 별은 빛으로 길을 그려냈다.
하늘을 가로지르며 환한 다리를 만든 듯, 눈부시게 아름다웠다.

"별똥별이야. 누군가의 운명이 바뀔 거야."
나는 별똥별에 대해 그렇게 들었다. 별이 하늘을 가로지르며 희미하게 반짝이는 흔적을 남기면 누군가의 운명이 바뀐다고.

누군가의 운명이 바뀔 거야. 성냥팔이 소녀는 속으로 생각했다.
소녀는 양팔로 떨리는 몸을 꼭 감쌌다.

할머니.
소녀를 사랑해 주었던 유일한 사람.
떨어지는 별똥별은 변화의 징조라고 할머니는 말해 주었다.
그것은 대개 죽음이었다.

바뀌는 건 바로 나의 운명이다. 나는 확실히 느낀다. 나는 이 생명을 떠나지 않고 계속 살 수 있다. 아니면 이 몸을, 이 생명을 성냥팔이 소녀에게 주고, 내가 그녀의 자리를 대신할 수도 있다. 성냥팔이 소녀는 오늘 밤 세상을 떠날 운명이다. 나의 의지로 그녀의 죽은 몸을 취하고, 그녀로 하여금 살아 있는 이 생명을 취하도록 해야만 한다. 내가 그녀의 죽음을 취하겠다. 이제 이 몸이 죽지 않는다는 것을 확실히 알았으니, 나는 소녀에게 이 생명을 주겠다.

갑자기 소녀가 남은 성냥을 모두 그었다.
불빛은 소녀가 몸을 피한 통로를 가득 채우고 다시 거리로 쏟아져 나왔다.
위쪽 방에서 보았던 사랑스러운 그 아이, 위로의 천사가 소녀에게 다가왔다.

성냥팔이 소녀가 묻는다.

"무슨 일이 일어나고 있는 거지?"

나는 대답한다.

"네 이름은 넬이 될 거야."

**모자와 외투와 부츠를 차려입은 작은 무리가
책방과 사탕 가게 사이의 문간에서 놀란 얼굴로
꽁꽁 얼어붙은 작은 몸을 쳐다보며 서 있었다.
어젯밤에 타고 남은 성냥개비를 손에 든 소녀의 몸은 하얀 눈으로 뒤덮
였다.
마침내 낡은 해가 잡았던 손을 놓고 새 해의 탄생을 허락하던 그 순간,
한밤중 소녀가 불붙였던 마지막 성냥개비.
"건물에 불을 지르지 않은 게 놀랍군."
자줏빛 숄을 두른 한 여자가 말했다.**

성냥팔이 소녀는 넬의 눈으로 밖을 내다본다. 소녀는 넬의 어머니와 아버지의 손을 잡고 있으며, 세 사람은 뻣뻣하게 굳은 차가운 몸을 향해 가까이 다가간다. 소녀가 그래야 한다고 우겼기 때문이다.

성냥팔이 소녀가 말한다.

"우리가 저 애의 장례식을 준비해 줘요. 저 애의 몸이 살아 있는 동안 누리지 못했던 위안을 빠짐없이 누릴 수 있도록, 꼭 그렇게

해 줘야 해요."

 그래서 한 번은 일 년 전, 또 한 번은 지난밤, 자신들의 딸을, 자신들의 넬을 잃었다는 사실을 꿈에도 모른 채, 그 부모는 살아 있는 딸을 사랑스러운 눈길로 바라보며 말한다.

"암, 그래야지, 그래야 하고말고."

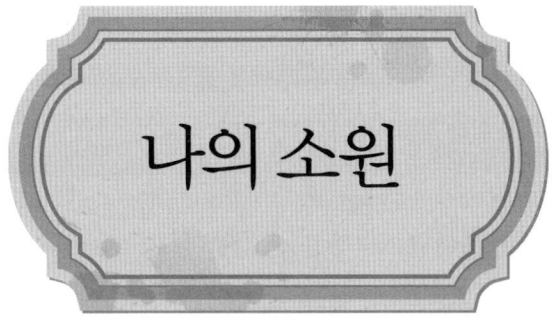

나의 소원

게리 소토

흔들리는 촛불에 대고 소원을 빌고 촛불을 불어 끈다.
불꽃이 꺼지면 올가미 같은 연기.

집 밖, 뜰에서
나는 정원을 손질하느라 바쁘다.
새로운 소원을 빌어 본다, 민들레야 퍼져라.
바람이 보이네, 동쪽으로 불어가는
멀지 않은 곳에 뭉게구름을 싣고서.

낮잠을 자기 전, 소원을 빈다.
감은 눈꺼풀 뒤로
내 방이 저절로 청소가 되는 장면이 보인다.
음식이 묻은 바지가 혼자서 방바닥을 걸어가더니,
복도를 내려가 부엌을 통과해
통통 뛰어 세탁기 속으로.

월요일, 화요일, 수요일은 건너뛰고 목요일로,
농부들의 직거래 장터가 천막을 세우면
사과가 제철인 시월이다.
내가 진정 원하는 건 손수레만 한 멜론,
하지만 나는 사과 세 알을 산다.

하나는 먹고, 나머지 두 개는 빙글빙글 돌리며 놀지,
집으로 가는 길에.

연못 속에 짤랑 동전 하나를 던지면,
수면 위에 잉어 한 마리, 입맞춤을 보낸다.
나는 손끝으로 그 입맞춤에 답한다.
잉어는 반질반질한 꼬리를 꿈틀거리며 사라진다.
수면 위의 잔물결,
내 기억 속의 잔물결.

내가 록커라면 얼마나 좋을까.
나는 '희망사항'이라는 노래를 쓸 테니.
나의 세 친구와 함께하는 대성공,
새장 속의 앵무새도 빼놓으면 섭섭하지.
앵무새가 그네 위에서 멋들어지게 살사 춤을 춘다네.

그렇지만 나는 록커가 아니지.
나에게는 순진한 야망과 비밀스런 소원이 있으니······.
내가 차를 후진시킬 수만 있다면
2단 기어로 단숨에 언덕을 올라갈 텐데.
조수석에 앉은 내 친구는 배고픈 염소.

숲 속 소방로에 다다르면,
민들레로 간식을 먹는다네.

나는 바다에도 갈 수 있겠지.
파도는 바닷가로 밀려들었다, 스르르 빠져나가고
게는 요새를 짓는다.
펜치 같은 집게발,
문장을 마무리하는 까만 마침표 같은 두 눈.
그렇다, 이곳에서 나는 소망한다.
해초와 갈매기와 더불어 사는 바다가 되기를.
연들이 하늘을 펄펄 날고,
아기 치아 색깔 같은 조개들을
마음껏 주머니에 담을 수 있기를.

낮은 하늘 아래.
중국에서부터 도착한 구름들에게 박수갈채를 보내리니
세상은 나를 사랑한다, 세상은 나를 사랑한다,
세상은 틀림없이 나를 사랑한다…….

존 그린

아이샤 후세인이 나와 친구가 되기 힘들 것 같은 이유

미카 펠드만의 목록

1. 하루에도 서너 번씩 보지만, 아이샤 후세인의 커다랗고 동그란 눈망울을 들여다보고 있으면, 아이샤가 친구로서 남자를 원하지도, 필요로 하지도 않는다는 사실을 느낄 수 있다. 아이샤는 여성운동가인 글로리아 스타이넘이 열두 살로 환생해 나타난 것 같은 느낌이 드는 아이다. 글로리아 스타이넘은 물고기한테 자전거가 필요 없듯이, 여자에게는 남자가 필요 없다고 말했다. 아이샤 후세인의 두 눈은 이렇게 말하는 것 같다. "행복을 위한 모든 것은 이미 이곳, 내 눈 안에 들어 있어." 그 말은 매우 인상적이다.

2. 아이샤 후세인은 내가 존재한다는 사실조차 모른다. 내 존재를 아는 여자애들 중에서 나를 특별히 좋아하는 애가 한 명도 없으니, 오히려 유리한 조건이 아니냐고? 그래도 사실은 사실이니까.

3. 우리 엄마는 아이샤 후세인이 가공의 인물이거나 최소한 급조해 낸 사람일 가능성이 상당히 높다고 생각한다.

4. 그럴 리는 없겠지만, 설령 아이샤 후세인이 자전거를 필요로 하는 물고기라 해도, 나는 다른 남자애들에 비하면 훨씬 가능성이 낮을 거다.

아이샤 후세인이 남자에게 감탄할 만한 것들

미카 펠드만의 목록

1. 체력 : 언젠가 4학년 때, 엄밀히 말해서 썩 좋은 선생님이라고 하기 힘든, 판즈워스 선생님이 조건절들의 차이점을 설명하고 있었다. 선생님은 "미카 펠드만은 턱걸이를 할 수 있다."는 문장은 항상 거짓이지만, "미카 펠드만은 턱걸이를 할 수도 있다."라는 문장은 "만약 그가 위티스* 시리얼을 먹는다면"과 같은 말이 붙느냐 안 붙느냐에 따라서 사실이 될 수도 있다고 예를 들었다. (그런데 나는 정말로 위티스를 먹는다. 만약 아이샤 후세인이 위티스를 먹는 사람을 찾고 있다면, 내가 딱이다.)

2. 경제적인 지위 : 아이샤처럼, 카슈미르와 같은 분쟁지역에서 하루에 채 1달러도 안 되는 수입으로 살다 보면, 확실한 월급이 보장된 젊은 남자에게 끌리는 게 당연하다. 이런 점에서, 최소한 나에게도 기회는 있다. 애당초 내가 아이샤 후세인을 알게 된 이유도 우리 엄마가 아이샤의 후원자이기 때문이다. 엄마는 어린이재단에 매달 60달러를 보내고, 어린이재단은 그 돈으로 아이샤 후세인에게 음식을 사 준다. 그밖에 다른 물건도 사 주는데, 이번 달에는 신발을 사 주었다.

---

*미국의 시리얼 전문 회사

아이샤는 지금까지 신발도 없이 살았다. 아이샤가 보낸 편지에 따르면, 아이샤는 구두를 받고 몹시 흥분했다. (아이샤는 매달 우리에게 편지를 한 통씩 보내지만 타자로 친 편지였고, 엄마는 정말 아이샤 후세인이 쓴 편지가 아니라고 생각한다. 카슈미르 같은 분쟁지역의 형편없는 여성 교육률을 감안하면, 아예 글도 모를 거라나. 아무튼 우리 엄마가 매달 60달러의 여윳돈을 카슈미르로 보내는 한, 나에게는 경제적 지위가 보장된 셈이지만, 개인적으로만 따지면 특별히 경제적 전망이 좋은 건 아니다. 이를테면, 아이샤의 마을로 찾아가려면 약 3,460달러가 드는데, 내 현재 순자산은 갓 시작한 잔디 관리업으로 번 337달러 43센트가 전부다.)

3. 나쁜 남자 : 최근에 인도 영화를 많이 봤는데, 우리말로 된 영화가 아니고 춤이 꽤 많이 나온다는 점만 빼면 평범한 편이다. 내가 인도 영화를 보고 배운 점이 한 가지 있다면, 인도 반도에 사는 여자애들은 나쁜 남자를 선호한다는 사실이다. 솔직히 그건 우리나라 여자애들도 다르지 않은데, 불행히도 나는 나쁜 남자가 될 소질이 없다. 물론, 규칙을 어기거나 말썽을 피울 수는 있다. 외출금지 시간에 내 방 창문으로 몰래 빠져나와 밖으로 나갈 수도 있다. 하지만 그럴 때마다 나는 너무 떨려서, 절대 태연한 척할 수가 없다. 게다가 나는 춤 실력도 형편없는데, 적어도 내가 지금까지 본 인도 영화상으로는, 로맨틱한 분위기를 이끌기 위해서는 춤이 필수였다. 아예 몸을 움직이지 못하

는 건 아니니까, 엄밀히 말해서 춤을 추기는 하지만, 내가 음악에 맞춰 몸을 움직이면 지켜보던 누군가는 도저히 참지 못하고, "와, 너 정말 춤 못 춘다."라고 꼭 한마디를 던진다. 그때부터 나는 몸이 얼어붙고 만다.

내가 아이샤 후세인에게 흠뻑 빠져 있다며 엄마가 증거로 들이미는 것들

미카 펠드만의 목록

1. 우편함에서 열심히 편지를 가져온다. 나는 학교가 끝나고 버스에서 내리면 우편함에서 편지를 꺼내 엄마에게 가져다 준다. 엄마가 지적한 대로, 이것은 아이샤 후세인이 우리의 삶에 들어오고부터 시작된 일이다. 마치 타자로 친 아이샤의 편지만 눈이 빠지게 기다리는 사람처럼.
2. 인도 영화에 흠뻑 빠졌다.
3. 학교에서 모의 국제연합 동아리에 참여할 때 꼭 인도나 파키스탄을 대표하겠다고 고집했던 일, 그리고 카슈미르 분쟁지역에 관련된 지나친 의견 개진.
4. 아이샤의 사진이 내 방 코르크판에 꽂혀 있다. 지금까지 우리가 받은 아이샤의 유일한 사진으로, 동정심을 자극하려는 의

도일 뿐이라며 엄마가 일부러 버렸지만, 엄마의 정확한 짐작대로, 내가 쓰레기통에서 구해 낸 바로 그 사진이다. 글렌리지 중학교 우등생 상장에 가려 잘 보이지 않는데도 불구하고 엄마는 그 사진을 발견해 냈다.

5. 완벽한 사생활 침해지만, 내 인터넷 서핑 목록을 검사해 본 결과, 그동안 카슈미르 분쟁지역으로 비행기를 타고 가는 방법에 대해 광범위한 조사를 했다는 사실이 드러났다.

6. 집으로 찾아오는 친구들이 전혀 없는 것을 포함해 현실세계의 사회적 상호작용에 대한 관심 감소.

엄마의 증거 제시에 대한 나의 맞대응.
우리 집 거실의 하얀색 소파 위에서 일어난 일로,
처음에는 각각 소파 반대편에서 시작했지만,
엄마의 증거 제시와 나의 맞대응이 이어지는 동안
엄마가 점점 내 쪽으로 다가와 "안아 줄까?"라고 물었고,
나는 "아니오, 나는 열두 살이에요, 엄마. 엄마가 안아 줄
나이는 아니에요."라고 대꾸했다.

미카 펠드만의 목록

1. 온당하게 말하자면, 나는 원래부터 친구가 없었어요. 나한테

친구가 없는 게 18,428킬로미터 떨어진 곳에 사는 열세 살 소녀 탓이라는 말은 억지예요.

2. 엄마를 포함해서, 인도 영화를 제대로 챙겨본 사람이라면 인도 영화가 지극히, 그리고 대단히 재미있다는 사실쯤은 알고도 남을 거예요.

3. 아이샤 후세인이 눈길을 사로잡는 눈을 지닌 게 내 책임은 아니잖아요. 그리고 책상에 앉아서 숙제를 할 때, 세상에는 학교에 가는 게 견디기 어려운 짐이 아니라 흥미진진한 기회가 되는 사람도 있다는 사실을 가끔씩 상기시켜 보는 것도 중요하지 않을까요?

4. 인도와 파키스탄이 핵무기 보유국이라는 사실 등을 생각해 본다면, 카슈미르 분쟁지역의 미래는 어린이재단을 통해 아이샤 후세인을 후원하는 사람들뿐만 아니라, 교양을 지닌 사람이라면 전 세계 어느 누구에게나 중요한 지리정치학적 문제라는 사실을 잊지 마세요.

5. 이제 다 얘기했으니, 숨김없이 밝히자면, 제가 그동안 아이샤 후세인에게 돈을 보내고 있었다는 사실을 아셔야 할 거예요.

아이샤와 그 돈에 대한 엄마의 질문

미카 펠드만의 목록

1. 뭐라고?
2. 얼마나 많이?
3. 어떻게?
4. 너 미쳤니?
5. 그동안 약은 먹었니?
6. 너는 이 여자애가 너한테 관심이나 있는지, 아니면 너라는 애가 누군지 알기라도 하는 줄 알아? 이 여자애가 네 돈 말고 다른 데 관심이나 있다고 생각해? 아니 너는 그 애가 진짜로 존재한다고 생각하는 거니? 그럴 리도 없겠지만, 그 여자애가 진짜라고 쳐도, 네 돈을 엉뚱한 사람이 중간에서 가로채고 그 여자애한테는 한 푼도 전달하지 않을 수도 있다는 생각은 못 해봤어? 이런 단체들이 '후원'하는 아이들만 해도 수만 명이야. 그 중에서 괜찮은 애들만 몇 명 추려서 엽서에 올리는 거야. 그래야 사람들이 돈을 더 많이 보낼 테니까. 그냥 광고라는 거 모르겠니, 미카? 그 애는 진짜가 아니야.

나의 대답

미카 펠드만의 목록

1. 그동안 그 여자애한테 돈을 보냈어요.
2. 지금까지 337달러요. 잔디를 깎아서 번 돈이에요.
3. 돈을 봉투에 담고 그 애의 이름을 적어서 그 애가 사는 마을로 편지를 보냈어요. 학교에서 보냈어요. 행정실 예오빌 선생님한테 어디로 무엇을 보내든 우편료를 계산해 주는 기계가 있어요.
4. 나는 미치지 않았어요. 하지만 엄마도 잘 아시잖아요, 또 여러 가지 제시된 증거로 봤을 때, 제가 사회성이 많이 떨어지는 건 사실이에요.
5. 네.
6. 그 애가 나한테 관심이 있는지는 모르겠어요. 그 돈을 받을지 못 받을지도요. 하지만 그 애는 진짜예요, 엄마. 사진이 있잖아요. 사진은 만들어 낼 수 없어요.

사진이 사진 같지 않은 몇 가지 예

엄마의 목록

1. 잡지 표지들 못 봤어? 포토샵으로 수정한 유명인사들 사진들

천지잖니, 미카. 그 사진들은 만들어 낸 거 아니야?
2. 사진 연출의 역사가 사진술만큼이나 오래됐다는 사실 몰라? 1860년대에 배튜 브래디가 남북전쟁의 전몰 군인들 사진을 찍었는데, 알고 보니 시체를 끌어다 놓고 죽음의 포즈를 극적으로 연출해서 찍었다잖니.
3. 사실, 잘 생각해 보면, 사진은 다 조작이야. 엄밀히 말하면, 사진을 찍고 안 찍고부터가 다 선택이니까. 그 여자애가 진짜라고 해도, 데려다 잘 씻긴 다음에 가난이 철철 넘치는 배경 앞에다 세워 놓고 찍은 사진이 틀림없어, 미카.
4. 그 사진은 그 여자애를 보고 마음이 동한 사람들이 매달 60달러씩 보내게 만드는 데 목적이 있는 거야. 엄마는 그 여자애 때문에 매달 60달러씩 보내는 게 아니야. 그 재단이 개발도상국의 빈곤과 질병을 해결하는 데 후원금을 효율적으로 사용한다고 잘 알려진, 신뢰할 만한 기관이기 때문이야, 미카, 알겠니? 그 사진을 받자마자 쓰레기통에 버린 것도 다 그 때문이고, 미안하지만 네 코르크판에서 사진을 없앤 것도 마찬가지 이유야. 사진 한 장에 휘둘리면 안 돼. 자선은 사진술의 질에 따라 선택하는 게 아니야, 미카. 차라리 네 337달러가 모기장을 사서 생명을 구하는 데 쓰였으면 더 좋았겠다는 생각은 안 해? 미카, 너 우는 거야?

내가 울고 있었던 이유

미카 펠드만의 목록

1. 그 사진은 하나밖에 없는 아이샤의 사진이었고, 어쩌면 내가 그 애를 볼 수 있는 유일한 모습일지도 몰라요. 그 애가 337달러를 받고 고마워서 답장을 보낸다 해도, 최근에야 난생처음 구두 같은 걸 받은 처지에 카메라가 있을 리가 없으니까 새로 사진을 보내 주지는 못할 거라구요. 처음에는 337달러를 넣은 봉투 속에 카메라도 같이 넣을까 생각해 봤지만 첫째, 예오빌 선생님에 따르면 우편요금이 훨씬 더 많이 들고, 둘째, 낯선 사람한테 337달러와 카메라를 받으면, 그냥 337달러만 받는 것보다 훨씬 더 이상한 기분이 들 것 같았어요.

2. 왜 엄마는 그냥 진짜라고 믿게 내버려 두지 못하세요? 내가 그렇게 믿고 싶다는데, 꼭 엄마한테 바보니, 전 재산을 낭비했느니 하는 소리를 들어야 하나요? 그냥 내가 더 어렸을 때처럼 해 줬으면 좋겠어요. 내가 무엇을 믿든지, 아무도 나한테 화를 내지 않았던 그때처럼요.

3. 나는 아이샤 후세인이 정말로 존재하기를 바라요. 가짜가 아니라 진짜이기를요. 또 예쁘고 눈이 동그란 아이였으면 좋겠어요. 우리 사이에 얼마나 큰 문화적 차이가 있든지 극복할 수 있기를 바라요. 그리고 그 애와 친구가 되고 싶어요. 나는 사진이

사진 같지 않은 건 싫어요. 18,428킬로미터나 떨어져 있지만, 그냥 아이샤 후세인을 좋아하게 내버려 두지 않고, 조목조목 따지는 그런 엄마는 싫어요.

그날 밤에 빌었던 나의 소원

미카 펠드만의 목록

1. 말할 수 없다. 말하면 이루어지지 않을 테니까.

이제 나는 열두 살이 아니다. 나는 열세 살이 되었고, 7학년에서 8학년으로 올라가는 여름을 보내는 중이었으며, 함께 게임을 하는 인터넷 친구들이 많이 생겼다. 즐거운 여름이었지만 밤이면 여전히 그 애가 떠올랐다. 내가 밤일 때, 그 애는 밤이 아니겠지만 우리는 동시에 똑같은 하늘을 올려다보고, 그 애가 몇 시간 전에 보았던 바로 그 별을 지금 나도 보고 있다고 생각했다. 어느 날 오후, 엄마가 들어오더니 텔레비전을 가로막고 섰다. 내가 "엄마, 저 지금 텔레비전 보는 중이에요."라고 말하자, 엄마는 우표가 아주 많이 붙은 편지봉투 하나를 들어 보였다.

포장지가 아까워서 엄마가 선물을 살살 뜯을 때처럼, 나는 아주 조심스럽게 봉투를 열었다.

편지는 우르두어로 쓰여 있었다. 읽지는 못했지만 우르두어라는 것은 알아보았다.

جناب میقہ فلڈم ب ن

پ کے خط کا شکریہ ۔ آپ نے کہا ہے کہ آپ نے پیسے بھیجے میں لیکن
مجھے نے آپ کو بتانا ہے ۔ وہ نہیں ملا ۔ یہاں پیسے بھیجنے کے لئے ڈاک
کا ذریعہ اچھا نہیں ہے ۔ کیا امریکا میں یہ اچھا طریقہ ہے؟ آپ کا خط
ملا جس سے مجھے بہت خوشی ہوا ب ۔ یہ ہمارے لئے بہت عجیب ہے کہ
آپ گھاس کاٹنے کا کام کرتے ہیں۔ کیا آپ مشین کو خود دھکیلتے ہیں؟
کیا یہ خطرناک ہے؟ یہاں پیسے بنانے سب سے اچھا طریقہ ہینڈی
کرافٹ ہے۔ کچھ بچے بس صاف کرنے یا پٹرول سٹیشن میں کام کرتے
ہیں۔ لیکن ہمارے گھر میں یہ نہیں کرنے دیا جاتا۔ لیکن میرے پاس کام
ہے۔ میں تصویریں بناتی ہوں۔ میں نے ایک خط کے ساتھ لفافے
میں ڈالی ہے۔ شاید آپ اپنے جواب میں کچھ گھاس جو آپ کاٹا ہے
مجھے بھیجے سکیں گے۔ اگر آپ جواب دینا چاہیں تو۔ آپ کے خط سے
بہت خوشی ہوئی۔

منجانب عائشہ

내용은 이랬다.

미카 펠드만 씨에게

편지 고맙습니다. 당신은 돈을 보내셨다고 했지만, 정말로 당신의 말이 사실이라면, 그 돈은 도착하지 않았습니다. 이곳으로 돈을 보내기에 편지는 좋은 방법이 아닙니다. 미국에서는 그렇게 해도 괜찮나요? 아무튼 당신의 편지는 잘 받았고, 저는 무척 기뻤습니다. 당신이 잔디 깎는 일을 한다는 말을 읽고 우리는 웃었습니다. 그 기계를 당신이 직접 미나요? 위험하지는 않나요? 이곳에서는 돈을 버는 제일 좋은 방법이 수공예입니다. 어떤 아이들은 버스 청소부로 일하거나 주유소에서 일하기도 하지만 우리 집에서는 못하게 합니다. 하지만 나도 하는 일이 있습니다. 나는 그림을 그립니다. 이 편지와 함께 한 장을 동봉합니다. 답장을 보낼 때 당신이 깎은 잔디를 조금 보내 주셔도 좋아요. 답장을 보내고 싶으시다면요.

당신이 다시 편지를 보내 주시면 좋겠어요. 당신의 편지를 받고 정말 기뻤습니다.

아이샤 올림

〈추신〉 동봉한 그림은 자화상이에요. 사진으로 찍은 모습보다 훨씬 더 예쁘답니다.

---

*편지를 우르두어로 옮겨 준 이람 쿠레시와 안와르 이그발에게 작가의 깊은 감사를 전합니다.

그녀의 소원은 무엇일까?
사진 : 유엔난민기구 / H. 콕스

모퉁이를 돌면 무슨 일이 기다리고 있을까

앤 M. 마틴

제니에게

안녕. 내 이름은 앨리스 켄달이고, 우리 괴짜 선생님 때문에 지금 너한테 편지를 쓰고 있는 거야. 제솝 선생님은 우리 선생님이 된 지 일주일 반밖에 안 됐는데, 벌써 1) 컴퓨터는 십대들을 사회적 기품이 결여된 게으른 텔레비전 족으로 만들고, 2) 이메일 덕분에 손편지가 점점 사라져가고 있으며, 3) 어린이들이 운동화 끈도 묶지 못하는 것은 찍찍이 때문이라고 설교를 늘어놓지 뭐야. 찍찍이가 뭘 어쨌다는 건지 싶지만, 그러든지 말든지. 아무튼, 다시 편지쓰기로 돌아와서, 지금 너에게 편지를 쓰고 있는 것도 다 그 때문이라는 얘기야. 분명, 우리 선생님은 너희 선생님과 아는 사이일 테고, 선생님은 나와 우리 반 아이들이 손편지를 쓰는 법을 연습해야 한다는 결정을 내리셨어. 너와 너희 반 아이들에게. (그 점에 대해서는 미안해.)

그래서…… 아무튼. 너희 선생님이 너희한테도 똑같은 말씀을 하셨니? 진짜 편지를 쓰는 방법을 모른다면 그건 너무 비극적이라고? 손편지가 잃어버린 기술이 되어가고 있다는 말을 하는데, 제솝 선생님의 눈에 눈물이 맺혔어. 뭐, 좋아, 내가 과장하고 있다고 쳐도, 말하다 말고 목청을 가다듬을 필요까지는 없잖아. 이렇게 말이야. "어쩌구저쩌구, 그리고 요즘에는 모든 사람들이 이메일로 의사소통을 하기 때문에 손편지는 사라지고 있습니다." 에헴, 에헴, "잃어버린 기술이 되었지요."

그 다음에 선생님이 모자를 돌렸는데, 내가 네 이름을 뽑았어. 제니퍼 해리스. 너는 이제 나의 공식적인 펜팔이야. 그러니 나에 대해 몇 가지 정도는 알아야겠지? 나는 8학년이야. 코네티컷 주 뉴타운에 있는 웬트워스 아카데미에 다니는데, 우리 집은 뉴타운에서 24킬로미터쯤 떨어진 버튼에 있어. 우리 식구로는 엄마와 아빠, 열 살 된 내 동생 미시, 그리고 일곱 살배기 남동생 저스틴이 있어. 동물들도 많고.

내가 너에 대해 아는 사실은 다음과 같아. 너도 8학년이고 오하이오 주 캐슬턴 시에 있는 링컨 중학교에 다닌다는 거. 캐슬턴 시는 상당히 큰 도시고. 너희 학교는 기금이 많지 않아서 지급품과 책과 컴퓨터가 부족하고, 수리도 필요하다면서. 그건 정말 안 됐다. 우리 반에서 너희 반에 필요한 물건을 수집하기 위한 운동을 조직할 수도 있어.

방금 내가 쓴 편지를 다시 읽어봤는데, 너희 선생님한테 편지를 보내기 전에 제솝 선생님이 우리 편지를 읽어보지 않으면 좋겠다. 내가 선생님 흉을 본 부분을 볼까 봐. 어, 이런. 이제 고치기는 너무 늦었어. 선생님이 편지를 모으고 있어. 이메일과 달리 되돌아가서 지울 수가 없네. 만약 손편지도 기술이라면, 지금까지는 그 기술의 쇠퇴로 인해 그다지 큰 손실은 없는 것 같아. 제솝 선생님이 편지를 손에 넣기 전에 단단히 봉해야겠어.

9월 14일
급한 마음으로
앨리스 켄달이

앨리스에게

첫째, 내 이름은 제니퍼야, 제니가 아니라. 그리고 둘째, 우리 학교는 어떤 도움도 필요 없어. 우리는 잘하고 있어. 하지만 너희 마음은 고맙게 생각해.

그래, 선생님들끼리는 서로 잘 아는 사이가 맞지만, 우리 선생님은 손편지가 잃어버린 기술이라는 말은 전혀 안 했어. 우리 반에는 집에 컴퓨터가 있는 애가 거의 없고, 학교에 있는 컴퓨터도 1900년대에나 볼 법한 구식이라 이곳 캐슬턴에서는 손편지가 잃어버린 기술이 될 염려가 없기 때문일 거야. 우리 선생님은 우리가 이번 학기에 펜팔을 할 거라는 말씀만 하셨어. 우리 선생님 이름은 데니스 선생님이고, 선생님 반이 된 건 운이 좋은 거야. 그런데 선생님을 싫어하는 애들도 많아. 너무 깐깐하다고. 하지만 나는 선생님이 공평한 것 같아. (나는 못된 짓을 해도 봐 주고 넘어가는 그런 선생님들이 싫어.)

나에 대해 몇 가지 알려 줄게. 나는 아빠와 친할아버지와 할머니, 아빠 언니(열다섯 살이야), 그리고 쌍둥이지만 일란성은 아닌 사촌들과 함께 살아. 둘 다 열여섯 살이고 이름은 팻과 크리스야. 둘 다 남자일까, 둘 다 여자일까, 아니면 한 명씩 섞여 있을까? 네가 한번 알아맞혀 봐, 하하.

너는 동물들이 많다고 했지. 아마 반려동물을 말하는 거겠지. 우리는 반려동물이 하나도 없어. 너무 비싸니까. 컴퓨터가 없는 것도 똑같은 이유야. 아빠한테 일자리가 생기면 고양이를 입양할지도 모르지만, 별로 희망적이지 않아. 아빠가 일자리를 찾을 가능성이 그다지 희망적이지 않다는 얘기야. 지금 당장은 할머니가 우리 집의 유일한 수입원이야. 참, 크리스도 학교 가기 전에 신문 배달을 하는구나. 그리고 혹시 네가 추측을 해볼까 싶어서 하는 얘긴데, 신문 배달은 남자애들만 하는 일은 아니야.

우리 아빠는 발명가지만 발명을 안 한지 한참 됐어. 그래서 우리가 할아버지 할머니 댁으로 이사를 들어온 거야. 너희 부모님은 직업이 뭐야?

그리고 웬트워스 아카데미는 사립학교야? 학교 이름이 그렇고, 손편지가 잃어버린 기술이 될까 봐 걱정하는 선생님이 있는 학교라면 틀림없겠지. 내가 아는 애 중에 사립학교에 다니는 애는 네가 처음이야.

데니스 선생님이 앞으로 5분 안에 편지를 끝내라고 하니까 그만 써야겠다. 내 손글씨를 잘 읽을 수 있기를 바라. 크리스는 내가 아이 i자 위의 점을 꽃모양으로 그리는 게 바보 같다고 하지만 그 꽃들이 내 명랑한 성격을 조금이나마 드러내 주지 않나 싶어. 하하.

9월 21일
제니퍼 해리스가

<추신> 우리 학교 애들은 부자는 아닐지 모르지만, 그런 것에 큰 의미를 두지는 않아.

제니퍼에게

만약 정확한 걸 좋아한다면, 나도 앨리라고 불러 줘. 내 별명이야. 사람들이 나를 앨리스라고 불러도 별로 화는 안 내지만. 그리고 나는 사립학교에 다니는 건 맞는데, 바로 그런 걸 두고 억측이라고 하는 거야. 웬트워스 아카데미라는 이름에 너무 큰 의미를 부여하면 안 돼. 억측과 우리 학교에 대해서는 나중에 다시 얘기해 줄게.

우선 중요한 얘기부터 먼저, 너희 반을 도와주겠다는 말 때문에 혹시 기분이 나빴다면 미안해. 그게 내 주특기야. 그러니까 사람들을 도와줄 궁리를 하는 게 내 주특기라고. 뭐, 사실, 사람들을 기분 나쁘게 하는 것도 내 주특기이긴 하지만 절대 고의는 아니야. 내가 좀 나서길 좋아해. 내 친구 루신다가 그러는데 나는 누굴 못 도와줘서 안달이래. 루신다는 자선 빵 판매 행사나 헌옷 모으기 운동, 캔 수집이 점점 지겹다고 하는데, 그래도 내가 실수를 할 때마다 꼭 내 편을 들어 줘. 그래서 루신다한테 뭐라고도 못해. 우리 둘은 세 살 때부터 친구야. 음, 아무튼, 미안해. 다시 운동이니 어쩌니 그런 얘기는 꺼내지 않을게.

웬트워스 얘기라면, 여동생과 남동생, 그리고 나는 아빠가 우리 학교에서 4학년을 담당하는 선생님이라서 장학금을 받고 다니는 거야. 그렇지 않으면 우리 부모님은 등록금을 감당할 형편이 안 돼. 그러니까 너무 내 삶에 큰 의미를 부여할 필요는 없어, 알겠지? (참고로, 우리 엄마는 버든에 있는 회사에서 파트타임 경리사원으로 일하셔.)

좋아, 화제를 바꿔 보자. 우리 동물들 얘기를 해 줄게. 우리 집은 한참 시골이야. 집에는 개 두 마리와 고양이 한 마리가 있고, 남동생은 해리어트라는 페럿*도 키워. (내 동생은 '페럿'과 '해리어트'가 운율이 맞는

---

*족제비과의 애완동물

줄 알아.) 그리고 우리 집 마당과 숲 속에는 동물들이 수도 없이 많아. 몇 개만 적어 볼게. 코요테, 여우(회색여우, 붉은여우), 너구리, 스컹크, 다람쥐(검은색, 회색, 빨간색), 생쥐, 박쥐, 사슴, 우드척다람쥐, 족제비, 뱀, 거북, 수많은 종류의 새들, 그리고······ 곰도 있어. 농담 아니야. 진짜 곰을 본다니까. 말을 안 해도 알겠지만, 우리 집 고양이는 집 밖으로 절대 안 나가. 나가고 싶어도 못 나가지.

좋아, 패트와 크리스에 대해서는 네가 계속 힌트를 주겠지? 재미있겠다. 그런데 하나만 물어봐도 돼? 왜 사촌들이랑 같이 살아?(괜한 참견이라면, 대답하지 않아도 돼. 나는 좀 무례하고 나서길 좋아하는데다 참견도 잘해.)

재미있는 아이디어가 하나 있어. 답장을 보낼 때 너에 대한 흥미로운 사실을 열 가지만 적어 줘 볼래?

9월 30일
앨리가

〈추신〉 서로 짜증나게 하는 일은 그만하자.

〈추추신〉 제솝 선생님은 절대 우리 편지를 보지 않으셔. 선생님한테 내기 전에 편지봉투를 꽁꽁 봉하거든. 선생님 말씀이 데니스 선생님도 너희 편지를 보지 않으신대. 그러니까 선생님들이 우리 편지를 보지 않을까 하는 걱정은 그만해도 돼. 선생님들은 그냥 우리가 손편지를 써 보게 하고 싶은 거래.

앨리에게

좋아, 그럴 줄 알았어. 억측이라면 미안해. 그리고 좋아, 서로 짜증나게 하는 일은 그만하자. 처음부터 새로 시작해 보지 뭐.

안녕, 내 이름은 제니퍼야. 지금부터 나에 대한 열 가지 사실을 적어 볼게. 네가 흥미롭게 여기길 바라.

1. 우리 아빠가 지금까지 발명한 물건 중에 최고의 작품은 식당에서 메뉴판을 읽기 힘든 노인들을 위해 만든 불 켜지는 돋보기였어. 그런데 벌써 선수를 친 사람이 있다지 뭐야. 그게 우리가 할아버지 할머니 댁으로 이사 오기 바로 전 일이야.

2. 학교에서 내가 제일 잘하는 과목은 영어고, 데니스 선생님은 내가 훌륭한 작가가 될 거래. 나는 글 쓰는 걸 좋아하고, 데니스 선생님은 언젠가는 내가 작가가 되기를 바라시지만 그렇게 멀리까지는 아직 생각해 보지 않았어. 그냥 대학은 가고 싶어.

3. 내 사촌 중 한 명은 임신 중이야. 이걸로 둘 중에 한 명은 여자라는 사실을 눈치챘겠네. 나머지 한 사람은 말 안 해 줄래. 다음 달이 출산 예정이야. 우리 집은 지금도 북적북적 정신이 없는데…….

4. 우리 엄마는 내가 네 살 때 돌아가셨어. 심장마비였는데 의사들 말로는 엄마 나이에 그런 일이 생기는 건 운이 없는 거래. 내 생각이지만, 그건 어떤 나이나 마찬가지가 아닐까.

5. 네가 참견쟁이인 건 확실한 것 같지만, 괜찮아. 우리 사촌들 말인데, 사촌

들이 우리랑 같이 사는 게 아니라, 우리가 사촌들하고 같이 사는 거야. 우리가 할아버지 할머니 댁으로 들어왔을 때 사촌들은 이미 이 집에 살고 있었으니까. 두 사람은 할아버지 할머니가 아기 때부터 데려다 키웠어.(사촌들의 엄마가 우리 아빠의 여동생이야.) 왜 데려왔는지는 아무도 말해 주지 않아. 고모와 고모부가 사정이 좋지 않다고 아빠가 말씀하시는 걸 한번 들었어.

6. 나는 물건을 모으고 아끼는 걸 좋아하는데, 우리 집처럼 좁아터진 곳에서는 쉽지 않은 일이야. 할아버지 할머니 집에는 작은 방이 세 개 있어. 할아버지와 할머니가 한방을 쓰시고, 우리 언니와 내가 한방, 그리고 사촌들이 한방을 써. 아빠는 거실에서 주무셔. 사촌언니의 아기가 태어나고 나면, 언니하고 아기가 한방을 쓰게 될 거고, 다른 사촌은 우리 방으로 옮겨 올 예정이야. 그러니까 어쨌든, 나는 크기가 작으면서도 돈이 들지 않는 물건들을 모아야 돼. 예를 들면 희한한 머리 모양을 한 사람들의 사진 같은 거.

7. 사촌언니의 돈을 훔쳤어.(아기를 가진 사촌 말이야.) 다 브랜든 오빠(아기 아빠지야.)가 언니를 좌지우지하기 때문인데, 그 오빠가 옆에 있으면 언니는 아예 자기 생각이 없어지는 것 같아. 아기가 생기면 필요한 비용을 쓰려고 언니가 그동안 돈을 벌어서 저축도 꽤 해 놓았거든. 그런데 그 오빠는 가만히 앉아서 돈을 내놓으라고 하기만 하면 되는 거야. 조만간 그렇게 나올걸. 그러면 언니는 자기도 모르는 사이에 돈을 내어놓고 말 거야. 그 오빠는 스물두 살인데 알코올 중독이라서 그 많은 돈을 어디에 쓸지 안 봐도 뻔해. 내가 잘 보관하고 있다가 아기가 태어나고, 기저귀 값이 얼마나 비싼지 언니가 절실히 깨닫고 나면 돌려줄 생각이야.

8. 어릿광대와 나방을 무서워해.

9. 지금까지 제일 멀리 가 본 곳은 클리블랜드야.

10. 비밀 단짝이 있어. 이름은 스탈라야.

10월 9일

제니퍼가

제니퍼에게

어, 잠깐! 어떻게 비밀 단짝이 있다고까지만 말하고 편지를 끝낼 수 있어? 스탈라처럼 흥미진진한 이름만 써 놓고. 더 ~~상세하게 상세하게~~ 얘기를 해 줘야지. 지금 말할 건 그게 전부야.

10월 13일 오후 11시 15분.

그러므로 수업 시간에 쓴 편지가 아닌 게 확실함.

호기심이 동한 친구,

앨리가

<추신> 방금 네 사촌들이 둘 다 여자라는 걸 알았어. 두 사람이 한 방을 쓰고 있다고 했는데, 아기를 가지지 않은 사람이 너와 너희 언니가 쓰고 있는 방으로 옮겨 올 거라면, 당연히 여자여야 할 거 아냐. 이제 유일하게 남은 의문은, 누가 패트고 누가 크리스냐네?

앨리에게

내 사촌들이 다 여자라는 걸 알아내다니 꽤 똑똑한걸. 중요한 부분은 맞혔으니까 나머지는 내가 말해 줄게. 아기를 가진 사람이 패트 언니고, 참, 아기는 아들이야. 내 손글씨를 놀리는 주인공인 크리스 언니는 애바 언니와 내가 같이 쓰고 있는 우리 방으로 옮겨 올 사람이야. 우리 셋이 한방을 쓰면 복작복작할 거야, 뻔하지. 애바 언니와 크리스 언니는 이층침대를 쓸 거고, 나는 낮에는 치워 놨다가 밤에만 펴는 간이침대에서 잘 거야. 혹시 궁금해할까 봐 말하는데, 크리스 언니가 이층침대를 쓰는 건 두 언니가 여기에 먼저 살았기 때문이야. 그리고 나보다 언니고. 할아버지 할머니가 방 문제를 결정할 때 아빠는 내 편을 들어주려고 했지만, 사실, 패트 언니만 빼면 아무도 아기와 한방을 쓰고 싶어 하지 않아서 선택의 여지가 없어. 그리고 나는 간이침대에서 자든 이층침대 아래층에서 자든 정말 상관없어.

하! 10번 목록을 보고 네가 화를 낼 줄 알았어. 만약 여기까지만 쓰고 편지를 끝내 버리면 정말 약오르겠지? 히히. 설마. 지금부터 스탈라 이야기를 들려줄게. 그건 소원에서 시작됐어.

나는 소원이 많아. 나만의 방, 사생활 보장, 그리고 아빠가 정말 인기 있는 물건(그리고 독창적인)을 발명하기를 바라고, 크리스 언니가 맨날 나를 놀리지 않기를 바라. 크리스 언니는 성적이 잘 나왔다고 나를 괴롭히고, 말썽을 피우지 않는다고 또 괴롭혀.(질투가 심해.) 그리고 나를 피노키오라고 놀려. 내가 거짓말을 잘해서가 아니라(거짓말은 언니의 주특기야.) 내 코가 크기 때문이야. 아무튼, 그중에서도 제일 큰 소원은 단짝이 생겼으면 좋겠다는 거야. 그래서 늘 그렇게 소원을 빌었는데, 정말 멋진 언니를 만났어. 그 언니는 이름이 스탈라였는데, 그건 정말 운명과도 같았어. 그 언니 이름 말이야. 스탈라. 그리고 나는 소원을 빌었잖아. 이해가 돼? 스타(-ㄹ라)에 대고 소원을 빈다?

짐작하겠지만, 집에서는 크리스 언니랑 부딪치는 시간이 적을수록 좋아. 그래서 작년 여름에, 내가 하던 아기 보는 일이 끝나면 매일같이 네 골목쯤 가면 나오는 커피 컵으로 달려갔어. 커피 컵은 내가 잘 가는 커피전문점 이름이야. 그렇다고 내가 커피를 마시는 건 아니야. 그냥 흠집이 난 작은 테이블에 앉아서 침침한 불빛 아래에서 시를 쓰는 거야. 가끔 커피 컵에서 시 낭송회를 하는데 정말 재미있어. 시인들이 하고 온 차림새와 머리 모양도 재밌고. 아무튼 나는 매일 오후 네 시 무렵이면 거기에 자리를 잡고 앉아 있는데, 지금까지 본 중에 제일 폼나게 머리를 자른 웨이트리스 언니가 꼭 나한테 와서 주문할 거 있냐고 물었고, 나는 항상 없다고 대답했지만 그 웨이트리스 언니는 신경 쓰지 않았어. 주문도 안 하고 앉아서 글만 썼는데도 말이야. 가끔 일하다가 쉬는 시간에는 내 옆에 앉아서 내 기분을 묻고 글이 잘 되어 가냐고도 물었어. 정말 관심이 있는 사람처럼 말이야. 그리고 언니는 늘 내 눈을 똑바로 쳐다보고 내 대답에 진지하게 귀를 기울였어. 드디어 스탈라 언니와 나는 (혹시 모를까 봐 말하는데 그 웨이트리스 언니 이름이 바로 스탈라야.) 서로 이야기를 시작했는데, 알고 보니 언니는 겨우 열일곱 살이었지만 벌써 학교를 중퇴하고 혼자 살면서 스스로 생계를 책임지고 있었어. 상상이 돼? 언니는 집에서 사는 게 싫었고, 나와는 달리 언니는 행동으로 표현한 셈이지. 그런데 언니네 집은 단순히 복작이는 방과 질투심 많은 사촌언니들 따위의 문제가 아니었어.

아무튼, 스탈라 언니와 나는 동지야. 언니는 세상에서 나를 이해해 주는 유일한 사람인 것 같아. 그리고 언니는 나를 이해하고 싶어해. 우리는 정말 좋은 친구가 됐어. 쉬는 날이면 나를 언니가 사는 아파트로 초대해서 머리도 매만져 주고. 전통적인 교육 제도가 언니를 저버린 이후 언니 혼자 공부하면서 읽던 책들도 나에게 보여 주었어. 언니는 나에 대해 절대 이러니저러니 흠을 잡지 않아. 그리고 항상 학교 얘기를 궁금해 해. 그리고 크리스 언니가 하는 말 따위는 잊어버리라고 위로해 줘. 그런 말은 내 정신을 상하게 할 뿐, 도움도 안 되고 내 마음만 아수라장으로 만든다고 말이야. 정말 중요한 것들로 네 마음을 채워, 라고 언니는 말해. 그리고 언니는, 나는 젊고 강한 여성이니까 앞으로 살면서 원하는 건 뭐든지 할 수 있다고 용기를 줘. 언니네 집에 있으면 내가 세상에서 제일 중요한 사람이 된 것 같은 기분이 들어. 우와. 시간이 벌써 이렇게 됐네. 가야겠다. 내가 어떻게 생겼는지 보라고 학교 사진을 같이 보낼게.(아주 잘 나온 사진은 아니지만. 보통 때보다 코가 더 크게 나왔어. 그리고 원래 내 머리카락은 오른쪽 귀에 이상하게 휘감기지 않거든.) 내가 쓴 시도 하나 보낼게.

10월 20일

오후 4시 20분 - 역시 수업 시간에 쓴 편지가 아니야.

내가 어디에 있는지 금방 맞힐 거야.

너의 친구,

제니퍼가

~~~~~~~~~~~~~~~~~

앨리에게

답장이 없네. 잘 지내지? 스탈라 언니에 대해 쓴 뒤로 네가 답장을 써 주기를 바랐거든. 내 사진과 시도 보냈는데. 혹시 내가 무슨 기분 나쁜 말을 한 건 아니겠지.

정말 그랬니?

<div style="text-align:right">

10월 31일, 할로윈이라고도 알려진 날.

다시 커피 컵에서 씀.

제니퍼가

</div>

~~~~~~~~~~~~~~~~~

제니퍼에게

더 일찍 답장을 쓰지 못해서 정말 미안해. 네 학교 사진과 시는 정말 마음에 들어. 네가 보낸 편지들과 함께 소중하게 보관하고 있어. 너는 내가 생각한 모습과는 다르게 생겼더라. 가끔 수화기 너머로 목소리만 듣고도 그 사람이 어떻게 생겼을 것 같다, 그런 생각할 때 있잖아. 나는 네 편지를 읽고 왠지 네가 근사한 안경을 쓰고 아주 세련된 헤어스타일을 했을 것 같았거든. 피부색이나 머리칼, 혹은 눈동자가 어떻게 생겼는지는 몰랐지만, 난 네가 짧은 머리에 정수리는 조금 삐죽삐죽하게 자르고, 지적인 검은 뿔테 안경을 썼을 줄 알았어. 그런데 넌 안경도 안 쓰고, 최소한 사진 속에서는 쓰고 있지 않으니까, 머리는 정말 세련되긴 했지만, 내가 상상한 모습이랑은 많이 다르더라. 머리는 얼마나 긴 거야? 허리까지 내려와? 그리고, 에헴, 네 코는 그렇게 크지 않아. 그냥 잘생긴 평범한 코야. 크리스 언니가 무슨 말을 하는지 모르겠어. 스탈라 언니 말이 옳아. 크리스 언니는 괜히 네 심기를 건드리고 싶어서 그러는 거야.

네 자작시는 훌륭해. 보내 줘서 고마워. 너처럼 시를 쓰는 사람은 처음 봤어.

음, 이제 내가 왜 그동안 연락이 없었는지 변명을 해야겠지. 그럴 만한 까닭이 있었어. 그렇다고 답장을 빼먹은 게 용서가 되는 건 아니겠지만. 10월 15일에 아빠가 해고됐어. 정확히 말해서 해고는 아니지만, 비용 절감을 위해서 학교에서 인원을 줄였는데, 다른 여덟 자리와 함께 아빠 자리도 '없어져 버렸어.' 메이슨 교장 선생님이 다른 반보다 학생 수가 적은 4학년 두 학급을 하나의 큰 학급으로 통합할 계획이라 아빠가 나가게 됐어. 교장 선생님이 학기 말까지는 미샤와 저스틴과 나는 원래대로 장학금을 받고 학교에 다녀도 좋다고 했지만 1월부터는 등록금을 전액 다 내야 돼. 당연히 엄마 아빠가 감당하기에는 무리지. 게다가 아빠가 해고된 지 일주일도 안 돼서 엄마까지 잘렸어. 사장님이 엄마 자리가 '없어졌다'고 했다지만 내 생각에는 '없어졌다'는 곧 '해고'라는 말과 같은 것 같아, 안 그래? 나는 너무 화가 나. 그리고 너무 슬퍼. 요즘에는 다들 돈을 아끼려고 하고, 그 방법이 뭐겠어? 사람들의 일자리를 빼앗는 거야. 미샤와 저스틴과 나는 1월에 공립학교로 전학을 갈 거야. 그런데 있지? 나는 지금 당장 전학을 가고 싶어. 학교에서 아빠가 잘렸다는 걸 모르는 애들이 하나도 없고, 개네들은 내 동생들과 나를 동정심과 혐오감이 뒤섞인 끔찍한 눈길로 쳐다봐. 마치 아빠가 뭔가 나쁜 일을 하다 걸렸고, 우리가 그 대가를 치르고 있다는 듯이.

공부에 집중이 안 돼.

그게 내 슬픈 사연이야. 그래도 너한테 털어놓고 나니 훨씬 기분이 낫다.

너도 내가 어떻게 생겼는지 보라고 내 학교 사진을 같이 보낼게. 너는 나를 어떻게 상상하고 있었을지 궁금하다. 참, 백설공주와 잠자는 숲 속의 미녀 사진도 보낼게. 우리 집 개야. 미리 말해 두지만, 내가 여섯 살 때 지은 이름이고, 그때는 아는 게 그 수준밖에 되지 않았어. 지금은 백설이와 미녀라고 불러.

11월 6일
앨리가

제니퍼에게

다시 편지를 쓰고 있어. 아마 엊그제 쓴 편지를 받기도 전일 거야. 생각해 보니까 너무 내 얘기만 쓴 것 같아서 좀 무례하지 않나 싶더라구. 스탈라 언니와 사촌언니들, 그리고 아기까지, 네 편지를 무시할 생각은 없었어.

스탈라 언니와 패트 언니에 대해 더 알고 싶어 죽겠지만, 정말 궁금한 건, 크리스 언니가 너한테 왜 못되게 구는지 그 이유를 알고 싶어. 왜 너를 항상 놀리는 거야? 나는 사람들이 서로 못되게 구는 게 정말 싫어. (나 자신에 대해 생각하고 있어. 그리고 우리 학교 애들, 지금 당장 미시와 저스틴과 나한테 못되게 굴고 있는 바로 그 애들 말이야. 도로 내 얘기로 돌아와서 미안.) 아무튼, 크리스 언니에 대해 보충 설명 좀 부탁해. 그리고 여기 코네티컷 주에 있는 누군가는 네 편이라는 사실도 알아주길 바라.

아기에 관해서는, 아기가 있으면 얼마나 재미있을까 싶으면서도, 한편으로는 패트 언니는 물론이고 나머지 식구들이 얼마나 힘들까라는 마음까지, 생각이 두 갈래로 나뉘어 있어. 아기들은 재미있잖아, 안 그래? 하지만 내 아기일 때가 가장 재미있을 테니까. 나는 아기를 딱 세 시간만 데리고 있으면 좋겠어. 그게 이상적일 거야. 아기를 낳고 나면 패트 언니는 어떻게 되는 거야? 학교에 계속 다닐 수 있는 거야? 너는 아기 때문에 꼼짝 못하는 일이 없기를 바라. 항상 아기를 봐야 한다거나 뭐. 지난번에 네 여름방학 일자리가 아기보기라는 말을 듣고 조금 걱정이 되고 있어. 절대, 되풀이해서 말하지만, 절대 네가 아기를 떠맡으면 안 돼.

방금 내가 쓴 편지를 다시 읽어 봤는데 내가 또 너무 나대는 게 아니었으면 좋겠어. 하지만 너는 식구들 중에서 막내니까 다른 사람들이 막 이래라저래라 시킬까 봐 걱정이 돼서 말이야?????

그럼 스탈라 언니 얘기를 해볼까? 그 언니는 아주 좋은 사람 같아. 학교를 중퇴하긴 했지만 너한테 좋은 영향을 끼치는 것처럼 들려. 그래도 궁금한 게 있는데…… 언니는 왜 너의 비밀 단짝인 거야????? 누구한테 언니를 숨기고 있는 건데?

이제 그만 써야겠다. 엄마가 5분 있다가 가족회의를 하재. 요새는 두 분 다 하루 종일 집에 있다 보니, 가족회의를 하기가 안타까울 정도로 쉬워졌어. 가족회의 주제는 아주 훌륭해: 남은 돈을 최대한 오랫동안 안 쓰고 버티는 방법. 엄마는 아마 엄마의 주특기인 거대한 도표를 만들 거야. 회의 끝무렵에는 이런 주의문들이 도표를 가득 채우겠지. 재사용이 가능한 물건은 버리지 말 것!!! (엄마의 주의문 뒤에는 항상 느낌표가 주르륵하게 따라붙어.)

시간 날 때 네 이야기를 써서 답장 보내 줘. 마음을 다른 데로 돌리려면 다른 사람의 생활에 집중할 필요가 있거든.

11월 8일

앨리가

앨리에게

네가 보낸 편지 두 통 다 받았어. 두 번째 편지는 오늘 막 도착했어. 네 편지를 받고 정말 기뻤어. 하지만 너희 부모님이 일자리를 잃으셨다는 소식은 정말 유감이야. 믿을 수가 없어. 도저히. 너희 아빠 자리가 없어졌을 (맞아, 바보 같은 말이지.) 때도 분명히 많이 힘들었을 텐데, 학기 중간에 새 학교로 옮겨야 하고, 그것도 모자라서, 너희 엄마까지 일자리를 잃었다는 사실을 알았을 땐 얼마나 힘들었을까? 앨리, 내가 여기에 있다는 말 외에는 뭐라고 위로를 해 줘야 좋을지조차 모르겠어. 정말 서투른 위로가 되겠지만 내 마음 알겠지? (그래 주길 바라.) 한 번도 만난 적은 없지만 진짜 친구처럼 느껴져. 네 편지를 받고 네가 쓴 글씨로 네 생각과 말들을 볼 때마다, 직접 만난 것만큼이나 좋아. 혹시 지금 당장 그런 말이 도움이 된다면 내가 네 생각을 많이 한다는 사실을 알아줬으면 좋겠어.

그래, 네 질문들에 대답해서 네가 마음을 다른 데로 돌릴 수 있도록 노력해 볼게. 앗, 잠깐! 깜빡할 뻔했어. 네 학교 사진! 사진 보내 줘서 고마워. 네 곱슬곱슬한 머리가 마음에 들어. 네 사진을 보니까 근사한 헤어스타일 사진 수집을 시작하고 싶은 기분이 들더라. 그런 머리를 지녔으니 넌 정말 운이 좋은 거야. 그리고 너는 정말 좋은 사람이라는 걸 네 사진을 보고 알았어.(이렇게 말하니까 네 편지에서는 그런 걸 몰랐던 것 같네.) 너는 네가 나서길 좋아한다고 했고, 조금은 그럴지도 모르지만, 그냥 자기 주장이 강하다고 해 두자. 그리고 의욕이 조금 과하다고. 하지만 너는 마음에서 우러나서 그런 일들을 하는 거잖아.

다시 네 질문으로 돌아갈게. 내 머리 말이야. 내 머리는 허리까지 닿지는 않지만 등 중간쯤까지는 내려와. 스탈라 언니는 짧은 머리보다는 머리를 매만질 수 있는 방법이 훨씬 더 많다고 내 머리가 좋대. (스탈라 언니는 미용학교에 다닐 계획이야.) 가끔 커피 컵 근무가 끝난 뒤에 언니네 집에 가면 언니가 내 머리를 새로 만져 줘. 집으로 오는 길에는 도로 풀어야 하긴 했지만. 안 그러면 아빠가 의심을 할 테니까. (이 말은 한 번도 언니한테 못했어.)

이 말을 하고 나니 네가 말한 두 가지 질문이 생각나네. 스탈라 언니가 왜 비밀인지 하고 누구한테 비밀인지 물었지? 첫 번째 질문에 대한 대답은 이거야. 언니가 비밀인 이유는 내가 언니를 만나는 걸 아빠가 반대하기 때문이야. 아빠가 커피 컵에서 언니를 몇 번 본 적이 있는데, 우리가 친하다는 건 알지만 아빠는 언니가 인생을 낭비하고 있다고 생각해. 가출을 하고 학교를 중퇴한데다 정규 대학에 가는 대신 미용학교에 가고 싶어 한다는 이유로 나한테 나쁜 영향을 끼친다고 여기셔. 게다가 언니는 귀를 열 군데는 더 뚫었거든. 나도 볼 때마다 움찔움찔한다니까.(마음속으로) 그래도 아빠가 왜 스탈라 언니의 좋은 점들을 받아들이지 못하는지 이해가 안 돼. 이를테면, 겨우 열여섯 살에 나쁜 상황을 뒤로 하고 나와서 스스로 생계를 책임질 방법을 찾고, 앞으로 어떤 공부를 하겠다는 계획까지 세우려면 엄청난 용기가 필요한 게 사실이잖아, 안 그래? 그리고 패트 언니가 십대 미혼모가 되기 직전이라는 사실은 언급하지 않는다 해도, 크리스 언니가 나한테 얼마나 못되게 구는지를 생각하면, 나한테는 스탈라 언니가 그 둘보다 훨씬 더 좋은 영향을 끼치는 것 같다 이 말이야.

스탈라 언니에 대한 두 번째 질문에 대해서는, 아까도 말했지만 주로 아빠한테 비밀이야. 아빠는 우리가 커피 컵에서 이야기를 하는 것도 못마땅하게 여기시니까. 언니네 아파트에 자주 놀러간다는 사실은 절대 들키면 안 돼. 그리고 아빠는 커피를 마시러(이런, 당연한 말을) 커피 컵에 가끔 들르기 때문에 많은 직원들이 아빠를 알고, 나를 알고, 스탈라 언니를 알아. 그래서 나는 언니네 집에 갈 때 아주 조심해야 돼. 언젠가는 아빠한테 들킬까 봐 두려워. 아빠는 불같이 화를 내실 거야. 나는 아무런 나쁜 짓도 안 했는데 말이야!

화제를 바꿔 보자. 패트 언니가 아기를 낳고 나면 무슨 일이 생길까? 잘은 모르겠지만, 정말이야, 그 아기를 내가 돌볼 일은 없을 거야. 그건 패트 언니의 몫이야. 할아버지 할머니는 그 부분은 벌써 확실하게 다짐을 받아 놨어.

크리스 언니에 대해, 그리고 언니가 나한테 못되게 구는 까닭에 대한 대답은 이거야. 나도 잘 모르겠어. 언니는 나를 싫어해. 그건 확실해. 하지만 정말 그 이유를 모르겠어. 언니는 질투심이 많고 나보다 더 잘나 보이려고, 아니 최소한 내가 잘하는 것처럼 보이지 않게 하려고 고의적으로 나를 방해하려고 해. 그리고 내가 상 받는 걸 아주 싫어해. 더구나 나는 막내니까 좀 못살게 굴어도 괜찮다고 생각하나 봐. 내가 맞서지 못하니까 손쉬운 목표물로 여기는 눈치야.

내가 왜 맞서지 못하는 줄 알아? 나 자신에게 하는 말이지만, 언젠가는 이 집에서 나갈 테니까, 그럴 가치도 없기 때문이야. 나는 대학에 갈 거고(어떻게든) 취직을 해서 꼭 성공할 거야. 하지만 사실은, 나는 크리스 언니가 조금 무서워. 스탈라 언니가 저지른 일도 그래서 이해가 가. 가출 말이야.

너무 부정적인 얘기를 해서 미안해. 어쨌거나, 내가 스탈라 언니네 아파트에서의 평화를 좋아하는 이유를 알겠지? 아무도 나를 흠잡지 않고, (더 중요한 건) 누군가는 나를 훌륭하다고 여기고 나를 믿어 준다는 사실.

그래. 시간이 많이 늦었어. 난 지금 침대에서 손전등을 켜 놓고 편지를 쓰고 있는데, 애바 언니가 불빛 때문에 잠이 안 온다고 투덜대. 거짓말인 줄 알지만, 그만 쓰는 게 좋겠어.

11월 11일
제니퍼가

<추신> 나쁜 헤어스타일 수집품 중에서 두 개만 골라서 보낼게, 가져도 돼.

제니퍼에게

1. 난 네가 훌륭하다고 생각해.

2. 나는 너를 믿어.

3. 나는 우리가 친구라서 기뻐.

11월 15일

앨리가

앨리에게

고마워. 네가 보낸 쪽지를 네 편지들과 함께 양철 상자에 넣어서 침대 밑에 보관해 놓아. 벌써 두 번이나 그 쪽지를 꺼내서 읽었어. 한 번은 크리스 언니가 나를 피노키오라고 불렀을 때, 또 한 번은 언니가 내가 쓴 시를 비웃었을 때. (내 소지품을 뒤져서 찾아낸 거야.) 다음에는 크리스라는 이름의 돼지에 대한 시를 쓸까 봐. 하하.

11월 19일

제니퍼가

제니퍼에게

할 말이 너무 많아서 무슨 얘기부터 해야 좋을지 모르겠어. 먼저, 너도 알다시피, 나도 네 편지를 보관하고 있어. 어제 편지를 보관할 폴더를 만들었고, 그동안 모아놓은 물건들을 꺼내서 리본과 스티커를 찾아 폴더를 예쁘게 꾸몄어. 가운데에 네 학교 사진을 붙이고 그 밑에 우정이라고 쓴 도장도 찍었어.

네 편지는 좋은 점이 아주 많은데 그 중에 하나는 내가 어딜 가든 가져갈 수 있다는 거야……. 중요한 얘기야. 부모님이 로드아일랜드로 이사를 가기로 결정했거든. 크리스마스 직후에. 너는 나와 함께 가겠지만 내 친구들은 남겨 두고 가야 돼.

믿기지가 않아. 너무 슬퍼서 편지를 더 이상 못 쓰겠어. 오늘 못 쓴 얘기는 나중에 다시 쓸게.

11월 22일, 추수감사절에
앨리가

앨리에게

추수감사절 축하해! 추수감사절이면 온 가족이 커다란 식탁에 둘러앉아서 속을 채워서 구운 칠면조에 소스를 뿌려서 먹잖아? 오늘 우리가 어떻게 추수감사절을 축하했는지 알아? 팻 언니가 아기를 낳는 동안 병원 대기실에서 치즈 샌드위치를 먹었어. 그래, 결국 일이 터졌어. 오늘 아침에 사비온 아이제이어가 태어났어. 겨우 2.7킬로그램밖에 안 되고, 처음에는 산소가 필요했는데, 이런 말을 하게 된 게 유감이지만, 정말 못생겼어. 그래도 아기는 이제 건강하고 패트 언니도 건강한데, 정말이야, 그런 비명소리는 난생처음 들어봤다니까. 간호사가 힘 주세요! 라고 하면 언니가 공포영화같이 아아아아아악!!!!! 소리를 질렀어. 출혈도 꽤 많았어. 나는 죽었다 깨나도 임신은 하지 않을 거야. 그런데 패트 언니가 그 꼼질거리는 못난이를 무릎에 놓고 내려다보더니 아기가 너무 사랑스럽대. 사비온의 아빠, 브랜든 오빠는 그다지 좋아하는 것 같지도 않더라. 사비온이 태어나고 한 시간이나 우리만 병원에 두고서 바보 같은 오토바이를 타고 폭음을 내며 사라져 버렸는데, 기저귀 값 등등으로 쓸 패트 언니의 돈을 따로 챙겨두기를 얼마나 잘했나 싶더라니까. 일주일 정도 있다가 언니와 사비온이 퇴원해서 집으로 온 뒤에 아기 앞으로 들어갈 돈이 산더미처럼 쌓이면 그때 주려고. 그때쯤이면 브랜든 오빠한테 그 돈을 한푼도 주고 싶은 생각이 들지 않을 거야.

믿겨져? 나한테 사촌이 새로 생긴 거야. 아니, 오촌이지. 사비온은 조카라는 말이 더 어울리기는 하지만. 이층침대 아래층을 차지할 날이 하루 이틀 밤밖에 안 남았어. 그 다음엔 간이침대로 옮길 거야. 빽빽이 홍당무가 패트 언니와 함께 옆방을 차지하게 될 거야.

네 추수감사절은 어땠어?

11월 22일

제니퍼가

제니퍼에게

어제 편지를 마무리해야 할 것 같아. 너무 화가 나서 도저히 집중이 안 돼. 이런 일이 있었어. 엄마 아빠, 미시, 저스틴과 내가 추수감사절 저녁식탁에 앉았어. 올해는 우리 다섯 명뿐이었지. 친척도 없고, 이웃사촌들도 없고, '길 잃은' 친구(아빠의 표현이야.)들도 없는. 사람들이 많으면 돈이 많이 들 테니까. 우리는 음식을 앞에 놓고 감사의 기도를 올렸는데, 지금까지 그렇게 작은 칠면조는 처음 봤어. 그런 뒤엔 엄마가 한껏 밝고 유쾌한 얼굴로 자리에서 일어서더니 이렇게 말했어. "발표할 게 있단다."

우리 집의 돌아가는 사정으로 봐도 그렇고, 엄마가 함박웃음을 날리고 있는 사실도 그렇고, 엄마든 아빠든 일자리를 구했다는 말을 기대하는 게 당연한 거 아닐까? 더구나 식구들이 모두 모인 즐거운 명절까지 기다렸다가 발표를 한다면? 나는 그럴 줄 알았어. 그러니 엄마가 "우리는 로드아일랜드로 이사를 갈 거란다."라고 말했을 때 내가 얼마나 깜짝 놀랐을지 상상이 되지?

미시와 저스틴, 그리고 내가 동시에 포크를 탁하고 내려놓는 바람에 쨍 소리가 났어. (저스틴은 바닥으로 쿵 떨어졌고, 미녀는 포크에 달라붙어 있던 칠면조 조각을 게걸스럽게 먹어치웠어.)

미시는 "뭐라고요?"라며 비명을 지르더니 울음을 터뜨리기 시작했어. 나야말로 딱 그 마음이었지만, 나는 장녀니까 동생들을 위해 용기 있는 모습을 보여 줘야만 할 것 같았어.

215

뭐, 아무튼, 요점만 말하자면, 엄마 아빠는 일자리를 찾지 못했고, 일을 하지 않으면 임대료를 감당할 수가 없으니까 외할아버지와 할머니와 함께 살려고 로드아일랜드로 가겠다는 거야. 그렇게 하면, 엄마 아빠는 한동안은 돈 걱정을 할 필요가 없으니까 시간적인 여유를 가지고 일자리를 찾아보겠다는 계산이지. 하지만 12월 31일분까지는 이미 월세를 냈기 때문에 우리 집에서 한 번 더 크리스마스를 보내고 이사를 갈 거야.

제니퍼, 나는 너무 화가 나. 나는 여기 말고는 다른 곳에서 살아 본 적이 없어. 내 친구들을 다 두고 떠나기 싫어. 로드아일랜드에는 외할머니와 외할아버지 말고는 아는 사람이 아무도 없어. 전학 가는 것도 서러운데, 이사까지 가라고? 게다가 미시와 나는 저스틴과 한방을 쓰게 될 거야. 저스틴은 2학년인데! 이 난관을 어떻게 이겨내야 할까?

11월 23일,
앨리가

앨리에게

너는 이겨낼 거야. 한편으로는 네가 이겨내야만 하기 때문이고, 또 한편으로는 네가 친구를 아주 쉽게 사귀는 사람인 것 같아서야. 루신다와 헤어지고 북적이는 집으로 이사를 가는 게 싫은 마음이야 알고도 남지만, 그래야 한다면 그렇게 해야 돼. 경험자의 말이니 믿어도 좋아. 울보, 다른 말로 빽빽이 홍당무인 사비온과 패트 언니는 집으로 왔고, 크리스 언니는 애바 언니와 내가 쓰는 방으로 들어왔어. 나는 평화와 사생활을 찾으려고 안간힘을 쓰고 있지만 스탈라 언니 네 집에 갔을 때 말고는 하늘의 별따기야.

그건 그렇고, 어젯밤에 패트 언니가 기저귀 값 때문에 끙끙거리고 있길래(신기하지?) 내가 달려가 돈 봉투를 건넸더니 언니가 이 돈이 어디서 났어? 라고 묻는 거야. 그래서 내가 이랬지. 그냥 찾았어. 소파 밑에서. 언니는 나를 의심하면서 눈을 가늘게 뜨고 나를 쳐다봤지만, 돈을 세어 보고 나서 동전 하나 없어지지 않았다는 사실을 확인한 다음에는 나를 도둑으로 몰 수가 없었지. 그래서 이제 그 돈은 유용하게 쓰일 거야.

네 얘기로 돌아가 볼게, 앨리. 너한테 그런 일이 생겨서 정말 마음이 아파. 네 삶의 모든 것이 변치 않기를 소망하는 네 마음 잘 알아. 몇 달 전과 똑같았으면 하고 바라는 거잖아. 한 가지 바꿀 수 없는 사실이 있어. 우리가 어디에 살건 우리는 펜팔이고, 영원히 편지 방문을 할 수 있다는 거야. 우리가 할머니가 될 때까지. 알겠지?

11월 26일

많은 사랑을 담아

제니퍼가

~~~~~~~~~~~~~~~~~

제니퍼에게

편지 고마워. 있잖아, 내 소식을 처음 전한 사람이 바로 너야. 루신다한테도 추수감사절 지나고 이틀 뒤에야 말해 줬거든. (그런데 루신다가 울어서 나도 울었고, 우리는 둘 다 갓 만든 팝콘을 먹지도 못했어.) 네 편지를 읽고 나서 기분이 좋아졌어. 네가 말한 것들 전부 다 정말 고마워. 그리고 맞아, 우리는 영원한 펜팔이길 바라. 언젠가 우리가 직접 만나고, 같은 마을에 사는 이웃사촌이 돼서 펜팔 대신 보통 친구가 된다면 모를까.

빽빽이 홍당무가 왔구나! 그 이름을 읽을 때 깔깔 웃었어. 하지만 네가 집 밖으로 겉돌다니 마음이 아파. 그건 불공평해. 그런데 네가 이건 알아줬으면 좋겠어. 나는 투덜대기도 하고, 미시에다 저스틴까지 한방을 쓰게 된 일은 말할 것도 없고, 이사 가는 게 두렵기도 하지만, 사실은 내가 얼마나 운이 좋은지 나도 잘 알아. 네 말이 옳아. 나는 모든 것이 그대로였으면 정말 좋겠어. 그래도 난, 우리 식구와 너와 내 다른 친구들, 그리고 내 동생들과 고양이와 개와 페럿과 할아버지 할머니한테 정말로 고마워하고 있어. 결국 모든 게 잘 될 거야.

12월 1일
입맞춤과 포옹을 듬뿍 담아
앨리가

제니퍼에게

별일 없지? 너희 집에 뭔가 좋지 않은 일이 생긴 것 같은 예감이 들어. 기회 되면 편지 좀 해 줘. 네 소식을 듣고 싶어.

12월 8일

앨리가

앨리에게

스탈라 언니가 사라졌어. 뭘 어떻게 해야 좋을지 모르겠어.

12월 11일

제니퍼가

앨리에게

어제 보낸 편지는 미안해. 네가 이사 간다는 말을 들었을 때 바로 이런 기분이었을 것 같아. 스탈라 언니가 사라졌다는 사실을 믿을 수가 없지만, 사실이야. 이제 나는 탈출해서 찾아갈 사람도, 탈출해서 갈 곳도 없어. 하지만 그것보다 훨씬 더 심각한 건, 스탈라 언니의 안부조차 모른다는 사실이야.

어떻게 된 일인지 말해 줄게. 며칠 동안 스탈라 언니가 보이지 않았어. 그래서 용기를 내서 커피 컵 매니저한테 언니가 어딨는지 아냐고 물어봤는데, 그동안 일하러 나오지 않았다는 거야. 그리고 날더러 언니를 보면 해고라고 전해 달래. (그래, 맞아.) 그래서 언니가 사는 아파트로 갔지만 초인종을 눌러도 아무런 응답이 없었어. 복도에서 한 시간 동안 기다리는데 건물관리인이 오는 거야. 관리인 말이 이틀 전에 언니가 짐을 싸서 나갔다는 거야. 이유는 모르겠대. 어디로 갔는지도 모르고. 그래서 언니를 찾을 방법이 전혀 없어. 이사 가는 주소도 남기지 않았고 휴대전화도 없는 사람인데, 왠지 자신의 위치를 밝히기가 싫은 것 같은 느낌이 들어. 하지만 어떻게 이런 일이 있을 수 있어? 언니가 어디에 있건 좋은 일자리를 찾기를 바라. 그리고 좋은 사람들도. 그리고 미용학교에 가고 싶은 언니의 꿈이 이루어지기를 바라. 언니가 그만한 사정이 있어서 떠났기를, 언니가 괜찮기를. 그래도 언니가 나에게 작별인사를 해 주기를 바라.

12월 12일

제니퍼가

〰️〰️〰️〰️〰️〰️〰️

제니퍼에게

세상에……. 정말 안됐다. 네 편지가 믿기지가 않아.

나한테 약속할 게 있어. 네가 스탈라 언니네 집에서 찾았던 평화와 혼자만의 생활을 어디에서든 찾아보겠다고 약속해 줘. 너는 그게 필요해.

내가 어떻게 도와주면 될까?

12월 15일

앨리가

〈추신〉 스탈라 언니가 네 단짝이었다는 건 알지만 나도 네 친구라는 사실 잊지 마.

~~~~~~~~~~~~~~~~

앨리에게

고마워. 그리고 메리크리스마스. 그동안 너는 좋은 친구였어.

12월 18일

제니퍼가

~~~~~~~~~~~~~~~~

제니퍼에게

지난 번 편지에서 꼭 작별인사를 하는 것처럼 들렸어. 정말이야? 제발 편지 그만 쓰면 안 돼. 지금 그만두면 안 돼. 그러니까 우리는 계속 편지를 써야 한다고. 우리는 영원히 친구야. 그리고 우리의 이야기도 끝나지 않았어. 제발, 제발, 제발, 제발 답장해 줘. 혹시 한동안 네 소식을 못 들을 수도 있으니 너도 메리크리스마스.

아, 그리고 지금부터 편지를 제솝 선생님을 통해서가 아니라 우리 집으로 직접 보내야 할 거야. 네가 지갑이나 공책이나 어디 안전한 곳에 보관할 수 있게 카드에 새 주소를 적어 보낼게. 네 나쁜 헤어스타일 사진 모음집 같은 데다 보관하면 될까? 잃어버리면 안 돼!

그리고 꼭 답장해 줘.

12월 21일

앨리가

앨리에게

그동안 무슨 일이 있었는지 믿지 못할 거야! 나도 믿을 수가 없으니까. 두 가지 사건이 있었는데 둘 다 좋은 일이야. 너무 큰 기대는 하지 마??? 아니, 스탈라 언니는 돌아오지 않았고, 언니 소식도 듣지 못했어.

아무튼, 정말 우스꽝스럽다는 건 알지만, 너무 마음이 절박해서, 며칠 전에 별에 대고 소원을 빌었어. 최소한 내 생각엔 별이었어. 아주 천천히 움직이는 비행기일 수도 있겠지만, 뭐가 됐든, 그것에 대고 소원을 빌었어. 필사적인 마음으로 세 가지 소원을 빌었어. 스탈라 언니가 나타나기를 빌었고, 아빠가 발명품을 팔기를 빌었고, 우리 할머니가 복권에 당첨되기를 빌었어. 할머니는 내가 태어나기 전부터 복권을 사셨으니까. 별들(혹은 비행기들)이 어떻게 일을 하는지는 모르지만 내 소원 중에서 두 개는 이루어지지 않았고, 하나는 이루어졌어. 게다가 그동안 감히 빌 엄두도 내지 못했던 정말 대단한 일도 같이 일어났어. 패트 언니와 크리스 언니 때 그랬던 것처럼, 내가 무슨 소원을 빌었는지 맞혀 보게 해도 되지만, 그렇게 하지는 않을래. 다음은 실패한 소원들이야.

1. 스탈라 언니는 나타나지 않았어. (그건 너도 이미 알고 있지.)

2. 아빠는 발명품을 팔지 못했어.

3. 하지만 우리 할머니는 복권에 당첨되셨어!!!! 그래, 겨우 325달러고, 그동안 복권 사는 데 쏟아 부은 돈만 해도 수천 달러는 되겠지만 정말이야. 우리는 크

리스마스 바로 전에 325달러를 쓸 수가 있고, 그 소원이 이루어졌잖아!

다음은 내가 별(비행기)에 대고 빌지는 않았지만 이루어진 소원 얘기야. 준비 됐어? 아빠가 잘하시는 말대로, 놀라지 마시라! 방학식 바로 전날, 데니스 선생님이 점심시간에 나더러 좀 보자고 하셨어. 교무실로 갔더니 굉장히 심각한 얼굴로 나에게 앉으라고 하시는 거야. 나는 긴장이 되기 시작했지. 그런데 선생님이 뭐라고 하신 줄 알아? 제니퍼, 너는 명실공히 올해 내 최우수 학생이고, 우리 학교에서도 최우수 학생 중의 한 명이야. 내년 생각 좀 해봤니? 선생님 말씀은 나더러 캐슬턴에 있는 특목고 중 한 군데에 응시할 계획이냐는 말이었어. 공립학교이긴 하지만 입학하려면 온갖 신경 쓸 일들이 많고, 그동안 감히 아빠한테 도움을 청할 엄두를 못냈었거든. 아빠는 그런 일엔 서툴고 괜히 조바심만 냈을 테니까. 그래서 난 그냥 지역 고등학교(금속 탐지기, 깨진 유리창, 수해로 인한 도서관 폐쇄 같은 걸 떠올려 봐.)에 가서 최대한 열심히 공부해야겠다고 결론을 내렸어.

그런데 데니스 선생님이 내가 원하면 어떤 고등학교에든 들어갈 수 있다고, 나를 도와주시겠다는 거야! 선생님이 시험일이 언제인지 알아봐 주고, 지원서도 얻어 주고, 심지어는 면접 장소까지 직접 태워다 주시겠다지 뭐야. 정말 놀랍지 않아? 이거야말로 내 꿈이 이루어진 거야.

빽빽이 홍당무를 신경 쓰지 않아도 되고(아마 캐슬턴에서 폐가 제일 튼튼한 녀석일걸.) 크리스 언니와 한방에서 북작이지 않아도 되고????? 스탈라 언니도 추가하려고 했지만 그건 진심이 아닐 테니까. 나는 스탈라 언니가 정말로 걱정돼. 그리고 보고 싶고. 하지만 나는 데니스 선생님 소식과 크리스마스에 집중하려고 노력 중이야.

이번 편지가 다시 한 번 다 내 얘기뿐이라 미안. 그렇다고 네 생각을 안 한 건 아니야. 네 크리스마스 얘기 좀 들려줘. 이사 얘기도. 다음 편지는 너희 외할아버지 할머니 댁에서 보내겠네. 하나도 빼놓지 않고 다 들려줘! 빨리 듣고 싶어 죽겠어.

12월 24일

넘치는 사랑을 담아

너의 영원한 친구, 제니퍼가

제니퍼에게

나는 여기에 있는 게 싫어.

1월 18일

앨리가

앨리에게

그런 편지가 어딨어. 제솝 선생님이 질겁하시겠다. 내가 네 소식 얼마나 궁금해하는지 잘 알잖아. 상황이 좋지 않다니 안타까워. (이유를 말해 줘야지, 정확하게, 왜 로드아일랜드를 싫어하는지.) 그래도 절대 상황이 다 좋을 수는 없다는 거 잊지 마. 예를 들면 나는 두 학교에서 면접을 봤는데,(아주 좋아.) 여전히 매일 크리스 언니와 얼굴을 마주해야 되고, 우리는 모두 빽빽이 홍당무 때문에 밤새도록 잠을 설쳐. 그리고 스탈라 언니는 돌아오지 않아. 그래도 내년에 다닐 학교 생각을 하면 정말 신이 나고, 내가 할 수 있는 생각은 오로지 그것뿐이야.

그러니까 힘내. 다음 편지에서 네가 고맙게 생각하는 세 가지 사실에 대해 한번 꼭 써 봐.

1월 23일

제니퍼가

<추신> 내가 단짝 친구가 생기게 해 달라고 늘 소원을 빌었는데, 스탈라 언니를 만났다고 했던 말 생각나? 스탈라 언니는 가버렸을지 모르지만 나는 언제든 너와 이야기를 나눌 수 있어.

제니퍼에게

좋아, 네 말이 맞아. 만사가 다 잘 풀릴 수는 없는 법이야. 그래도 네 덕분에 내가 고마워하는 것들에 대해 세 가지 이상 목록을 만들 수 있게 됐어. 이거야.

1. 나는 아이들(룩신다만 빼고)이 미시와 저스틴과 나를 길에서 피하고 싶을 정도로 역겨운 사람 취급하는 옛날 학교에 다니지 않게 된 걸 감사해.

2. 나는 새 출발을 하게 된 걸 감사해. (이건 1번의 일부인 것 같다.)

3. 나는 우리 외할아버지 외할머니가 우리를 받아준 걸 감사해.

4. 나는 봄이 오고 있다는 사실에 감사해.

5. 지난번 편지에서 네가 썼던 말을 곰곰이 생각해 보니까 애초에 선생님이 펜팔 숙제를 생각하지 않았더라면 너와 내가 친구가 되지 않았을 테니까 제음 선생님께 감사해. (난 그건 정말 상상도 하기 싫어. 넌?)

두 달 전에 넌 모든 게 그대로이기를 바라는 내 마음을 잘 안다고 했었잖아. 그런데 이거 알아? 이제는 그렇게 빌지 않아. 우리 집과 시골에 살던 시절이 그립기는 해도, 반대로 그립지 않은 것들도 많고, 한결 더 좋은 건, 내가 고대하고 있는 것들도 많다는 사실이야. 여기에 있는 게 싫다고 너한테 편지를 보내고 얼마 있지 않아서 우리 반 담임 선생님이 이번 학기에 코네티컷 주 바닷가로 주말여행을 가서 생태학에 대한 프로젝트를 진행할 생각인데, 그 프로젝트를 위한 기금을 모금할 계획이라고 발표하셨어. (야호! 모금이다! 내가 제일 좋아하는 거잖아.) 게다가 수학 시간에는 정말 귀여운 남자애가 한 명 있어. 이름이 돈인데, 계속 소식을 전해줄게. 개도 나를 알아본 것 같아.

그러니까…… 난 내 소원이 이루어지지 않아서 기뻐. 또 다른 아니지만 네 소원이 이루어져서 기쁘고. 앞으로 우리의 이야기가 어떤 모습으로 나타날지 정말 궁금해.

2월 2일

넘치는 사랑을 담아

너의 펜팔, 앨리가

<추신> 네가 나에게 보냈던 그 시, 혹시 기억하는지 모르겠다. 생각나? 네가 쓴 글은 다 잘 가지고 있기를 바라. 또 네 시들과 이야기도 어딘가 안전한 곳에 다 잘 모아 둬. 혹시 기억나지 않을까 봐, 이게 그 시야.

"잘 가"라고 말하고
성큼성큼 가 버렸네
머리에
모자를 휙 눌러쓰고서.
나는 그의 뒷모습에 대고 불렀네.
"너는 돌아올 거야. 나는 널 알아."
하지만 그의 발소리는
희미해졌네.
어쩌면 이건 나쁜 일이 아닐지 몰라.
더 확고한 걸음으로
다가오는
다른 이들이 있을 테니까.

두 가지만 덧붙일게, 제니퍼.

1. 내가 이 시를 읽고 또 읽었다는 걸 네가 알아주길 바라. 한편으로는 네가 썼기 때문이고, 또 한편으로는 정말 희망적인 메시지를 담고 있는 것 같아서야. 희망적인 메시지로 쓴 거 맞지? (스텔라 언니가 떠나기 전에 네가 이 시를 썼다는 게 재밌어.)

2. 이 시는 제목이 없어서 내가 하나 지어봤어. 나도 알아, 나댄다, 나댄다. 하지만 상관없어. 네 시는 소중하고, 제목을 가질 가치가 있으니까. 그래서 나는 이 시를 '모퉁이를 돌면 무슨 일이 기다리고 있을까'라고 불러. 나는 그게(시 말이야, 제목 말고) 우리가 두려워하지만 결국엔 해피엔딩을 지닌 우리 삶의 수많은 것들에 적용이 되는 것 같아.

〈추추신〉 얼른 답장해!

2월 2일

앨리가

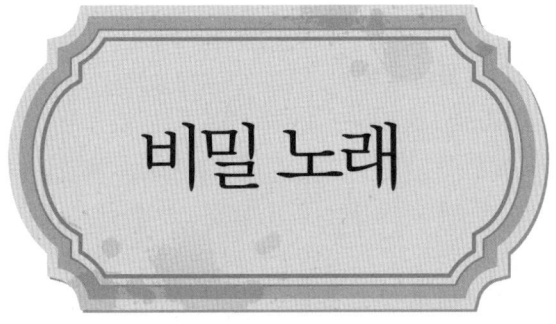

비밀 노래

나오미 시합 나이

소원은 열린 그릇.
예전에 나도 하나 있었지.
그릇 안쪽은 반짝이고 주둥이는 넓고 밝았지.

최근에 그 그릇을 보았지
다른 누군가의 손에서.
지금까지 나는 희망하고 있다네

그 사람이 나에게 말해 주길
제발, 이 그릇 좀 같이 들어 주실래요?
그렇다면 기꺼이 그리 할 텐데.

세계식량계획으로부터 곡물 지원을 받고 있는 난민
사진 : 유엔난민기구 / H. 콕스

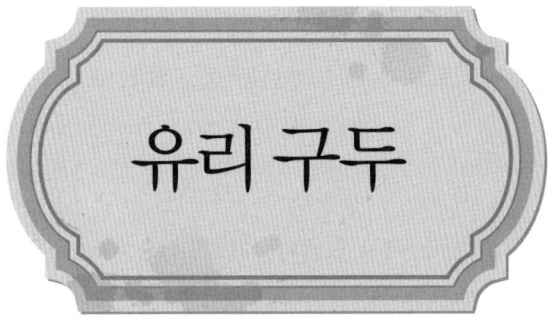

유리 구두

신시아 보이트

새아버지는 체중이 120킬로그램이 넘었고 자수를 놓은 무명 벨벳 조끼를 입은 모습이 곰처럼 커다랬다. 그들 옆에 있으면 행동이 어설픈데다 마치 자신의 창고 안에서 고함을 지르는 양 목소리가 우렁찼다. 그들은 새아버지의 응접실 출입을 허락하지 않았다. 갓 페인트를 칠한 응접실은 전에 살던 호화로운 주택에서 엄선한 고급스러운 다리의 의자들과 식탁, 금박을 입힌 거울, 베네치아 풍의 유리 식기와 중국 도자기가 진열된 조각 문양이 화려한 독일산 식기장이 들어차 있었다. 새아버지는 차와 커피, 향신료와 향수를 사고파는 상인이었고, 그래서 자신이 거래하는 선장들에게 값은 상관없으니 최상품의 베네치아 풍 유리 식기와 중국 도자기를 잘 봐 두라고 당부해 두겠다고 약속을 했다. 어머니는 부드럽지만 단호하게 고개를 저으며 말했다. 아니오, 여보, 남자들의 안목을 어떻게 믿겠어요? 그러다 괜히 어리석게 돈만 낭비하고 말 거예요. 하마터면 그럴 뻔했다. 어머니의 안내를 받으며 응접실 밖으로 나오다가 그 두툼한 팔로 하얀 테두리가 레이스처럼 꼬여 있는, 기껏해야 술을 세 모금이나 담을 수 있을까 싶은 자그마한 파란 유리잔들이 진열된 선반을 툭 칠 뻔했으니까.

어머니가 막지 않았더라면 비극적인 결과를 가져오고 말았을 터였다.

막내이자, 다른 식구들보다 상상력이 풍부한 예티페는 자신들이 세 폭짜리 그림 같다고 생각했다. 신성한 그림이라고 하면 자만하게 여겨질 테니, 세속적인 평범한 그림 정도라고 해 두자. 한가운데는 눈이 아름답고 이마가 넓은 어머니가 전신을 드러내며 서 있고, 양옆으로는 리세트와 예티페의 옆머리가 보였다. 각각의 초상화 모두 똑같은 색조에, 빛을 흠뻑 담고 있었다. 영리한 잿빛 눈동자는 세 얼굴이 모두 똑같았다. 그들은 한 어머니와 두 딸이었다. 그들은 두 자매와 어머니였다. 그들은 세 폭짜리 그림이 접히듯이 서로를 향해 서 있었다.

어머니가 홀아비와 결혼했을 때, 그들에게는 응접실이 있었다. 그들에게는 마차가 있었다. 친아버지가 세상을 떠나기 전과 다름없이, 일층에는 각자의 방이 있었고, 어머니의 방과는 떨어져 있었다. 그들이 전에 살던 저택은 친아버지의 형 몫이었다. 그에게는 아들들이 있었기 때문이다. 그들이 이사해 들어간 새아버지의 집은 아주 웅장하지는 않았지만, 그래도 그들은 고맙게 여겼다. 솔직히 그들은 각자 하녀를 따로 두고 싶었다. 그 집에는 의붓동생 한 명뿐인 게 아쉽기는 했지만. 의붓동생은 예쁘기는 했지만, 두 사람과는 달리 마음이 여렸다. 그 집에는 화려한 계단이 없고, 무도회장이나 마구간도, 집사장도 없이, 고작 출퇴근하는 요리사 한 명과 많은 빨래와 설거지를 담당하는 어린 두 하녀밖에 없었지만, 그들은 고마운 마음을 잊지 않았다.

새아버지 역시 그들의 어머니가 자신과 결혼하고, 자신으로 하여금 두 딸의 아버지 자리에 설 수 있도록 허락해 준 것을 영광으로 생각하며 고마운 마음을 잊지 않았다. 새아버지는 가문 좋은 과부와 결혼한 사실에 대해 자신이 얼마나 감사해야 하는지를 잘 알았고, 진정으로 감사했다. 이를테면, 만일 그가 그들의 어머니와 결혼하지 않았더라면, 그의 집에는 왕의 시종이 찾아와 옥새로 봉한 종이를 내밀 일이 결코 없었다. 의붓동생이 예티페에게 종이를 건네주었다. 현관문을 열어 준 사람이 바로 의붓동생이었고, 누가 보면 마치 그 집의 하인 중의 한 사람이라도 되는 것 같았다. 새아버지가 그들을 집으로 데려오면서 집은 더욱 위엄이 생겼고, 의붓동생은 그런 집의 딸이라기에는 너무 수수했기 때문이다. 아마 진짜 하녀였다면, 더할 나위 없이 완벽하게 해냈을 것이다. 예티페가 수신인을 읽었다. 상인 오를로프와 그의 가족.

그들은 지체 없이 그 전갈을 열어 보았고, 자비로우신 여왕의 요청과 왕의 명령에 따라 그들이 무도회에 초대되었음을 알았다.

결혼 적령기이자, 결혼할 마음이 있는 왕의 아들 앞에 빠짐없이 선보일 수 있도록, 온 나라의 처녀들이 참석하는 지금껏 열렸던 무도회 중에 가장 성대한 무도회라는 소문이 빠르게 퍼졌다.

예티페는 자신의 파리한 피부색에 어울리는, 장밋빛이 감도는 분홍색 드레스를 입을 예정이었다. 거기다 까만 머리칼을 돋보이게 해 줄 석류석이 박힌 보관을 쓰고, 치맛자락 위로 빨간 장미를 길게 늘어뜨릴 생각이었다. 손 못지않게 뼈가 가는 그녀의 발에 맞춘 공단 무도화는 보관과 잘 어울리게 물들여야 했다.

한낮에 어울리는 간소한 머리를 하든, 밤에 어울리는 우아한 머리를 하든, 매일 같이 의붓동생이 그들의 머리를 손질해 주었는데, 다행히도 그녀는 진짜 몸종 못지않은 뛰어난 솜씨를 발휘했다. 다행히도 의붓동생은 바느질 솜씨도 뛰어나서, 예티페는 무도회 날 밤에 자신의 날씬한 허리에 갓 딴 장미를 달아 줄 거라 기대해도 좋았다. 리세트는 피부가 가무스름하고 주근깨가 많아서 노란색 드레스를 입을 계획이었다. 그리고 꽃을 다는 대신 목과 보관에 호박 보석을 달 생각이었다.

"내 옷단과 소매에 호박을 이용해서 뭔가 독창적인 것을 만들어야 해."라고 리세트는 의붓동생에게 주문했다. 리세트는 예티페보다 더 몸이 다부진 편으로, 손이나 발처럼 허리도 예티페보다 덜 앙증맞았기 때문에 시선을 분산시키고 가려 줄 필요가 있었다.

다행히도 의붓동생은 잠을 거의 자지 않아서 그들은 제시간에 드레스가 준비되지 않을까 봐 조바심을 낼 필요가 없었다.

그들은 의붓동생을 위로했다.

"우리랑 같이 못 가서 정말 안됐다."

그들은 점점 낙담하는 의붓동생의 얼굴을 지켜보며 덧붙였다.

"기회가 되면 디저트 좀 챙겨다 줄게. 무도회에서 생긴 일도 빠짐없이 다 들려줄게. 왕자님과 춤춘 얘기도. 왕자님이 파트너와 대담하게 몸을 돌리며 왈츠를 추신다면, 파트너의 허리를 어떻게 휘어잡는지까지 다 말해 줄게. 미안."

예티페가 기운을 북돋워 주려고 의붓동생에게 물었다.

"만약에 무도회에 가면 너는 뭘 입을 거야?"

"하얀색 드레스."

의붓동생이 한 치의 망설임도 없이 대답하는 걸 보고 그들은 그녀 역시 무도회를 꿈꾸고 있었음을 알았다. 하얀색은 그녀의 크림색 피부색과 잘 어울린다며 그들은 고개를 끄덕였다.

"바다 거품처럼 하얀색. 머리에는 진주를 달고."

머리칼이 왕국의 동전만큼이나 빛나는 황금빛이라면 감각을 드러낼 수 있고, 있는 그대로의 매력을 뽐내게 해 줄 만한 선택이라며 그들은 이 부분에 동의했다.

"다른 보석은 하지 않고."

"맨 목으로 간다고?"

리세트는 이렇게 되묻더니 덧붙여 말했다.

"그럴 생각이었다면 못 가는 게 차라리 다행인 줄 알아. 왕자님 앞에. 온 세상이 다 보는데. 오늘 저녁에 먹을 커스터드 빵은 만들었어? 은그릇하고 은 접시하고 은 포크와 은 숟가락과 은 나이프도 반짝반짝 닦았고?"

응, 응, 이라고 의붓동생은 대답했지만 물음에 대답하는 그녀의 목소리가 초조하게 들리는 건 왜일까? 그녀는 그 집의 자존심 따위는 중요하지 않은 걸까?

리세트가 말했다.

"배가 고파서 그래."

예티페가 말했다.

"그리고 오늘 우리 친아버지의 사촌이 두 아들을 데리고 저녁 먹으러 올 거야."

"다들 식후에는 달콤한 걸 기대하잖아. 특히 젊은 신사들은."

"너는 부엌에서 할 일이 너무 많아서 저녁을 놓칠 텐데, 정말 안 됐다. 아들들도 못 보고."

"우리는 만나면 항상 아주 즐거운데."

"그래도 음식을 내면서 얼굴은 보겠네. 우리가 우리끼리 한 얘기를 나중에 다 들려줄게. 특히 재밌는 농담은 꼭."

"대신 우리가 너무 즐거운 시간을 보내다 보면, 그 농담을 다 기억하기는 힘드니까 조르면 안 돼."

"그리고 두 신사를 잘 눈여겨보고 신랑감으로 누가 더 괜찮은지 우리한테 꼭 말해 줘야 돼."

의붓동생의 푸른 두 눈은 눈물로 흐릿해졌고, 그 모든 유쾌한 시간을 놓칠 생각을 하니 분해서 입술을 깨물었다. 의붓동생은 기침이 나올 것처럼 하면서 마음을 숨겨 보려고 했지만 예티페는 그녀를 이해했다. 하지만 모두가 유쾌하게 저녁식사를 마치기 위해서는, 어머니와 함께하는 식탁에서는 언제나 당연한 일이지만, 의붓동생은 너무 바빠서 함께 어울려 저녁을 먹을 기회가 없을 게 분명했다.

리세트가 예티페에게 물었다.

"나는 뭘 입을까?"

예티페가 대답했다.

"나는 파란 실크 드레스를 입고 사파이어도 해야겠어."

무도회가 열리는 멋진 밤, 새아버지는 말 여섯 필이 끄는 마차를 빌려서 세 사람을 궁전으로 실어 날랐다. 바람이 솔솔 불어오는 신비하고 까만 밤이었다. 의붓동생은 바람에 맞서 몸을 버티며 그들에게 마차 문을 열어 주었다. 구름을 벗어난 달이 밝은 빛을 내리비출 때마다 그녀의 얼굴이 창백하게 빛났다. 두 명씩 마주보고 앉은 네 사람은 걱정과 흥분, 그리고 각자의 상상에 빠져 옴짝달싹하지 않았다. 새아버지는 마차 한귀퉁이를 가득 차지하고 앉아 있었고, 그의 조끼는 달만큼이나 하얗게 반짝였다. 궁전 앞에 도착해 왕의 시종들이 세 여자의 손을 붙잡아 마차에서 내려 주는 동안 새아버지는 기다리고 있다가 마지막으로 마차 밖으로 나왔다. 그는 새로 맞이한 아내와 함께 계단을 올라 궁전으로 들어갔다. 그녀와 결혼하지 않았다면 궁전 출입은 상상도 할 수 없었다. 평민들은 길가에서 환호성을 지르거나 횃불의 불빛이 닿지 않는 나무 밑 어둠 속에서 야유를 보내는 일 외에 딱히 할 수 있는 일이 없었다. 그 화려한 연회에서 그들의 이름이 불리고, 드디어 무도회장으로 내려갈 때까지 새아버지는 그들 옆을 떠나지 않았다. 그들이 내려가고 나자, 그는 다른 아버지들과 함께 카드놀이 탁자를 지켰다.

어머니는 북적대는 무도회장의 가장자리에서 앉을 자리를 발견했고, 두 딸을 자신의 앞자리 더 작은 의자에 앉혔다. 그들은 댄스 카드에 자신들과 춤추고 싶어하는 구애자들의 이름이 가득 차기를 기다렸다. 막내인 예티페는 장밋빛이 감도는 분홍 드레스를 입고 기다렸다. 리세트는 버터빛이 나는 노란 드레스를 입었는데, 치마에는 반짝이는 호박알들이 점점이 박혀 있었다.

"우리 의붓동생은 지금 이 자리에 있는 게 소원일 거야."라고 그들은 말했다.

그들은 놀라운 구경거리가 새롭게 나타날 때마다 그 말을 되풀이했다. 바이올린 마흔 대, 잘생긴 기병대장, 눈부신 왕족들의 물결 속에 입장하는 왕자와 왕비와 왕, 그리고 공작 부인의 다이아몬드. "이건 꼭 얘기해 줘야 돼."라고 그들은 입을 모았다. 한밤의 뷔페가 등장하자, 그들은 의붓동생이 먹어 보고 싶은 요리들이 있을 거라며 서로에게 속삭였다. 어쩌면 의붓동생이 집에서도 똑같이 만들어 줄 수 있을지도 모른다고. 그들은 자신들처럼, 의붓동생이 얼마나 왕자와 춤추고 싶어 하는지 잘 알았다. 둘 중에서는 나이가 더 많은 리세트가 먼저였다. 왕자는 무도회장에 온 처녀들과 한 명씩 춤을 추었다.

결혼 적령기의 처녀들이 곧, 이 무도회를 개최한 목적이었다. 아무도 입 밖에 내지는 않았지만 다들 이 사실을 알고 있었다. 기병 대장들과 대신들의 아들들, 영주들, 그리고 그들의 남자 사촌들이 빠짐없이 참석해서 모든 처녀들에게 만족할 만한 무도회를 보장해 주었다. 파트너는 많았다. 하지만 그 어떤 신사도 자신의 신붓감에게 구애하려 하지 않을 것이다. 왕자가 선택을 하기 전까지는.

왕자의 선택은 그날 저녁을 통틀어 최고로 천만뜻밖의 사건이었다. 그녀는 막 시계가 열 시를 알리던 뒤늦은 시각에 도착해 출입구 중앙에서 이름도 불리지 않은 채 서 있었고, 부모든 가정교사든 동행한 이가 아무도 없었다. 그녀의 등장에 왕자조차 깜짝 놀란 눈치였다. 그녀는 푸른 사과 잎사귀로 만든 가면으로 얼굴을 가렸다. 왕자는 황급히 그녀에게 다가갔다.

그녀가 나타난 뒤로 왕자는 다른 아가씨들과는 춤을 추지 않았다. 왈츠에 왈츠가 이어지는 내내 두 사람은 함께 춤을 추었고, 구름 뒤에서 달이 빛나고 거품 같은 깃 장식이 은빛으로 반짝일 때, 그녀의 치맛자락이 일렁이며 색깔의 물결을 뿜어내는 동안, 왕자는 자작나무만큼이나 훤칠하고 곧았다.

음악이 그치자, 왕자는 가면을 쓴 자신의 파트너를 무도회 곳곳으로 안내했고, 참석한 여자들과 그들의 가족을 소개해 주었다. 그녀는 모두에게 미소를 지었고 허리를 숙여 인사하는 남자들에게 장갑 낀 손을 내밀었다. 마침내 예티페와 리세트, 그리고 어머니에게 다가왔을 때, 그녀는 그들의 이름을 되풀이해서 말하고 그들의 멋진 드레스를 칭찬했으며 무도회를 재미있게 즐기고 있는지 물었다. 그녀는 무도회장을 채운 백 명도 넘는 사람들 중에서 특별히 그들을 선택해 이야기를 나눴다. 그녀는 일부러 그들을 찾아내 칭찬했다. 그녀는 훌륭한 아가씨였고 모르긴 해도 뛰어난 미모의 소유자가 틀림없었지만, 어머니의 지적대로, 목소리가 너무 부드러운 걸로 보아 마음은 여린 게 분명했다. 하지만 예티페는 그 아가씨의 엄청난 관심을 받은 뒤부터, 그 점에 대해서는 자신의 어머니와 의견이 엇갈렸다. 무도회장의 모든 이들이 자신들을 얼마나 경탄과 부러움의 시선으로 바라보았는지. 그 얘기를 들으면 의붓동생은 얼마나 한숨을 지을까. 게다가 질문세례는 또 어떻고. 그 아가씨는 누구일까? 이름은 무엇일까? 그녀의 가족은 무엇을 하는 사람들일까? 집은 어디일까? 대답을 간구하는 그들의 파트너들에게 예티페와 리세트는 대답할 말이 없다고밖에 할 말이 없었다. 그저 훌륭하고 사랑스러운 아가씨라는 말밖에.

한밤의 정찬에서는 더 빠르게 질문세례가 쏟아졌다. 앉은 자리로 속속 산해진미가 펼쳐졌고, 와인 잔도 등장했다. 그 아가씨는 어디로 사라졌지? 영원히 사라져 버렸나? 왜 그렇게 빨리 무도회장을 떠났을까, 그토록 황망히? 그녀는 돌아올까?

하다못해 왕자까지 그들을 찾아왔지만, 그들은 다른 영주들과 처녀들에게 했던 것처럼 아무것도 드릴 말씀이 없다는 대답만 되풀이해야 했다.

왕자가 물었다.

"그런데 그녀는 왜 당신들과 오랜 시간을 머물러 이야기를 나눴을까요?"

"저희도 모르겠습니다."

예티페도 그 아가씨의 관심이 어리둥절하기는 마찬가지였다. 만약 자신이 왕자의 선택을 받았다면, 다른 누구와도 영광을 나누고 싶지 않았을 텐데. 왕자님이 안타까워하며 가 버리자, 리세트가 말했다.

"그 아가씨는 한눈에 우리가 어떤 사람들인지 알아본 게 분명해. 다른 사람들과는 다르다는 사실을 말이야."

"왕자님은 너희한테 돌아올 거다."

무거운 치마를 매만지며 그들의 어머니가 약속했다.

"반드시 그럴 거야. 왕자님한테는 우리가 그 아가씨와 이어 줄 유일한 연결고리니까. 우리한테 정보를 얻고 싶어 할 게다. 그렇다고 해 줄 말은 없지만, 왕자님은 다시 올 거야. 우리가 아무것도 모르는 게 다른 사람들이 아무것도 모르는 것보다는 더 가치가 있을 테니까."

어머니는 자신의 예언을 증명했다. 리세트와 예티페는 성공리에 무도회를 마쳤다. 새벽에 마차를 타고 집으로 돌아오는 길에, 졸려서 하품이 나오고 무도화 탓에 발가락이 쿡쿡 쑤시면서도,

그날 밤의 온갖 놀라운 사건을 놓친 의붓동생에게 조금이라도 빨리 이야기를 들려주고 싶어서 좀이 쑤셨다.

"우리를 얼마나 부러워할까?"

"우리와 함께하기를 얼마나 바랐을까? 그 아가씨의 관심을 같이 받을 수 있게 말이야."

"자기가 우리 친동생이면 얼마나 좋을까 생각할 거야, 예티페."

"맞아, 언니. 그러니까 특별히 마음을 써서 오늘밤 있었던 일을 다 말해 줘야 돼."

"우리가 본 걸 하나도 빠짐없이."

"우리가 들은 얘기도."

"먹고 마신 것도."

그 이튿날 저녁 무렵에는 도시는 물론 지방까지 소문이 쫙 퍼졌다. 그녀는 평범한 아가씨가 아니라 대단한 공주였다. 아니다, 여왕이었다. 아니다, 왕자를 흘깃 보고 마음을 빼앗겨 버린 요정나라의 불멸의 요정이었다. 그녀는 왕자와 함께하기 위해 익숙한 자신의 삶을 버리고 불멸의 생까지 포기하며 자신의 모든 것을 희생할 것이다. 그녀는 왕자의 영혼을 훔치기 위해 보내진 마법사의 딸이었다. 미모로 왕자를 홀려서 결혼을 하고 단번에 여배우에서 왕비로 신분상승을 바라는 뻔뻔한 여배우였다. 그녀는 요정 대모가 시계가 열두 시를 치기 전까지만 마법을 부려 탄생시킨, 초라

한 하녀였다. 그녀의 드레스도 마법이었고, 말 여덟 필이 끄는 마차와 하인들도 마법이었다. 그녀는 왕자의 눈길을 사로잡아 결혼에 이르는 방법을 알아낸, 귀신같이 영리한 하녀였다.

어머니와 두 딸은 외출할 때마다 새로운 소식을 들었고, 의붓동생이 무거운 은 쟁반에 내오는 핫초코를 대접할 아가씨들이 한 명도 없으면, 집에 와서도 자기들끼리 밖에서 들은 이야기를 계속했다. 그들은 온갖 이야기를 풀어 놓고, 요리조리 정보를 재고, 판단을 내렸다. 그러다 질리면 부엌으로 와서 의붓동생을 상대로 다시 똑같은 이야기를 되풀이했고, 다음 번 외출에서 새로운 이야기를 모아오거나, 집으로 찾아온 손님이 또 다른 소식을 전해 줄 때까지 수다를 즐겼다.

소문은 걷잡을 수 없이 퍼져 나갔고, 왕자는 생기를 잃었다. 잠을 설쳤고, 산해진미에서도 기쁨을 찾지 못했다. 왕자는 시를 읽었고 가끔은 직접 쓰기도 했다. 그는 그녀를 찾기 위해 사방으로 전령을 보냈다.

왕자는 그녀의 이름조차 몰랐다.

가면을 쓰고 있어서 얼굴 생김새도 설명할 수가 없었다.

"그녀의 목소리는 음악과도 같고 달빛과도 같다. 말하는 소리만 들으면 목소리를 알아볼 수 있을 거야."라고 왕자는 전령들에게 말했다.

그렇게 일주일이 지났고, 왕국은 떠들썩했다. 왕은 석 주 뒤에 두 번째 무도회를 열기로 결정했다. 황급히 초대장이 발송되었다.

리세트는 손목과 상체에 레이스가 달린 에메랄드 같은 초록빛 드레스를 원했다. 예티페는 깊은 밤이 찾아오기 전의 저녁하늘처럼 짙푸른 실크 드레스를 원했지만, 나이가 더 어렸기 때문에 의붓동생이 드레스를 가봉하고 완성할 때까지 언니보다 더 오래 기다려야 했다. 그 어떤 하녀도 그들의 드레스만큼 멋들어지게 만들지는 못할 테니, 다시 한 번 다들 예티페와 리세트에게 그들의 재봉사가 누구인지 질문을 퍼부을 게 분명했다.

예티페의 드레스가 완성된 것은 바로 무도회 당일 오후였던 터라, 의붓동생이 그들의 머리를 감겨서 난롯불 앞에서 빗질하며 말린 뒤, 숱이 많은 검은 머리를 리본으로 묶어 똘똘 말아 올려 줄 시간 정도만 간신히 남았다. 그들은 마차를 타고 사라지면서 정원의 어스름 속에서 빨아 널은 이불을 모으는 의붓동생의 모습을 보았다. 바람이 이불을 한껏 부풀려 바닷가에서 파도를 타고 떠다니는 바다거품처럼 일렁이게 만들었다. 그들은 의붓동생에게 손을 흔들었지만 그녀는 그들을 보지 않았다.

다시 똑같은 무도회가 열렸다. 빨간색 튜닉과 검정 바지를 차려입은 잘생긴 왕자는 한 사람씩 처녀들과 춤을 추었다. 분명히 말할 수는 없지만, 예티페는 자신이 왕자님과 나눈 몇 마디가 지난번과 달라진 게 없는 것 같았다. 음악이 유쾌하다는 이야기와 무도회가 즐겁다는 이야기들. 왕자는 "즐거운 밤입니다."라고 큰 소리로 말하며 자신의 파트너에서 넓은 계단 꼭대기 쪽으로 시선을 돌렸다.

시계가 겨우 아홉 시를 치고, 아직 왕자와 춤추지 못한 처녀들이 남아 있을 즈음, 입구에 그녀가 모습을 드러냈다. 그녀는 지난번과 똑같은 드레스 차림이었다. 그 드레스는 빨랫줄 위의 이불들처럼 부드럽게 일렁였다. 구름빛 가면은 은백색 자작나무 잎사귀들로 만들었다. 왕자는 넓은 무도회장을 가로질러 가서 그녀의 손을 붙잡아 춤추는 사람들 사이로 이끌고는, 밤이 깊어지도록 오직 그녀와만 춤을 추었다.

다시 한 번, 그 아가씨는 리세트와 예티페, 그리고 그 뒤에서 조용히 자리를 지키는 어머니에게 찾아왔다. 왕자와 아가씨 중에서 말하는 사람은 아가씨뿐으로, 왕자는 한 순간도 그녀에게서 눈을 떼지 못했기 때문이다. 그녀는 그들의 드레스가 우아하다며 칭찬했고 연회를 즐겁게 즐기고 있는지 물었다. 그들은 "고마워요, 아가씨."라고 감사를 표하고, "네, 아가씨."라고 대답했다. 아가씨는 왕자의 품에서 오래 떨어져 있고 싶어 하지 않았기 때문에 오랫동안 머물며 대화를 나누지는 않았고, 그녀가 그들에게 많은 관심을 보였음에도 그녀에 대해 지난번보다 더 알아낸 사실은 아무것도 없었다.

그렇지만 다른 사람들은 이 사실을 몰랐다. 리세트의 댄스 카드는 파트너들로 가득 찼고, 예티페도 마찬가지였다. 그들은 구애자들에게 둘러 쌓여서 한밤의 만찬 자리에 앉았다. 그들은 제발 그녀에 대해 아는 것을 말해 달라며 간청했고, 두 자매의 입이 무겁다며 탄식했다. 예티페와 리세트는 너무 바쁘고 행복해서 그밖에 다른 곳에는 끼어들 틈도 없었고, 따라서 의붓동생에게 전해 주기 위해 그들이 획득한 새로운 소식은 그것이 전부였다. 의붓동생은 잠도 안 자고 와인을 따끈하게 데워 놓고 그들을 기다리고 있다가 그들의 닳아빠진 무도화를 가져갔다. 이튿날, 그 아가씨에 대한 소식을 들려준 사람은 바로 의붓동생이었다.

의붓동생이 시장에 나갔다가 들은 소식이었다. 푸줏간 주인이 그 아가씨가 또다시 사라진 얘기를 꺼냈는데, 새벽녘이 돼서 무도회가 끝나기 훨씬 전이었다고 하자, 채소 장수는 그때가 만찬이 시작되기 직전인 줄 알았다며 끼어들었다. 채소 장수는 아내한테 들었다고 했다. 빵집 주인은 길어야 이 주일 안에 다시 무도회가 열릴 거라고 큰소리를 쳤다. 우유 장수 여동생의 올케가 궁전 주방에서 일하는데, 우유 장수 말로는 그 아가씨가 옛날이야기에서 소생한 요정들의 여왕일지도 모른다는 두려움과, 이미 요정들에게 아들을 빼앗겼을지도 모른다는 걱정에 왕과 왕비도 왕자 못지않게 심난한 상태라고 전했다.

리세트가 말했다.

"이 주일이라고! 그때까지 어떻게 드레스를 마련하겠어? 이번에는 새아버지가 드레스를 새로 만들지 못하게 하실까? 황금빛 드레스를 입으면 어떨까? 나는 더 나이가 많잖아."

예티페가 말했다.

"나는 달빛을 닮은 은색으로 할래. 치마에는 달빛을 받은 이슬처럼 진주를 달고."

하지만 새아버지는 새 진주를 사 주기를 거부했다.

"옷감, 좋은 옷감과 레이스까지는 괜찮아. 무도화도 새로 사도 좋고. 그건 사도 돼. 하지만 보석은 더 이상 안 돼. 그러다간 파산하고 말 거야."

새아버지는 현관을 가득 차지하고 서서 응접실에 대고 쩌렁쩌렁하게 말했다.

의붓동생은 대신 치마에 작은 하얀색 조약돌을 꿰매 주었다. 그것들이 어디서 났는지는 예티페도 몰랐다.

예티페가 의붓동생에게 말했다.

"너는 정말 똑똑해. 너랑 절대 헤어지고 싶지 않아, 너는 정말 똑똑해. 예쁘기도 하고. 네 얼굴이 개성이 없다고 하는 사람들도 있지만."

예티페는 이토록 묵직한 치마는 처음이었다. 그녀의 드레스를 보면 누구든 탐을 낼 게 분명했다. 왕비의 치마와 비교해도 손색이 없을 정도였다.

예티페는 왕자가 자신을 사랑하기를 꿈꾸지는 않았다. 왕자들은 항상 사랑하는 여자와 결혼할 수 있는 게 아니지만, 왕자와 결혼한 사람은 누구나 왕비가 된다.

그들은 막 태양이 머나먼 구름 뒤로 스르르 자취를 감추던 따뜻한 저녁에 무도회장으로 떠났다. 안뜰에 있다가 요란한 말발굽 소리에 깜짝 놀라 푸드덕 날아오르는 비둘기들의 보송보송한 배를 부드러운 황금빛이 밝게 비추었다. 비둘기들은 바람에 살랑이는 바다거품처럼 마차 주위로 물결치듯 날아올랐다.

초조한 마음으로 일찌감치 개최된 그날의 무도회에, 신비로운 그녀는 제시간에 모습을 드러냈다. 그녀의 가면은 하얀색 장미 꽃잎으로 만들어졌고, 꽃잎 가장자리는 옅은 분홍빛이 감돌았다. 지금까지 두 차례 입고 왔던 바로 그 드레스 차림으로, 보드라운 비둘기 배처럼 새하얀 빛깔을 뿜냈다.

아가씨는 이번에는 왕자와만 이야기를 나누었고, 왕자 역시 오직 아가씨에게만 말을 걸었다. 그들은 춤을 추기보다는 서서 담소를 나누기를 즐겼는데, 왕자는 키가 크고 강인했고 아가씨는 날씬하고 우아했다. 두 사람은 누가 봐도 눈에 띌 정도로 깔깔 웃으며 서로를 향해 몸을 기울였다. 모두가 두 사람을 지켜보았다.

하지만 온전히 부러움의 눈길만은 아니었다. 어떤 이들은 걱정스러운 눈길로 바라보았다. 경비병들과 대신들은 그 젊은 커플에게서 절대 멀리 벗어나지 않았고, 왕과 왕비도 경계를 늦추지 않았다. 초대 손님들 역시 바짝 다가와 눈을 떼지 않았는데, 세 번째는 친밀한 매력이 생기는 때이고, 특히 요정들에게는 마법을 부릴 수 있는 기회가 되기 때문이다. 하지만 경비병들은 두 가지 이유로 왕자에게 가까이 다가가지 않았다. 첫 번째는 왕자가 가만히 있지 않을 것이기 때문이다. 그래서 이를테면, 왕자와 가면을 쓴 아가씨가 난간을 따라가다 야외로 걸음을 옮기면, 경비병들은 열려 있는 유리문까지는 따라갔지만 밖으로 나가지는 않았다. 거리를 유지한 두 번째 이유는 이렇다. 지금까지의 경우로 보면 아가씨는 식탁 위에 만찬이 차려지기 전까지 춤을 추었다. 그런 뒤, 처음 몇 시간은 왕자의 옆자리를 떠나지 않았다.

물론, 사람이라면 누구나 피할 수 없는 볼일을 보기 위해 왕자에게 실례를 구할 때는 예외였다. 왕자는 그녀의 부탁을 들으려고 머리를 숙였다. 예티페가 그것을 보았다. 예티페는 아가씨의 말에 왕자의 뺨이 발그레해지는 모습이 보일 정도로 가까이에 있었고, 왕자가 빙그르 돌며 자리를 비켜 주기도 전에 그 부탁이 무엇인지 짐작해냈다. 분하게도, 다음에 일어난 일을 말할 수 있었던 사람은 다름 아닌 리세트였다. 가보트 춤을 추는 동안 리세트는 파트너가 없던 터라 완전히 집중해서 지켜볼 수 있었기 때문이다. 왕자는 아가씨와 함께 계단을 걸어 올라갔고, 계단 꼭대기에서 그녀가 가야 할 방향을 손으로 가리켜 주었다. 왕자는 서서 기다렸다. 이제 그녀는 아무의 눈에도 띄지 않았고, 오직 왕자만이 그녀를 지켜보고 있었다.

순간 그 자리에서 왕자의 몸이 바짝 굳었다.

그러더니 황급히 달리기 시작했다. 왕자가 소리쳐 불렀어도, 왕자의 목소리는 음악에 묻혀서 들리지 않았을 것이다. 꼬박 일 분이 지나고 나서야 경비병들은 왕자가 사라졌다는 사실을 알아차렸고, 왕자를 쫓아 긴 층계로 파도처럼 몰려들었다.

그 무렵에는 왕과 왕비도 깜짝 놀라서 왕좌에서 벌떡 일어섰다.

별안간 음악이 뚝 그쳤다.

춤추던 사람들은 그 자리에서 얼어붙었다.

유리로 된 무도화 한 짝을 손에 든 채, 어느새 온 궁전을 가득 채운 고요 속으로 되돌아왔을 때 왕자의 얼굴은 구두만큼이나 파리하고 생기가 없었다. 왕의 신호에 따라 연주자들은 다시 기운차게 연주를 시작했다.

예티페는 이 새로운 전개를 듣고 의붓동생의 눈이 휘둥그레지는 모습을 보고 싶어서 당장 무도회장을 떠나고 싶었다. 이번에는 그녀가 따로 그들을 찾아와 무도회장의 부러움의 대상으로 만들지 않았다는 사실만 빼면, 예티페는 두통을 호소하며 집으로 데려다 달라고 간청했을지도 모른다. 그러면 의붓동생에게 마음속 이야기를 털어놓을 수 있을 텐데.

"너도 우리랑 같이 그 흥분을 나눌 수 있었다면 얼마나 좋았을까. 그 아가씨를 봤으면 네가 얼마나 좋아했을까. 그 아가씨를 바라보던 왕자님의 눈길과 왕자님이 얼마나 안타까워했는지도. 아무리 바보라도 왕자님의 얼굴을 보면 그 정도는 알 거야."

그렇지만 예티페는 무도회장을 떠나지 않았다. 무도회장에는 기병대장들과 부관들, 그리고 대신들의 아들들에다 잠시 지방에서 올라온 영주들까지 파트너가 필요한 신사들이 많았다. 곧 모두에게 왕자의 계획이 알려졌기 때문에, 듣고 전달해 줄 소식도 있었다.

왕자는 집집마다 유리 구두를 보낼 계획이었다. 그 유리 구두에 맞을 만큼 작은 발을 지닌 사람은 그 아가씨밖에 없었고, 그녀만이 왕자의 선택된 아내였다.

그때 예티페는 자신의 생각을 아무에게도 말하지 않았다. 모두가 볼 수 있도록 유리 구두가 진열되자, 예티페는 파란 비단 쿠션 위에 놓인 그 구두를 뚫어지게 쳐다보았다. 마치 나중에 기억을 되살려 똑같이 그려내기라도 하려는 사람처럼. 예티페는 유리 구두를 자신의 손바닥 위에 놓았다. 오직 예티페와 리세트만이 감히 그 구두를 직접 만져 볼 기회가 허락되었다. 그들은 그 아가씨가 말을 붙인 유일한 사람들이었다. 물론 왕자는 제외였다.

물론, 그 아가씨는 왕자와 가장 오랜 시간 대화를 나눴다.

하지만 간단한 인사말과 왕과 왕비에게 "안녕하세요, 임금님. 안녕하세요, 왕비님." 하고 인사를 건넨 것을 빼면 그녀는 자신들 말고는 어느 누구에게도 말을 붙이지 않았다. 예티페는 그런 말은 포함시키지 않았다. 예티페는 계획을 세웠다.

왕자비가 되고 후일 왕비가 된다는 것은 모두가 마땅히 경외해야 할 대상이 된다는 뜻이었고, 아무리 작은 친절을 베풀었을지라도, 모두가 기꺼이 기쁘게 맞이해야 할 주인공이 된다는 뜻이었다. 왕자비가 된다는 것은 밑에서 백성들이 환호하는 동안, 높은 자리에 앉아 돋보이는 존재가 된다는 뜻이었다. 왕비가 된다는 것은 언니는 물론이며 엄마보다도 높은 사람으로, 심지어는 살아 계시다면 지체 높은 귀족 신분인 아버지보다도, 아니 왕을 뺀 왕국의 모든 남자들보다 더욱 지위가 높아짐을 의미했다.

온 세상을 통틀어 자신과 동등한 위치에 있는 자는 없다고 해도 과언이 아니었다.

그날 밤 예티페는 잠을 자지 않았다. 그녀는 새아버지의 4층 저택 전체가 고요해질 때까지 침대에 누워 있었다. 서쪽 하늘에서 태양이 빛을 거두어들일 즈음 캄캄한 침묵이 몸을 추스르며 서서히 집 안에 내려앉은 뒤에도 한참 동안 가만히 귀를 기울였다.

바람이었을까, 도둑이 계단 위를 걷는 소리처럼 덧문을 삐걱이게 만든 주인은? 도둑이었을까, 부유한 가족이 소유한 보석이란 보석이 무도회 날 밤에 모조리 안주인의 침실에 펼쳐져 있었다는 사실을 알고서? 예티페는 머리끝까지 이불을 뒤집어쓰고 금지된 밤의 암흑 속에서 안전한 벨벳 장막을 만들어 냈다.

그러다 깜빡 잠이 들었는데, 부엉이의 울음소리인지, 토끼 소리 같은 소리에 잠에서 깼다. 그녀는 살그머니 침대에서 빠져나와 별이 빛나는 밤을 향해 창문을 열었다. 그녀는 자신의 뚱뚱한 깃털 베개에서 부드러운 아마포를 빼낸 다음, 가위를 꺼내 가늘고 긴 아마포 조각을 만들었다. 그런 다음 나무 상자에서 가는 막대를 하나 꺼내서 아마포 조각을 둘둘 말았다. 살금살금 계단을 내려가 별빛이 비추는 부엌으로 갔을 때, 그곳에는 벽난로가 여전히 뜨겁게 타오르고 있었다. 자신의 두꺼우면서도 뼈대가 굵은 뒤꿈치를 베어 내며 그녀는 나무막대를 입에 물고 이를 악물었다. 아무리 작은 소리일지라도 식구들을 깨울지 몰랐고, 자신의 계획이 효과를 발휘하기 위해서는 반드시 비밀이 지켜져야 했다. 침묵이 그녀를 에워싸고 부르르 몸을 떨었지만 다행히 조각조각 부서지지는 않았다. 머지않아 그녀는 도로 계단을 기어올라갈 수 있게 되었다. 딱 한 번 삐걱 소리가 울렸지만, 예티페는 마침내 자신의 높은 침대에 올라 아마포 조각으로 발을 둘둘 감은 채 열에 들떠 아침이 되기를, 그리고 왕자를 기다렸다.

그렇지만 현관에 도착한 사람은 유리 구두를 지닌 전령들뿐이었다. 집 안에 미혼의 딸이 둘이냐는 물음에 그렇다고 대답하며 흘깃 보았을 때, 구두는 지난밤에 보았던 구두와 정확히 똑같아 보였다. 그래서 리세트의 오른발이 우아한 구두 속으로 쏙 들어가는 모습을 보고 예티페는 충격에 휩싸였다.

궁전에 남겨진 바로 그 구두였다.

전령이 말했다.

"맞습니다. 남은 짝을 가지고 계십니까?"

리세트는 창백한 얼굴로, 할 말을 잃고 고개를 저으며 속삭였다.

"아뇨. 산산조각이 났어요. 부서졌어요."

예티페가 보기에 리세트는 어딘가 좀 달라진 것 같았지만, 예티페야말로 욱신욱신 쑤시고, 출산 직후의 여자처럼 기운이 없는 게 평소의 자신이 아니었다. 그리고 무엇보다 충격적인 건, 리세트의 발이 왕비가 되고, 모두를 아랫사람으로 만들, 왕자의 신부가 신기로 되어 있는 유리 구두에 딱 맞았다는 사실이다.

이제 언니는 왕국의 그 어떤 다른 처녀보다 왕자비의 자리에 한층 더 가까워졌고, 그래서 예티페는 리세트가 양손으로 전령의 팔을 꽉 붙잡고 두 발을 들어 올릴 때 한마디도 하지 않았다.

리세트는 의기양양하게 웃음을 지었고, 여동생과 어머니, 그리고 새아버지를 돌아보면서 쉬익쉬익 소리를 내며 힘겹게 숨을 들이쉬었다. 리세트는 엉거주춤 걸음을 옮겼고, 예티페는 그 까닭을 알 것 같았다. 리세트는 예티페와 마찬가지로 왕자의 마음을 사로잡은 가면을 쓴 그녀가 아니었다.

현관에서 리세트는 휘청하더니, 자신을 인도하던 전령의 팔을 꽉 붙잡고 두 걸음을 옮겼고, 비틀거리며 인도 위로 올라서자마자 정신을 잃고 쓰러졌다. 모두 숨을 헉하고 들이쉬었고, 황급히 달려가 리세트를 안으로 옮기고 물과 의사를 찾았지만, 그녀는 단지 무도회로 지치고 이런 사건으로 인해 흥분한 탓일 뿐이라며 의사는 필요 없다고 손을 내저었다. 어머니가 리세트의 머리를 올려 자신의 어깨에 기대는 사이에 의붓동생은 크리스털 그릇에 차가운 물을 들고 자리를 지켰다.

리세트의 입에서 신음소리가 흘러나왔다.

예티페는 무릎을 꿇고 앉아 유리 구두를 벗겨냈다. 그녀는 언니의 오른 다리에서 발등이 보일 때까지 레이스 달린 스타킹을 살살 벗겨냈다. 그러자 다섯 개의 뭉툭한 부분이 드러났는데, 하나는 다른 네 개보다 넓었고, 하나는 아기 손가락 마디만큼 작았다. 발끝은 의사들이 지져낸 상처처럼 새까맸고, 검은 피가 배어났다.

예티페는 자신의 오른발을 유리 구두에 밀어 넣고 자리에서 일어섰다.

전령에게 보여 주기 위해 발을 내밀었다.

전령은 그녀에게 팔을 내밀지 못했다.

아니, 오히려 그녀에게서 물러섰다.

멀리, 위로, 복도에 울려 퍼지는 비명소리들. 마룻바닥이 파도처럼 일어났다.

콰당, 문소리처럼 요란하게 주저앉고 말았다.

예티페는 훌쩍였고, 의붓동생은 그녀의 가엾은 오른발을 물로 닦고는 바로 옆에 전령이 있건 말건, 입고 있던 치마를 들어 올려 깨끗한 속치마를 북 찢어내더니 예티페의 발을 단단히 동여맸다. 이제 의붓동생의 손에는 뒤꿈치는 빨간 피가 스며들고, 구두코는 검은 피로 물든 유리 구두가 들려 있었다.

어머니가 구슬피 울며 물었다.

"무슨 짓을 한 거니, 내 딸들아?"

새아버지가 소리쳤다.

"이런 치욕이!"

"그걸 저에게 주세요, 아가씨."

전령이 의붓동생에게 말했지만 그녀는 명령에 따르지 않았다. 그녀는 열이 펄펄 끓는 머리로 쿠션을 베고 바닥에 누워 있는 예티페 옆에서 몸을 일으키지도 않은 채 오른발을 들어 유리 구두를 신었다. 의붓동생은 앞치마 밑에서 나머지 한 짝을 꺼내더니 왼발에 마저 신었다.

전령은 왕비에게 예를 갖추듯이, 의붓동생 앞에 무릎을 꿇었다.

의붓동생은 예티페에게 몸을 돌렸다.

"일부러 그런 건 아닌데……."

의붓동생은 다시 리세트에게 말했다.

"정말 이럴 줄은…… 정말 미안해."

그녀는 울고 있었다. 그녀는 그들이 어리석었으며, 허영심이 많고, 탐욕으로 가득하며, 자신에게 전혀 친절을 베풀지 않았음을 알고 있었다. 지금껏 계속, 초대받지 않고 무도회에 가기 훨씬 전부터. 예티페를 땅에 묻었을 때 그녀는 슬픔에 마음이 찢어졌다.

그녀의 슬픔은 오랫동안 가시지 않았다.

불구가 된 오른발 때문에 다시는 춤을 출 수는 없었지만, 신부 입장에서 우아한 걸음걸이를 선보일 수 있었던 리세트를 수행원으로 해서 왕자와 결혼식을 올린 뒤, 의붓동생은 결혼할 때까지 함께 살자며 리세트를 궁전으로 불러들였다. 그리고 머지않아 리세트는 옥새를 맡아 관리하는 국새상서와 결혼했다. 그 무렵 리세트에게는 자신의 응접실이 생겼고, 그곳에서는 저녁이면 치국책과 외교술 및 경제, 때로는 시와 회화와 같은 뜻깊은 대화가 관례처럼 이루어졌는데, 오로지 선택된 소수만이 부름을 받았다.

상처를 지져야 한다는 사실을 몰랐던, 가엾고 어리석은 예티페의 이름은 결코 언급되는 일이 없었다. 이들 모임에는 친애하는 왕자와 왕자비가 참석하지 못하는 경우도 종종 있었다. 그렇지만 어린 왕자와 공주의 생일 파티에서부터 방문한 왕족을 위한 가장 격식을 차린 환영연에 이르기까지, 리세트와 그녀의 남편은 궁전에서 행해지는 모든 모임에 빠짐없이 부름을 받았다. 리세트 없이는 어떤 행사도 전과 같지 못하다고 젊은 여왕은 자주 언급했고, 리세트도 의견이 다르지 않았다.

코우노운고우(Kounoungou) 난민촌의 천막들 사이로 난 좁은 길
사진 : 유엔난민기구 / H. 콕스

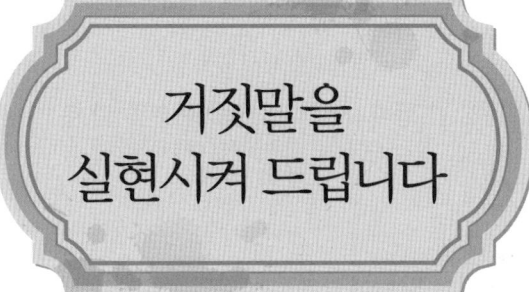

코넬리아 푼케

로잔나를 열렬히 좋아하는 사내아이가 있었다. 그는 로잔나네 반에서 제일 힘이 센 녀석이었다. 그는 학교가 끝나면 하루도 빼놓지 않고 초원을 가로지르는 로잔나의 지름길에 버티고 있다가 뽀뽀를 해 주지 않으면 때리겠다고 로잔나를 을러댔다. 그것도 입에다.

로잔나는 그런 깡패같은 녀석한테 뽀뽀를 해 주고 싶은 마음이 추호도 없었지만, 자신의 훌륭한 지름길 역시 포기하고 싶지 않았다.

그래서 이렇게 말했다.

"꺼져, 이 미트볼아, 안 그러면 우리 오빠를 데려올 거야. 우리 오빠는 너보다 훨씬 더 힘이 세. 두 손도 필요 없어. 너 같은 건 한 손으로만 쳐도 뾰족한 쐐기풀로 직행이야."

애석하게도 엉터리 중에서도 최고로 엉터리인 그 거짓말은 근육질을 자랑하는 녀석에게는 씨도 먹히지 않았다.

그는 구역질나게 씩 웃으며 말했다.

"그래, 알았어, 예쁜아. 그런데 너는 오빠가 없잖아."

로잔나는 벌겋게 달아오른 얼굴로 하는 수 없이 길고도 끔찍하게 지루한 길을 택해 집으로 돌아가야 했다.

로잔나한테는 정말로 오빠가 있기는 했지만 보호자로서는 있으나마나한 존재였다. 이름은 보리스였고, 로잔나보다 정확히 3센티미터가 더 작았다. 게다가 지푸라기만큼이나 가는 몸에, 토끼보다 더 겁이 많았다. 그건 정말 짜증나는 일이었다!

로잔나는 속수무책이었다.

완전히.

그날 아침까지는. 그날 아침, 로잔나는 평소처럼 아침식사 시간에 로잔나의 코앞에 대고 보는 아버지의 신문 뒷면에서 광고 하나를 발견했다. 광고에는 '페르디난도 플림페이커 교수가 당신의 거짓말을 실현시켜 드립니다.'라고 두꺼운 활자체로 적혀 있었다. 그 밑에는 더 작은 크기로 써 놓은 주소도 보였다.

학교가 끝나자 로잔나는 저금한 돈을 주머니에 몽땅 챙겨서 집을 나섰다. 플림페이커 교수는 공원 뒤에 있는 아파트 제일 꼭대기 층에 살았다. 로잔나는 123걸음을 센 끝에 마침내 그의 아파트 문 앞에 섰다. 문에는 초인종 대신 쇠고리 하나만 덜렁 달려 있어서 까치발을 하고서야 간신히 손이 닿았다. 로잔나는 문에 대고 쇠고리를 두드렸다. 탕탕, 계단통을 타고 소리가 울렸다.

문이 열렸고, 키가 훌쩍 크고 마른 남자가 빙그레 웃으며 로잔나를 내려다보았다.

"신문에서 광고를 봤어요."

"그러니? 그래, 어떤 종류의 거짓말로 나를 만나려는 거지? 긴급한 거짓말, 허풍용 거짓말, 학교 숙제용 거짓말, 위로용 거짓말······."

"저는 보호용 거짓말이라고 하겠어요."

"아! 가장 흥미로운 종류로구나. 들어오너라."

교수는 로잔나를 방으로 이끌었는데, 방 한가운데에는 전구가 있는 탁자 옆으로 초록색 의자 두 개가 놓여 있었다. 탁자 밑에는 샛노란 용 한 마리가 누워 있었다.

교수가 말했다.

"신경 쓰지 마. 내 거짓말 가운데 하나니까. 아주 다정하고, 주로 몹시 지쳐 있지."

용은 한 눈을 뜨고 있었다. 로잔나는 의자에 앉아서 교수에게 자신의 골칫거리를 들려주었다.

"세상에, 정말 뻔뻔스러운 녀석이로구나! 하지만 형이나 오빠에 대한 거짓말은 너무 자주 써먹어서 잘 먹히지가 않는단다. 너는 오빠가 없는 것 같은데, 그렇지?"

"오빠 있어요! 그런데 힘이라곤 전혀 없고 폭력의 폭자도 모르는 사람이에요."

로잔나가 한숨을 쉬며 말했다.

"음, 무슨 말인지 알겠구나. 네 거짓말을 실현시키는 데는 아무런 문제가 없다만, 정말로 그렇게 힘이 세고 공격적인 오빠를 원하는 게 확실한 거냐?"

로잔나가 큰 소리로 외쳤다.

"당연하죠!"

교수는 고개를 끄덕였다.

"그런데 너희 오빠도 이 사실을 알고 있겠지?"

"다, 당연하죠!"

로잔나는 거짓말을 했고, 탁자에 놓인 전구에 불이 탁 켜졌다. 다행히 교수는 그것을 알아채지 못한 것 같았다.

"좋다. 그럼 네 거짓말을 얼마나 오랫동안 실현시켜 주면 되겠느냐?"

로잔나는 깜짝 놀란 얼굴로 대답했다.

"영원히요!"

"그건 내가 거부하겠다. 우선 일주일로 시작해 볼까? 동의하지?"

저녁을 먹는 동안 로잔나는 오빠에게서 단 한 가지도 변한 점을 발견하지 못했다. 오빠는 신통찮은 농담을 늘어놓았고, 로잔나는 여전히 그 농담들을 비웃어야만 했다. 나중에 텔레비전을 볼 때, 오빠는 무서운 부분이 나오자 눈을 가렸다.

로잔나는 너무 화가 나서 밤새도록 거의 잠을 이루지 못했다. 교수가 자신을 속였다. 자신을 바보 취급하고 거짓말을 했다.

이튿날 아침, 보리스는 로잔나보다 7센티미터는 더 커져 있었다. 아침을 먹고 나자 어느새 15센티미터 차이가 났다. 최소한.

로잔나의 엄마가 말했다.

"아들이 갑자기 자라네!"

로잔나는 아주 신이 났다.

저녁 무렵 보리스는 놀라우리만치 몸집이 커졌고 힘도 세졌다. 게다가 공격적이었다. 로잔나에게 농담을 하는 대신 식탁 밑으로 로잔나의 정강이를 뻥뻥 걷어찼고, 로잔나를 보고 계속해서 '꼬맹이'라고 놀렸다.

로잔나가 정강이를 문지르며 물었다.

"내일 학교 끝나면 나랑 같이 집까지 걸어와 줄래? 내가 오빠네 반으로 갈게."

보리스가 웅얼거렸다.

"말도 안 돼! 그건 너무 창피해. 너 같은 난쟁이가 나를 데리러 온다니."

무언가 일이 잘못되고 있었다.

엄마가 거대한 아들을 보고 사랑스럽게 웃으며 말했다.

"동생 부탁 좀 들어주지 그러니?"

보리스가 투덜댔다.

"좋아! 하지만 이번 한 번뿐이야, 알겠지?"

로잔나네 반에서 제일 힘이 센 그 녀석은 로잔나의 오빠를 보더니 훨씬 더 큰 소리로 웃음을 터뜨렸다.

"어이, 예쁜이, 너 정말 오빠가 있긴 있구나. 너희 오빠는 어린 여자애들 보디가드 놀이 말고는 잘하는 게 없나 보지?"

"보디가드? 내가?"

보리스는 성을 내더니 재빨리 로잔나를 밀쳐 버렸다.

"내가 그렇게 한가해 보여?"

너무 심했다. 로잔나는 두 거인을 향해 혀를 삐죽 내밀고 멀리 달아났다.

"오빠를 다시 거짓말로 바꿔 줘야 돼요! 제발요!"

숨을 헐떡이며 플럼페이커 교수의 초록색 의자에 앉아서 로잔나가 소리쳤다.

"그럴 줄 알았다! 말했지만 오빠 거짓말은 잘 안 통한다니까. 하지만 다른 거짓말이 있을 것도 같은데……."

"어떤 거요?"

"미안하지만, 네 거짓말은 네가 직접 만들어야 하거든. 그런데 섣불리 만들면 안 돼. 다음 거짓말은 평생 갈 테니까!"

로잔나는 사흘 낮 사흘 밤 동안 머리를 쥐어짰다.

나흘째 되던 날, 로잔나는 다시 플럼페이커 교수의 문 앞에 섰다.

"드디어 알았어요!"

로잔나는 탁자의 전구가 폭발할 지경에 이를 때까지 거짓말을 하고 또 했다.

"어이, 로잔나! 오늘 내 뽀뽀는 어떻게 됐냐?"

이튿날, 로잔나네 반에서 가장 힘이 센 그 녀석이 물었다.

대답 대신, 로잔나는 부드럽게 그의 멱살을 붙잡아 공중으로 번쩍 들어올렸다. 로잔나는 잠시 그를 날카로운 쐐기밭 위에다 대롱대롱 매달고 있다가 뒤쪽으로 난 길 위에 깔끔하게 내려놓았다.

"이번만 참는다."

로잔나는 휘파람을 불며 깡충깡충 뛰어갔다.

로잔나는, 새로 지어낸 거짓말대로, 세상에서 제일 힘이 센 여자아이였기 때문이다.

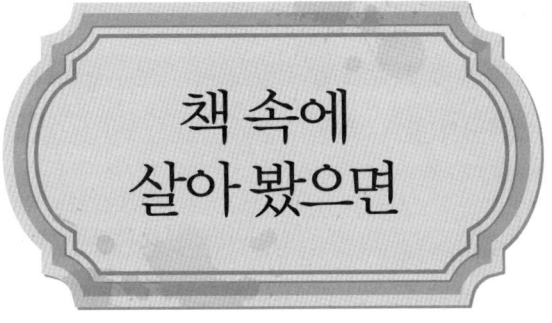

책 속에 살아 봤으면

니키 지오바니

책 속에

살아 봤으면

요정 대모의 품에

폭 감싸이거나

동굴 속에서 공룡 알을 굽고 있는

나의 어머니와 함께 앉아

내가 만약

책 속에 산다면

알리바바와 함께

하늘을 날 수 있을 텐데

옳은 일은 아니겠지만

40인의 도둑의 보물을

훔치는 건

정말 멋있어

언젠가는

나올지도 모르지

나에 대한 책이

용감한 꼬마 여자애가 살았다고

마실 물은 부족해도

총은 한 자루씩 가진
그런 세상에

그건 좋은 생각이
아닌 것 같아
차라리
책 속에 있는 게 더 좋아
비스킷을 만들며
서부 변경에서
프레리도그의 웃음 위로
바람과 함께 달리고
바람을 가볍게 뒤따르며

그거 참 좋겠네
책 속에
산다면

다르푸르의 누렇게 마른 땅. 3,300개의 마을이 파괴되거나 피해를 입었다.
사진 : 유엔난민기구 / K. 맥킨지

우스운 장난

R. L. 스타인

내 친구 브래드와 나는 너무 심심해서 동네를 돌아다니며 웃기는 장난을 좀 치기로 했다.

우리는 작은 빨간 벽돌집과 집집마다 네모난 앞마당이 있는 골목에 살았다. 우리 다음 골목은 집들이 훨씬 더 컸고, 잔디밭도 축구장처럼 넓게 펼쳐져 있었다. 우리 집 뒤에는 숲밖에 없다.

아마 우리 둘 다 가난한 집 애들이라고 생각할 거다. 하지만 우리는 이제 겨우 열 살이라서 별로 그런 문제로 고민하지 않았다.

아빠는 농장 기계를 수리하는 회사에 다녔다. 엄마는 시내 사무실에서 비서로 일했다.

브래드의 부모님은 쇼핑몰에서 안경점을 했다. 조만간 부모님이 안경점을 접고 다른 일을 해볼까 하신다고 브래드가 말했다.

그러니 대충 짐작이 될 거다. 오웬 밀라드와 브래드 린드세이는 학교에서 부잣집 애들과 친하지 않았다.

여름이 오면 다른 애들은 여름 캠프로 떠나거나 수영장에 다니거나 가족과 함께 긴 휴가를 떠났다.

브래드와 나는 동네 근처에서 할 만한 일들을 찾아보려고 했다. 그리고 우리의 적인 시드 하처과 거리를 두려고 노력했다. 시드는 브래드와 내 속을 박박 긁고, 벌벌 떨게 만드는 놀라운 힘을 지닌 슈퍼 악동이었다.

시드는 콘크리트 같은 주먹으로 우리에게 고통을 선사했다. 아니면 강철 같은 배로 그냥 쾅 부딪치기만 해도 며칠 동안 끙끙 앓

게 만드는 재주가 있었다.

브래드와 나는 시드 같은 거인이 아니었다. 5학년에서 제일 꼬맹이 축에 속했다. 우리는 아직 급성장기를 겪지 않았다. 내 생각에 시드는 두세 살 때 벌써 급성장기가 지난 것 같다.

시드는 우리를 엄청 좋아하는 게 틀림없다. 그렇지 않다면 왜 맨날 우리를 놀리고, 몸을 쾅쾅 부딪치고, 우리한테 자신의 주먹을 시험해 보겠나?

무더운 8월 낮, 노란 햇살이 우리 동네를 환하게 내리비추는 가운데 나무들이 희미하게 반짝였다. 옆집에 사는 파라데이 부인네 앞마당의 스프링클러가 춤을 추며 잔디밭 위로 물을 뿌려 대자 식식식 소리가 났다.

멜론 아저씨네 뒷마당에 있는 비닐 풀장 주위에서는 어린아이들이 깔깔거리며 물을 튀기는 소리가 들렸다. 멜론 아저씨 부부가 키우는 커다란 도베르만 종인 사디가 똑바로 앉아 앞마당을 지나가는 브래드와 나를 지켜보았다.

나는 사디에게 눈을 떼지 않고 걸어가다가 덩치 시드와 쾅 부딪쳤다.

"어어!"

나는 벽돌 벽과 충돌하기라도 한 것처럼 쾅하고 튕겨나갔다.

시드가 깔깔거리며 웃었다. 그의 파란 두 눈이 번쩍였다. 그의 곱슬곱슬한 금발이 햇빛에 반짝반짝 빛났다. 그는 입가에 우유

자국이 있었지만 말해 주지 않을 작정이었다.

시드는 유별난 녀석이다. 브래드와 나는 몸이 가늘고 검은 머리칼에 둘 다 안경을 쓴다. 녀석은 앞발이 커다란 골든 래브라도처럼 몸집이 거대하지만, 우리는 꼬마 닥스훈트나, 아니 그보다는 털이 없고 발발 떠는 치와와 같다.

시드가 물었다.

"둘이서 어디 가냐, 오웬? 놀이터에 그네 타러 가냐?"

시드 식 농담이다. 그저 웃어 주는 게 최고라서 브래드와 나는 그렇게 했다.

"그냥 돌아다녀. 알잖아. 늘 그렇지."

브래드가 물었다.

"넌 어디 가, 시드?"

시드가 가슴을 쫙 폈다. 가슴팍에는 이렇게 쓰여 있었다. *우리 엄마는 나를 최고라고 생각해.*

저렇게 말도 안 되는 티셔츠를 입고 다닐 정도로 용감한 애는 시드밖에 없을 거다. 하지만 시드는 자신을 건드릴 사람이 없다는 사실을 잘 알았다. 그 티셔츠를 놀림감으로 삼을 애는 아무도 없다는 사실도 잘 알았다.

"용돈 벌러. 잔디 깎는 일."

시드는 곱슬머리에서 파리 한 마리를 확 낚아채 납작하게 찌그러뜨리더니 보도에다 휙 던졌다.

"너희도 잔디를 깎아야 돼. 이두박근하고 삼두박근을 길러."

내가 말했다.

"나는 땀이 너무 많이 나서."

나는 땀 나는 게 정말 싫다. 사람들이 왜 그걸 좋아하는지 이해가 안 된다.

시드가 말했다.

"나랑 같이 가자. 내가 너희한테 기회를 주지. 잔디 깎는 기계가 두 대거든. 내가 일을 나눠 줄게. 너희가 뒷마당을 맡아, 내가 앞마당을 맡을게."

"됐어."

브래드와 내가 동시에 말했다.

우리는 시드의 꿍꿍이를 잘 안다. 우리한테 앞뒤 잔디를 다 깎게 하겠지. 그런 다음 돈을 받아 몽땅 가로챌 속셈이다.

내가 말했다.

"우리는 이제 가 봐야겠다."

바로 그때 시드가 우리 머리를 꽉 움켜쥐더니 코코넛을 쪼개기라도 하는 것처럼 쾅하고 박치기를 시켰다. 얼마나 아픈지 귀까지 웅웅거렸다. 너무 어지러워서 어디가 땅이고 어디가 하늘인지 구분이 되지 않았다.

내가 아픈 머리를 문지르며 소리쳤다.

"야, 시드, 대체 왜 그래?"

"내 생일 선물을 잊은 대가야."

브래드가 말을 더듬었다.

"어, 네 생일이 언젠데?"

"내일."

내가 물었다.

"그런데…… 우리가 너한테 선물을 사 주는 걸 잊어버렸는지 네가 어떻게 알아?"

시드가 가슴으로 나를 세게 쳤다.

"이번 건 혹시 네가 내 선물을 잊을까 봐 미리 주는 선물이야. 어디, 절대 잊지 말라고 한번 더 주의를 주지."

시드가 우리의 머리를 꽉 움켜잡았다. 하지만 브래드와 나는 몸을 홱 굽혀서 머리를 빼냈다. 우리는 전속력으로 멜론 아저씨네 집 옆을 돌아 숲을 향해 뛰었다. 우리는 뒤도 돌아보지 않았다. 시드는 쫓아오지 않았다.

우리는 숲에 들어서자마자 숨을 헐떡이며 걸음을 멈췄다. 둘 다 깔깔깔 웃음이 터졌다. 시드한테 빠져나오는 데 성공했기 때문일 거다.

그때 나는 땅바닥에서 커다란 새 둥지를 발견했다. 하마터면 밟을 뻔했다. 다행히 딱 맞게 멈춰 섰다.

근사한 둥지였다. 나무토막과 잔가지들, 그리고 풀을 서로 아주 단단히 꼬아서 만들었다. 흠 잡을 데 없이 동그란 모양에 크기는 점심 먹을 때 쓰는 접시만 했다. 높이는 7에서 10센티미터 정도 돼 보였다.

나는 둥지 안을 살폈다. 알도 없고, 아기새도 없고, 아무것도 없었다. 나는 머리 위쪽의 나뭇가지들을 살펴보았다.

"저 나무에서 떨어진 게 틀림없어."

내가 손가락으로 가리키며 말했다.

바로 그때 처음으로 재미있는 아이디어가 떠올랐다.

나도 모르게 반짝 머리를 스쳤다. 시드네 집 현관 앞길에 있는 우편함. 나무 우편함인데, 새 모양이었다. 우편함 앞에는 초록색과 빨간색으로 된 앵무새의 머리가 있었고, 뒤쪽으로는 파란색 꼬리 깃털이 삐죽 튀어나와 있었다.

뚱뚱한 새처럼 생긴 우편함이 있는 걸로 보아 시드네 부모님은 새를 좋아하는 것 같다. 브래드에게 몸을 돌렸더니, 브래드는 몸을 숙이고 풀밭에 두더지인지, 생쥐인지, 아니면 뭔지 모를 동물이 파 놓은 작은 구멍을 열심히 들여다보는 중이었다.

"이 둥지를 시드네 우편함 속에 넣어 놓자."

브래드가 나를 빤히 올려다보았다.

"왜?"

"우습잖아. 생각해 봐. 새 모양 우편함? 열어 봤더니 안에 새 둥지가 있다?"

브래드가 낄낄거렸다.

"재미있겠다."

그래서 우리는 그렇게 했다. 나는 조심스럽게 둥지를 시드네 집 현관 앞길로 가져갔다. 먼저 시드가 잔디를 깎으러 가고 없는지부터 확인했다. 그런 다음 둥지를 쑤셔 넣고 우편함 문을 닫았다.

우리는 키득키득 웃으며 허겁지겁 자리를 떴다. 아까도 말했지만 우리는 심심한 여름을 보내는 중이었다. 그래서 이런 시시한 장난도 대단하게 느껴졌다.

그러고 나니 더 재미있는 아이디어가 떠올랐다. 그렇다고 남에게 손해를 입히거나 누구를 아주 곤란한 상황에 빠뜨린 건 아니었다. 아무런 해도 끼치지 않았다. 우리끼리 키득거릴 만한 장난을 한 게 전부였다. 알지 않나. 우스운 장난.

우리는 학교에서 몇 골목 떨어져 있는 가게에서 금붕어 열두 마리를 샀다. 한 마리에 30센트밖에 하지 않았다.

우리는 물을 가득 채운 비닐봉지에 금붕어들을 담아 왔다. 금붕어들이 비닐봉지 안에서 불룩 튀어나온 검은 눈으로 우리를 물끄러미 쳐다보았다.

우리는 멜론 아저씨네 두 꼬맹이가 점심을 먹으러 집으로 들어가기를 기다렸다. 그런 다음 살금살금 뒷마당으로 기어가 비닐 풀장에 금붕어 열두 마리를 획 쏟아부었다.

동그란 풀장에서 원을 그리며 헤엄치는 금붕어들은 반짝이는 보석처럼 보였다.

브래드와 나는 재빨리 자리를 떴다. 우리는 우리 집 뒷마당의 잔디밭에 고꾸라져서 미치광이처럼 웃어 댔다. 나도 안다. 대단히 우스운 일은 아니었다.

하지만 그 꼬맹이들이 달려 나왔다가 금붕어로 가득한 풀장을 발견한다면? 꼬맹이들의 부모님은 또 얼마나 황당할까?

우습지, 안 그래?

우리는 리디아 파크스가 나타날 때까지도 웃음을 그치지 못했다. 리디아는 같은 골목 모퉁이에 산다. 우리와는 1학년 때부터 알고지내는 사이다. 리디아는 코코아 빛 피부에 커다란 갈색 눈을 지녔고, 검은 머리를 하나로 땋아서 묶고 다녔다.

리디아는 하얀색 짧은 반바지와 분홍색 민소매 셔츠를 입고 있었다.

리디아가 물었다.

"뭐가 그렇게 우스워?"

본인은 아니라고 하지만 리디아는 목소리가 개구리처럼 걸걸해서 터프하게 들렸다.

내가 말했다.

"좀 재미있는 놀이를 하고 있었어."

리디아가 눈을 가늘게 뜨고 나를 쳐다봤다.

"예를 들면?"

"말 못해. 비밀 놀이야."

리디아가 양손을 들어올렸다.

"이래도?"

그 말에 피부가 곤두섰다. 나는 세상에서 제일 간지럼을 잘 타는 사람이다. 간지럽다는 생각만 해도 벌써 피부가 근질근질하다.

브래드가 말했다.

"오웬도 말 못하고, 나도 마찬가지야. 비밀은 비밀이니까, 안 그래?"

리디아가 말했다.

"안 그래."

리디아는 벼락같이 나에게 달려들더니 갈비뼈에 손가락을 대고 미친 듯이 간질이기 시작했다.

나는 야생동물처럼 울부짖었다. 바로 그때 나는 브래드를 데리고 리디아에게 꼭 우스운 장난을 쳐야겠다고 마음을 굳혔다.

리디아는 내가 숨이 막힐 지경이 되고 나서야 간지럼을 멈췄다. 하지만 나는 끝까지 우리의 비밀을 말해 주지 않았다. 마침내 리디아는 포기하고 쿵쾅거리며 가 버렸다.

"둘 다 유치해."

리디아가 중얼거렸다. 리디아는 우리가 자기한테 말을 안 해 주면 질색을 한다.

브래드와 나는 머리를 싸매기 시작했다. 리디아에게 칠 만한 장난을 생각해 내야 했다.

우리는 길을 걸어 내려갔다. 걷기가 힘들었다. 너무 간지럼을 당해서 갈비뼈가 쑤셨다.

나는 파라데이 씨네 집 앞에 멈춰 섰다. 현관 앞길에 파라데이 씨의 빨간색 외바퀴 손수레가 보였다. 집 옆에 기대놓은 키 큰 사다리도 보였다.

내가 브래드에게 말했다.

"도와줘. 재미있는 생각이 떠올랐어."

우리는 사다리를 가져와 마당 한가운데에 있는 키 큰 나무에 기대어 놓았다. 뒤이어 내가 사다리를 타고 올라갔고, 브래드는 손수레를 나에게 밀어 올렸다.

브래드는 밀고, 나는 당기고, 우리는 낑낑거리며 손수레를 높은 나뭇가지 위에다 올려놓았다. 나는 손수레가 떨어지지 않게 조심스럽게 균형을 맞췄다. 그런 다음 사다리를 제자리로 돌려놓았다.

잠시 한숨을 돌리고 나서 보니, 우리의 작품에 감탄이 절로 나왔다. 나무 꼭대기에 손수레가 있는 걸 보면 파라데이 씨는 얼마나 놀랄까.

우스워. 정말 우스워.

다음으로 우리는 리디아를 골려 줄 만한 걸 찾아야 했다. 브래드와 나는 다시 숲으로 들어갔다. 우리는 구불구불한 흙길을 따라 숲 속 깊이 들어갔다. 그리고 키 큰 잡초들이 차지한 작은 빈터에서 안성맞춤인 물건을 발견했다.

그것은 잡초와 키 큰 풀밭에 처박혀 있는데다, 고목의 긴 그림자에 가려 잘 보이지 않았다. 아주 작은 인형의 집.

솔직히 통나무 오두막에 더 가까웠다. 엉망진창이었다. 부서지기 일보직전이었다. 뾰족 지붕에는 구멍이 숭숭 뚫려 있고, 한쪽 벽에는 초록색 이끼들이 자라나는.

나는 허리를 숙여 그 집을 집어 들고 살살 흔들어 보았다. 텅 비었다.

그런데 그때 너무나도 이상한 느낌이 들었다. 뒷덜미가 오싹했다. 누군가 우리를 지켜보고 있나?

나는 두 손으로 작은 오두막집을 들고 펄쩍 뛰었다. 나는 사방을 유심히 살폈다.

"브래드, 누구 보여?"

브래드가 고개를 저었다.

"오웬, 그 작은 오두막집으로 뭘 하려고?"

나는 브래드를 보고 씩 웃었다.

"리디아 방에 커다란 인형의 집이 있잖아? 안에 작은 가구까지 있는 하얀색의 커다랗고 화려한 인형의 집 말이야."

"알아. 본 적 있어. 리디아가 엄청 아끼는 거잖아. 인형의 집에 채울 물건 산다고 맨날 저금도 하고."

나는 고개를 끄덕였다.

"그래, 우리가 두 집을 맞바꾸는 거야. 이 더러운 통나무집을 리디아 방에 갖다 놓고 리디아 걸 가져오는 거지."

브래드가 얼굴을 찌푸렸다.

"리디아가 그걸 재미있다고 생각할 것 같냐?"

"나는 재미있을 것 같아. 벌써부터 웃음이 나온다. 내일 진짜 인형의 집을 돌려주면 되지 뭐. 우리한테 싹싹 빌면."

그래서 우리는 그 낡아빠진 작은 통나무집을 리디아네 집으로 가져왔다. 오후의 태양이 지고 있었다. 그림자가 점점 더 길어졌다. 공기는 점점 더 시원해졌다.

브래드와 나는 운이 좋았다. 우리는 길 건너편에서 리디아와 리디아네 가족이 차례차례 차에 올라 사라지는 모습을 지켜보았다. 저녁 먹으러 가나 보군.

그래서 인형의 집 바꾸기 계획은 누워서 떡먹기로 진행되었다. 리디아네 부모님은 절대 뒷문을 잠그지 않는다. 우리는 통나무집을 들고 부엌으로 들어갔다. 부엌에서는 초콜릿 냄새가 났다. 접시에 브라우니가 한가득 쌓여 있었다.

나는 리디아의 커다란 하얀색 인형의 집 옆 바닥에 통나무집을 내려놓았다. 그런 다음 브래드와 힘을 합쳐 큰 인형의 집을 양옆에서 들고 날라 우리 집으로 가져왔다.

쉽네, 안 그래? 게다가 우습고.

하지만 그 나쁜 일이 일어난 건 바로 그때부터였다.

그날 밤 늦게, 나는 눈을 커다랗게 뜨고 침대에 누워 있었다. 잠이 오지 않았다. 브래드와 내가 하루 종일 했던 우스운 장난들이 자꾸만 떠올랐다. 나는 자기 방에 들어간 리디아가 지저분하고 부서지기 일보직전인 작은 통나무집을 발견했을 때 어떤 표정을 지을지 계속해서 머릿속에 그려 보았다.

하품이 나오고, 마침내 졸리기 시작했다. 나는 베개에 머리를 파묻고 눈을 감았다.

그런데 창문 옆에서 삐걱 소리가 나서 눈을 떴다. 나는 눈을 가늘게 뜨고 길에서 들어오는 흐릿한 불빛을 가만히 쳐다보았다. 산들산들 이상한 바람이 불어와 방 안으로 커튼이 날렸다.

나는 도로 몸을 누였다. 그런데 탁 하는 소리가 들렸다. 이어서 빠른 탁탁 소리. 발자국 소리일까? 누가 창문으로 뭘 떨어뜨렸나?

나는 일어나 앉았다. 심장이 두근두근 뛰기 시작했다. 순간, 정신이 번쩍 들었다.

별안간 이불 위에서 뭔가가 잡아당기는 느낌이 들었다. 한 번 더. 더 세게.

내가 큰 소리로 물었다.

"뭐야, 뭐하는 거야?"

허스키하고 힘없는 목소리가 튀어나왔다.

그때 무언가가 침대로 풍덩하고 떨어졌다. 무언가가 이불 위로 기어 올라와 있었고, 이제 침대를 가로지르며 걸음을 옮기기 시작했다. 그리고 내 가슴팍 위에 섰다!

"오오오."

두려움의 신음소리가 목을 뚫고 터져나왔다. 나는 양손으로 이불을 꽉 움켜쥐었다. 그리고 빤히 쳐다보았다.

작은 생물을 빤히 쳐다보았다. 아니다. 작은 남자를. 아니다.

그는 30센티미터도 채 안 되었다. 테니스공보다도 작은 크기의 머리에 대머리에다 귀는 뾰족했다. 턱 밑에는 브이 자 모양의 턱수염이 보였다.

침침한 빛 속에서 그의 동그란 두 눈이 번쩍였다. 그는 풀이나 잡초로 짠 듯한 기저귀같이 생긴 옷을 입고 있었다. 가슴은 벗은 채였고, 아기 피부처럼 매끄러웠다.

내가 간신히 입을 뗐다.

"너, 넌 누구야? 워, 원하는 게 뭐야?"

그의 맨발이 가슴을 콕콕 찔렀다. 그가 얼굴 앞까지 바짝 다가왔다. 그의 표정이 분노로 바뀌었다. 두 눈이 차갑게 빛났다.

그가 귀에 거슬리는 소리로 물었다. 말을 할 때 입가에 침이 생겼다.

"내 집 어딨어?"

내가 숨이 턱 막혀서 되물었다.

"뭐라고?"

그가 나직이 말했다.

"내 집. 나는 내 집을 원해."

나는 똑바로 앉아 보려고 했다. 하지만 가슴에 올라선 그는 놀라우리만치 무거웠다.

내가 되풀이해 물었다.

"너, 넌 누구야?"

"꼬마도깨비라고 부르면 돼. 너희들 말로 하면 그렇지. 내 이름은 시럼. 나는 꼬마도깨비야. 몹시 화가 난 꼬마도깨비. 난 내 집을 원해."

마침내 그가 무슨 말을 하는지 깨달았다. 그 작은 통나무집. 그의 집이 틀림없었다.

"내가…… 알아. 너한테 갖다 줄 수 있어."

꼬마도깨비가 양손으로 내 손을 꽉 쥐었다. 금속처럼 단단하고 우악스런 손이었다. 그는 살이 아프도록 내 손을 꽉 쥐었다.

그가 낮게 쏘아붙였다.

"나한테 가져와. 내 집을 숲 속으로 돌려줘."

"지금? 시간이 늦었어. 캄캄한데. 나, 나는……."

"당장. 내 집을 숲 속으로 가져와. 그러면 세 가지 소원을 들어줄게."

그가 다시 한 번 내 손을 꽉 쥐며 말했다.

나는 숨이 턱 막혔다. 숨을 쉴 수가 없었다. 두려움인 것 같았다. 아니 충격이었나.

"세 가지 소원을 들어준다고?"

"지금 내 집을 가져오면."

"알았어. 문제없어."

그는 이불을 타고 스르륵 내려가 열린 창문으로 기어 올라갔다. 나는 그가 커튼을 타고 올라가는 모습을 지켜보았다. 그의 뾰족한 턱수염이 달빛에 반짝였다.

그는 마지막으로 나를 흘깃 쳐다보았다. 그러더니 창문에서 휙 뛰어내려 자취를 감췄다.

나는 부들부들 떨고 있었다. 이가 딱딱 맞부딪쳤다. 나는 한 번 숨을 깊이 들이쉬고 나서 꾹 참았다. 그래도 떨림은 멈추지 않았다.

그 꼬마 남자네 집을 되찾아 오는 게 문제없을 거라고 내가 말했었나?

나는 침대에서 펄쩍 뛰어나와 옷장으로 달려가 바닥에 한 무더기 쌓아 두었던 옷을 서둘러 챙겨 입었다. 협탁 위의 시계를 흘깃 쳐다봤다. 새벽 한 시가 다 된 시각이었다.

첫 번째 문제는 엄마 아빠한테 걸리지 않고 몰래 집을 빠져나가는 일이었다. 한 발만 올려놓아도 계단은 삐걱삐걱 신음소리를 냈다. 하지만 선택의 여지가 없었다. 꼬마도깨비처럼 창문으로 뛰어나갈 수는 없는 노릇이었다.

나는 난간에 올라타 몸을 앞으로 숙인 다음 주르륵 난간을 타고 내려갔다. 훨씬 더 조용했다. 바닥에 닿을 때 쿵하는 소리만 빼고.

숨을 꾹 참고 발끝으로 현관문까지 살금살금 걸어갔다. 문을 잡아당기자 조그맣게 딸각 소리가 났다. 살그머니 밖으로 나와 조용히 문을 닫았다.

좋아. 제 1단계. 나는 무사히 집을 빠져나왔다. 지금까지는 성공적이다. 나는 떨림을 멈출 수가 없었다.

무덥고 습한 밤이었다. 바람 한 점 없었다. 키 큰 나무들이 미동도 없이 서 있었다. 아무것도 움직이지 않았다. 우리 동네의 작은 집들은 모두 시커맸다.

짙게 깔린 이슬에 앞 잔디밭이 반짝였다. 풀밭 위에 있던 토끼 한 마리가 나를 보고 멈칫했다. 사방이 고요했다. 귀뚜라미 소리조차 없었다. 마치 꿈을 꾸는 기분이었다.

하지만 나는 이것이 현실임을 잘 알았다. 나는 리디아네 집으로 몰래 숨어들어 가야만 했다. 살금살금 리디아의 방으로. 그 작은 통나무집을 붙잡고 달려야 했다.

밤이든 낮이든 남의 집에 몰래 숨어들어 간 적은 한번도 없었다. 만약 리디아의 부모님이 어둠 속에서 내가 돌아다니는 소리를 듣고 나를 도둑으로 여기면 어쩌지? 그들은 과연 어떤 반응을 보일까?

그런 생각은 하고 싶지 않았다. 아무 생각도 하고 싶지 않았다. 마치 두려움 속에 얼어붙은, 아까 그 잔디밭 위의 토끼가 된 기분이었다.

브래드를 부를까도 생각했다. 하지만 브래드는 곤히 잠들어 있을 게 분명했다. 어차피 별 도움도 안 되었다. 나는 혼자서 이 일을 해야만 했다.

아무튼 나는 리디아네 집으로 걸어갔다. 나는 계속해서 늘어진 나무들의 짙은 그림자 속에 몸을 숨겼다. 현관 앞길을 살금살금 걸어 올라가는데 심장이 사정없이 뛰었다.

어. 잠깐. 흘깃 보니 차고가 텅 비어 있다. 차가 없다.

나는 길게 숨을 내뱉었다. 리디아네 식구들은 집에 없었다. 가끔 그들은 차를 타고 리디아네 이모네 집에 가서 하룻밤을 묵고 왔다.

마침 기회가 좋았다. 살그머니 뒷문으로 들어가 보았다. 여전히 열려 있다.

나는 부엌으로 들어갔다. 누군가 들어왔던 흔적이 없었다. 브라우니 접시는 손도 대지 않은 채였다.

펄쩍펄쩍 뛰고 싶은 기분이었다. 아무도 없다! 그렇다면 일은 훨씬 더 쉽다. 서둘러 리디아의 방으로 갔다. 굳이 조용히 하려고도 하지 않았다.

앞이 잘 보이지 않았다. 커튼이 쳐져 있었다. 칠흑같이 새까맸다. 하지만 나는 그 작은 통나무 오두막집을 어디에 두고 왔는지 잘 안다.

　몇 초 뒤, 나는 그것을 손에 넣었다. 다시 몇 초 뒤, 나는 그것을 앞에 들고 리디아네 현관 앞길을 달리고 있었다.

　나는 운동화 발로 보도 위를 내달렸다. 곧이어 골목을 돌아 어떤 집 옆을 돌아 숲으로 향했다. "앗!" 이슬이 내린 풀밭에 미끄러져 하마터면 오두막집 위로 얼굴을 처박을 뻔했다.

　다행히 가까스로 균형을 잡고 계속 앞으로 나아갔다. 숲 언저리에 다다르자 귀뚜라미들이 울기 시작했다. 날카로운 울음소리가 귓속을 파고들었다.

　나는 멈춰 서서 주위를 살폈다. 마치 캄캄한 벽처럼 나무들이 머리 위로 높이 드리워져 있었다. 한밤중에 숲 속에 들어오기는 이번이 처음이었다. 밤에는 어떤 동물들이 나올까? 그 꼬마도깨비를 찾을 수나 있을까?

　나는 숲길을 따라 몇 걸음 걸어갔다. 좁고도 노란 달빛이 내가 가는 길을 비추었다. 귀를 긁어 대는 귀뚜라미들의 울음소리를 들으며 앞으로 더 나아갔다.

　쓰러진 나무 뒤에서 꼬마도깨비가 나타나자, 나는 숨을 헉 들이쉬었다. 달빛에 그의 대머리가 환하게 빛났다. 벗은 어깨와 가슴이 달빛에 노랬다.

　내가 헐떡이며 말했다.

"너희 집…… 너희 집을 가져왔어."

꼬마도깨비는 기저귀를 찬 허리에 손을 올리고 나를 가만히 올려다보았다.

"어디? 그게 어딨는데?"

"자."

내가 통나무집을 쑥 내밀었다.

놀랍게도, 그는 고개를 젓고 땅바닥에 침을 탁 뱉었다. 그러더니 분노로 일그러진 얼굴로 나를 빤히 올려다보았다.

"이 바보천치야! 그건 내 집이 아니야!"

"너, 너희 집이 아니라고?"

내가 말을 더듬었다. 손에서 통나무집이 툭 떨어졌다. 통나무집은 땅바닥에 부딪쳐 산산조각이 났다.

"바보! 어디를 봐서 내 집이야!"

꼬마도깨비가 꽥꽥 소리를 질렀다. 그가 맨발로 내 발목을 걷어찼다.

나는 뒤로 펄쩍 물러났다. 발이 아주 작아서 아프지는 않았다.

그가 다시 나를 발로 찼다.

"내 집! 내 집! 내 집 어딨어?"

도깨비가 목이 터져라 고함을 질러 댔다.

"알았어. 진정해. 심호흡 좀 하고. 너희 집이 어디에 있는지 내가 알 것 같아."

"나한테 가져와. 당장!"

꼬마도깨비가 발목을 걷어차려고 했다. 그러다 흙바닥에 발이 미끄러졌다. 그리고 벌렁 넘어졌다.

나는 꼬마도깨비가 일어나기를 기다리지 않았다. 나무들 사이를 뚫고 허겁지겁 숲 밖으로 빠져나왔다. 이제 그의 집이 어디에 있는지 분명해졌다. 나는 브래드와 함께 그 둥지를 숨겨 둔 우편함까지 쉬지 않고 달렸다.

아직 우편함 속에 있을까? 나는 뚜껑을 내렸다. 있다!

조심스럽게 우편함에서 둥지를 꺼냈다. 잔가지들과 잡초들이 손을 할퀴었다. 나는 그 둥지를 꽉 붙잡았다. 까딱 잘못하면 부서지기 쉬웠다. 분노한 꼬마도깨비에게 멀쩡한 상태로 전달해 주어야 했다.

젖은 풀밭에 다시 신발이 주르륵 미끄러졌다. 반은 걷고 반은 달리면서 숲으로 되돌아갔다. 가슴이 두방망이질을 쳤다. 이것이 그의 집이어야 했다. 무슨 일이 있어도.

꼬마도깨비는 허리에 손을 올린 채 땅에 대고 맨발을 톡톡거리며 숲길에서 나를 기다리고 있었다.

내가 더듬더듬 물었다.

"이, 이게 너희 집이야?"

꼬마도깨비가 톡 쏘아붙였다.

"당연하지. 땅바닥에 내려놓고 썩 꺼져."

나는 둥지를 내려놓았다. 꼬마도깨비는 둥지 속으로 기어들어가 앞뒤로 돌아다녔다. 둥지가 멀쩡한지 확인하는 눈치였다.

"꺼져, 꼬마야!"

꼬마도깨비가 딱딱거렸다. 그는 심술궂은 표정을 지었다. 그러더니 둥지 옆에 침을 탁 뱉었다.

나는 꼬마도깨비에게 몸을 숙였다.

"뭐 잊어버린 거 없어? 생각 안 나? 나한테 세 가지 소원을 들어준다고 했잖아?"

꼬마도깨비는 다시 침을 뱉었다. 하지만 내 신발을 빗나갔다.

"꺼져, 꼬마야. 그리고 가는 길에 누구의 집도 훔치지 마."

내가 떨리는 목소리로 물었다.

"하지만 세 가지 소원은 어쩌고?"

그는 대머리를 절레절레 흔들었다.

"나는 꼬마도깨비야. 나는 소원을 들어주지 않아. 어떻게 하는지도 몰라."

나는 눈을 깜작였다.

"거짓말을 했다는 거야?"

꼬마도깨비가 고개를 끄덕였다.

"그래. 꼬마도깨비들은 거짓말을 밥 먹듯이 하지. 너 꼬마도깨비 역사 시간에 몇 점 받았냐?"

"나는 꼬마도깨비 역사 같은 건 안 배워. 나한테 거짓말을 했다니."

꼬마도깨비가 빈약한 어깨를 으쓱했다.

"그건 실언이었어. 나는 소원을 들어주는 힘이 없어, 꼬마야. 나는 인간을 꼬마도깨비로 바꾸는 재주밖에 없어."

나는 몸을 더 바짝 숙였다.

"정말? 그렇게 할 수 있어?"

꼬마도깨비가 얇은 입술을 쫙 펴며 씩 웃었다.

"응. 그건 쉬워. 당장 보여주지."

꼬마도깨비가 자신의 작은 손가락들을 딱딱 맞부딪쳤다.

"눈을 꼭 감아, 꼬마야. 내가 너를 꼬마도깨비로 바꿔 줄게. 그런데 네 집은 네가 직접 지어야 돼. 난 집을 같이 쓰지 않아."

내가 외쳤다.

"어…… 아니야! 고맙지만 사양할게! 그런데 나한테 좋은 생각이 있어."

나는 몸을 숙여 손가락으로 꼬마도깨비를 감싸 안고 번쩍 들어 올렸다.

꼬마도깨비가 소리쳤다.

"내려 놔! 내려 놔, 당장! 너를 꼬마도깨비로 바꿔 놓고 말 테다. 맹세코!"

"조금만 참아. 나한테 아주 재미있는 생각이 있단 말이야."

＊ ＊ ＊

이튿날 오후, 브래드와 나는 덩치 시드 하처네 집으로 걸어가 초인종을 눌렀다. 집 안에서 음악소리와 아이들이 웃고 떠드는 소리가 들렸다.

몇 초 뒤, 문이 열리고 시드가 커다란 금발 머리를 쑥 내밀었다.

시드가 으르렁거렸다.

"두 바보가 뭘 원하시나? 내 생일 파티를 망치지 마. 너희는 초대하지 않았어."

내가 말했다.

"우리도 알아. 하지만 우리는 네 생일 선물을 잊지 않았어."

나는 시드에게 화려하게 포장한 상자를 쑥 내밀었다. 상자 안에서 꼬마도깨비가 퉁탕거리는 게 느껴졌다.

시드는 양손으로 상자를 꽉 잡고 이리저리 흔들어 보았다.

"별거 아니면 알지?"

그러더니 브래드와 내가 생일 축하한다는 말을 하기도 전에 문을 쾅 닫아 버렸다.

집으로 돌아오는 내내 우리는 깔깔 웃음을 터뜨렸다.

분노한 꼬마도깨비가 덩치 시드를 꼬마도깨비로 만들어 버리겠지. 아니, 아닐지도 모르지.

그러거나 말거나, 우스운 장난임은 틀림없었다.

소원을 빌 때는 신중하게

매릴린 넬슨

당신이 덫으로 요정을 잡았거나, 마법의 물고기를 잡았다고 생각해 봐요.

욕심과 야망, 그리고 욕망을 조심하세요.

만약 원하는 건 뭐든지 들어주겠다고 속삭인다면 그냥 풀어 주세요.

소원은 엉뚱한 결과를 낳을 수 있으니까요.

매 끼마다 화려한 성찬을 바란다면,

결국은 살을 빼기 위해 엄청난 다이어트를 해야 할 수도 있어요.

어리석은 마음으로, 화가 나서, 혹은 성급하게 소원을 빌면,

여러분이 만들어 낸 좋은 것들을 모조리 망가뜨려야 할지도 몰라요.

우리는 모두 뜻하지 않는 부작용을 얻으며 살아가지요.

최첨단을 향해 앞으로 나아가도록 해 주는 과학에 의해.

어서 열아홉 살이 되기를 소원하는 열세 살 아이들은

너무나도 금세 쉰 살이 되고 나서 지나간 세월을 한탄하지요.

그리고 자신의 골든 리트리버가 말을 하게 해 달라고 소원을 빈 소녀는

개의 시시콜콜한 혼잣말까지 들어야 하지요.
산책을 나갈 때마다 만나는 오줌과 똥에 대한 투덜거림까지.
말하는 개도 개니까요.

많은 어린이들이 가족들이 키우는 당나귀를 타고 다르푸르를 탈출했다.
사진 : 유엔난민기구 / H. 콕스

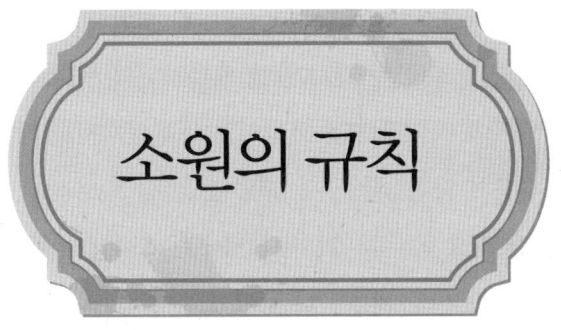

소원의 규칙

프란시스코 X. 스토크

I

파블리토에게

생일 축하한다. 벌써 열다섯이라니. 네 생일이 아직 한 달이나 남은 건 알지만 너한테 편지가 갈 때까지 시간이 얼마나 걸릴지 몰라서 말이야. 사전 검열을 한답시고 사무실에서 편지를 몇 주나 묵히는 경우가 가끔 있더구나. 생일 선물 겸 50달러를 보낸다. 담배 살 돈만 빼고 번 돈은 거의 다 보내는 셈이야. 담배를 끊어 보려고는 하는데 너무 지루하다 보니 쉽지가 않구나. 편지를 쓸 때마다 하는 말이지만, 엄마한테 편지 좀 써 주면 좋겠다. 돈을 무사히 받았다는 간단한 쪽지라도 괜찮아. 사무실 경비원들이 자기들 주머니에 슬쩍하는 건 아닌지 걱정스럽구나. 알 방도가 없으니. 돈을 받았는지만 알려 주렴. 나한테는 중요한 거란다. 엄마한테는 네가 필요하다는 사실을 부디 기억해 주길 바란다. 내가 살아 있다는 걸 너도 알고 있다는 작은 신호면 족해. 엄마는 그럭저럭 잘 지내고 있다. 인쇄소에서 일을 제법 잘하고 있어. 관리소장 말이 내가 계속 일을 잘하면, 곧 하루에 3달러씩으로 급료를 올려 받을 수 있대. 그럼 너한테 돈을 조금 더 보낼 수 있을 거야. 셰리 비한테 편지를 한 통 받았다. 네가 말수가 적고 항상 혼자서 시간을 보낸다고 하더구나. 그래서 엄마는 걱정이 많아. 너와 함께 있을 수 없어서 엄마가 얼마나 슬픈지 너는 모를 거야.

이제 그만 써야겠다. 짧은 쪽지라도 보내 주길 바란다.

엄마가

II

문이 열리는 순간, 파블로는 간신히 침대 시트 밑에 편지를 감춘다. 더블유 부인이 살짝 안을 들여다보고 빙긋 웃는다. 그 미소를 헤아리기가 어렵다. 새벽 다섯 시 삼십 분에 아이들을 깨우는 게 좋아서일 수도 있고, 아니면 그냥 기분이 좋아서일 수도 있다. 부인은 아침에 일어나면 기분이 좋은 편이다. 윗입술에 앞니가 빠져 쑥 들어간 자리를 보면 알 수 있다. 브레이커는 부인이 2년 전 농장에 살았던 데니스라는 애한테 주먹으로 얻어맞고 앞니를 잃었다고 했다. 셰리 비는 그게 헛소문이라고 한다. 그냥 저절로 빠진 건데, 아마도 부인이 맛도 없는 태피 사탕을 너무 좋아해서 이가 빠졌을 거라고.

더블유 부인은 틀니를 마가린 통이었던 크림색 통에 담가둔다. 사실은 다들 부인 몰래 사용하지만, 규칙상 아무도 들어가지 않게 돼 있는 개인 욕실에 부인은 그 통을 보관한다. 파블로는 부인의 욕실에서 아스피린을 슬쩍하거나 소화제를 마신다. 욕실장에는 온갖 응급용품이 상비돼 있다. 빨간색 뜨거운 물주머니, 모양이 제각각인 반창고, 브레이커가 다 마셔 버려서 지금은 텅 비어 있는 알코올 병, 글리세린 좌약, 셰리 비가 한 달에 한 번씩 받는 생리대 한 상자.

"아, 그래. 이러낫냐."

더블유 부인은 이가 없어서 똑똑히 발음을 못한다.

"네가 저 짜 차례야."

파블로가 젖을 짤 차례다. 마치 그가 모르고 있다는 듯이. 그는 고개를 끄덕인다. 부인은 아직도 문을 지키고 있다. 혹시 잠깐이라도 속옷 차림의 그를 보고 싶은 건지도. 브레이커는 '개인적 경험'을 통해 더블유 부인이 혈기왕성한 청년을 좋아한다고 단언한다. 그렇지만 브레이커의 말을 누가 믿을까?

이윽고 부인이 천천히 몸을 돌려 자리를 뜬다. 부인은 욕실 쪽으로 돌아갔다. 아마 틀니를 끼러 갔을 거다. 그는 침대에 걸터앉아 다리를 흔든다. 우선 접은 편지를 『몽테크리스토 백작』 사이에 잘 끼워 둔다. 책은 잠들기 직전 침대 옆 바닥에 툭 떨어뜨린 그 자리에 놓여 있다. 그는 책을 서랍장 첫 번째 서랍에 넣어 둔다. 그런 다음 티셔츠를 벗고 잘 개서 베개 밑에 놓는다. 밤에는 주황색 텍사스 대학교 티셔츠만 입는다. 벌써 빤 지가 몇 달은 됐지만 잘 때만 입는 티셔츠가 더러워지면 얼마나 더러워지겠나? 문득 지난밤의 꿈이 떠오른다. 온몸이 땀범벅이었다. 그는 재빨리 그 기억을 털어 버린다. 털어 버릴 수 있어서 다행이다. 때때로 기억은 딱 달라붙어서 스스로 물릴 때까지 추잡하게 몸을 비벼 댄다.

그는 늘 입는 청바지와 회색 티셔츠를 입는다. 더블유 부인이 더럽든 더럽지 않든 일주일에 한 번씩 이 옷을 빨아 준다. 빨간 운동화를 신으며 방금 접은 편지를 생각한다. 셰리 비는 왜 자신이 말을 많이 하지 않는다고 했을까? 그는 할 말은 한다. 필요한 만큼. 더 할 말이 뭐가 있을까? 잊어버리자. 셰리 비는 왜 자신의 어머니한테 편지를 썼을까? 오랫동안 화가 난 적이 없었는데, 그는 지금 화가 난다.

그는 계단을 내려가 빠르게 현관문 밖으로 나간다. 다른 세 사람이 일어나기 전에 밖으로 나가고 싶다. 다른 세 사람은 브레이커와 롤란도, 그리고 셰리 비다. 브레이커와 롤란도는 한방을 쓴다. 셰리 비는 자기 방이 있다. 셰리 비의 방에는 남는 침대가 하나 있고, 더블유 부인의 말에 따르면 며칠 뒤에 새로운 여자아이가 들어온단다. 셰리 비는 그 소식이 달갑지 않다. 그녀는 집 안의 유일한 여자라는 사실을 즐긴다. 더블유 부인은 빼고. 브레이커는 더블유 부인이 거세가 되었다고 떠벌린다. 새로 올 여자애에 대해 절반은 셰리 비와 같은 생각이다. 다들 새로운 사람의 등장을 두려워한다. 이상한 사람이 오면 농장을 다 뒤집어 놓을 테니까. "아무리 끝내주는 여자애라고 해도, 태도가 불량하면 끝이야." 브레이커가 한 말이다.

사실 지금 있는 셋도 다 멀쩡한 사람은 아니다. 특히 브레이커는 여전히 알코올중독이 의심스럽다. 하지만 모든 것을 고려해 볼 때, 농장은 나쁘지 않은 장소고 다들 그것을 잘 안다. 젖을 짜고, 삽으로 거름과 동물들의 똥을 푸고, 닭과 칠면조, 양과 돼지를 먹이고, 괭이질해 작물을 심고, 물을 주고, 잡초를 뽑아도 농장은 제법 있을 만한 곳이다. 그는 농장에서 간섭받지 않아서 좋다. 완전히 자유로울 수는 없지만. 그리고 그는 자기만의 방이 있다.

아주 작은 방이다. 침대와 서랍장, 책상, 의자와 협탁이 갖춰져 있다. 방에는 헛간을 향해 난 작은 창문이 한 개 있다. 한때는 보관 창고로 쓰였을 게 틀림없을 정도로 작은 방이다. 파블로에게는 완벽한 방이다. 빈틈이 없어서 오히려 마음이 편하다. 비좁은 공간 덕분에 오히려 계속되는 꿈으로부터 보호를 받는 기분이다.

농장에는 암소가 두 마리 있다. 조세핀과 매그다다. 웬일인지 농장에는 '조시'와 '매기'로 부르는 사람이 아무도 없다. 모르긴 해도 둘의 심술궂은 성질 때문이 아닐까. 둘은 파리를 쫓는다는 핑계로 젖을 짜러 오는 사람마다 꼬리로 탁 쳐 버리기 일쑤다. 누구도 예외가 없다. 조세핀은 매그다의 엄마지만 정말 알다가도 모를 일이다. 조세핀은 틈만 나면 매그다의 엉덩이를 깨문다.

파블로가 암소의 젖꼭지를 다루는 법을 배우는 데는 한참이 걸렸다. 처음에는 아무리 손으로 꽉 쥐고 잡아당겨도 젖이 흘러나오다 말았다. 결국 파블로에게 그 기술을 터득시켜 준 사람은 다름 아닌 셰리 비였다. 엄지손가락과 둘째손가락, 그리고 손의 움직임은 부드러움과 힘의 조화를 요구한다. 젖은 너무 부끄럼이 많아서 밖으로 나와 놀지 못하는 어린아이와 같다. 부드럽지만 단호하게 구슬려야 한다. 셰리 비만 빼면 파블로가 농장에서 제일 우유를 잘 짠다. 그렇다고 조세핀과 매그다가 파블로에게 고마워하는 건 아니지만.

조세핀에게서 젖을 반 통 짜고, 옆 칸막이에 있는 매그다에게 옮겨가는데 뒤에서 인기척이 들린다. 셰리 비다.

"어젯밤에 또 잠꼬대를 하더라."

셰리 비의 방은 파블로의 옆방이고, 벽을 통해 소리가 들리기도 한다. 파블로도 셰리 비가 청바지를 벗을 때 나는 가벼운 버스럭 소리를 들은 적이 있다. 셰리 비는 열여섯이 다 되었고, 농장에서 파블로 다음으로 키가 크다. 셰리 비는 짧은 갈색머리인데, 자기가 직접 자르겠다고 고집을 부려서 머리가 잘못 깎은 잔디밭처럼 보인다. 그녀는 보는 방향에 따라 연한 갈색에서 짙은 초록색으로 색조가 변하는 눈동자와 강렬하고 집중하는 듯한 인상을 주는 짙은 눈썹을 지녔다. 그녀는 아름답지만 거칠다. 쓰다듬어 주고 싶지만 쓰다듬어 주지는 않는 사람.

파블로가 말한다.

"아니야."

파블로는 칸막이를 구분하는 시멘트 선반 위에 양동이를 올려

놓고 파리가 꼬이지 않게 하얀 천으로 덮어 둔다.

셰리 비가 천을 벗겨 내고 손가락 하나를 담가 맛을 본다.

"걱정하지 마. 손 씻었어."

"걱정 안 했어."

파블로는 우유를 절대 마시지 않는다. 우유를 마시면 만성 소화불량이 더 심해진다.

"네가 뭐라고 했는지 알고 싶어?"

"닭이나 다른 녀석들 먹이 안 줘?"

파블로는 이제 매그다의 칸막이 안에 있다. 그는 셰리 비와 말할 기분이 아니다. 젖을 짜는 동안 꼬리로 치지 말라는 뜻으로 매그다의 꼬리를 찰싹 친다. 그는 다리가 셋 달린 앉은뱅이 나무 의자에 앉아서 젖을 짜기 시작한다. 따뜻한 젖에서 모락모락 김이 올라온다.

셰리 비가 선반에 등을 기댄다.

"너한테 정말 이상한 게 뭔지 알아?"

파블로는 고개를 젓는다. 그는 알고 싶지 않다. 리듬을 잃지 않고 젖을 잘 짜려면 집중해야 한다. 그는 젖을 짜면서 동시에 셰리 비의 말에 귀를 기울일 수가 없다. 셰리 비는 사람들의 정신을 분석하기를 좋아한다. 그녀는 사람들이 이렇게 혹은 저렇게 행동하는 이유를 놓고 끊임없이 자신의 이론을 내세운다.

셰리 비가 말을 잇는다.

"너는 다른 세상에 있는 척 굴지만 알고 보면 자질구레한 것까지 다 알고 있어. 이번 주는 내가 닭모이 당번이라는 사실을 기억하고 있는 것처럼 말이야."

"쉿! 젖 짜고 있잖아."

"너무 세게 잡아당기잖아. 그렇게 하면 소가 아파. 젖은 아주 예민한 데야, 소들도."

파블로는 무의식적으로 고개를 돌려 셰리 비의 얼굴을 쳐다보고, 이어서 그녀의 작은 가슴으로 시선을 옮긴다. 일부러 무례하게 굴 뜻은 없었다. 셰리 비는 팔짱을 낀다. 일전에 콩을 베러 나갔을 때 브레이커가 셰리 비를 두고 했던 말이 떠오른다. "걔는 경험이 많아, 그건 확실해." 브레이커는 바로 그렇게 말했다.

"뭐야? 나를 왜 그렇게 쳐다보는데?"

셰리 비가 고함을 지르다시피 하며 묻는다.

"아니야."

파블로는 다시 젖을 짜며 잃어버린 리듬을 회복하려고 노력한다.

"루피가 누구야?"

잠시 뒤 셰리 비가 묻는다.

그는 당황한 표정으로 손을 멈추고 그녀를 쳐다본다.

"네가 어젯밤에 그렇게 말했어. 아니 오늘 새벽이었나. 너 때문에 잠이 깼거든. 너는 뭐라고뭐라고 계속 떠들어 댔어. 다는 못 알아들었지만 루피라는 애에 대해 얘기하는 건 분명히 들었어."

"그냥 잠꼬대야. 쓸데없는 얘기야."

하지만 문득 그는 두렵다. 그는 대화가 꿈속에서 말없이 일어난 일인 줄 알았는데, 알고 보니 소리 내어 한 말이었다.

"루피라는 애한테 뭐라고 계속 중얼거리더니 '루피! 루피!' 하며 그 애를 불렀어. 마치 루피가 죽어가기라도 하는 것처럼 슬픈 목소리였어. 가슴 아프게 들렸어. 루피가 누구야?"

"아무도 아니야. 그냥 꿈이었어."

짜증난 말투로 그가 말한다.

"알았어, 진정해."

그녀가 웃기 시작한다.

"그래도 평범한 꿈 같지는 않더라. 너무 진짜 같았거든. 그리고 결국, 꿈도 현실이야. 꿈을 통해서 우리가 정말로 원하는 게 뭔지 알 수도 있어. 그러니까, 꿈을 있는 그대로 받아들여야 하는 경우는 드물어. 루피는 네가 마음 깊은 곳에서 원하는 무언가를 상징할 수도 있어. 루피라는 이름을 가진 사람 알아?"

"나는 이 소 젖을 짜야 돼. 녀석이 점점 화를 내고 있어."

"자, 그건 내가 할게. 나는 말하면서 젖도 짤 수 있으니까. 여자들이 한 번에 여러 가지 일을 더 잘해."

셰리 비가 그의 옆으로 와서 서는데 허벅지가 툭 부딪친다.

파블로는 몇 번 더 젖을 짜 보려고 하지만 아무것도 나오지 않는다. 이미 젖 짤 때 필요한 마음의 평온을 잃었다. 그는 자리에서 일어나 그녀에게 의자를 내어준다. 김이 피어오르는 젖이 빠르게 양동이를 채우기 시작한다. 그는 자리를 뜬다.

"가지 마. 내가 대신 해 주는데 최소한 옆에는 있어야지."

파블로는 가다 말고 칸막이 선반을 향해 한 걸음 옮긴다. 방금 셰리 비가 했던 대로, 선반에 몸을 기댄다.

"꿈 얘기 할 기분이 아니야."

"네가 언제 말하고 싶은 기분일 때가 있니. 안 그래, 파블리토?"

"나를 그렇게 부르지 마."

그는 사람들이 '파블리토'라고 부르면 질색한다. 그의 어머니가 그를 부르는 이름이다.

셰리 비는 매그다의 커다란 배에 머리를 기댄다. 젖이 양동이로 술술 흘러들어간다.

"세상에, 너는 너무 고약해. 사람들이 너를 도와주고 싶어 할지도 모른다는 생각은 안 해봤어? 나는 꿈에 대해 아는 게 많아. 내가 6개월 동안 정신병원에서 일을 해서만은 아니야. 물론 그것도 도움이 되기는 했지만."

셰리 비는 잠시 말을 멈추고 웃어주기를 바라며 파블로를 쳐다보았지만 그의 얼굴에는 미소가 떠오르지 않는다.

"아무튼 내 경험상, 꿈에는 두 가지 종류가 있어. 먼저, 내가 소위 '기본적인 정비'라고 부르는 꿈이야. 밤마다 꾸긴 하는데 무슨 꿈인지 생각이 나지 않는 그런 꿈 말이야. 그런 꿈은 그냥 마음이 스스로를 청소하기 위해 꾸는 꿈이야. 마음을 정비하는 거지. 다른 하나는 마음을 수리하는 꿈이야. 이런 꿈은 너한테 무언가를 말하려고 하기 때문에 깨고 나서도 무슨 꿈인지 기억이 나. 그 꿈들은 네 마음속에서 수리가 필요한 무언가를 고치려고 하는 거야. 오늘 새벽에 네가 무슨 꿈을 꿨는지는 몰라도 그건 수리용 꿈이야."

파블로는 젖을 짜는 일을 멈추고 파블로를 올려다본다.

"파블로, 네가 루피를 입에 올린 건 오늘이 처음은 아니었어."

헛간에 사는 고양이 레지스가 칸막이 안을 응시한다. 고양이가 파블로에게 다가와 다리에 대고 몸을 문지른다. 그는 몸을 숙여 고양이를 들어 올려 가만히 쓰다듬어 준다.

"그래서?"

"내가 너한테 하고 싶은 말은…… 너는 그 꿈을 무시해서는 안 돼."

레지스가 꿈틀꿈틀 파블로의 품에서 빠져나가 펄쩍 뛰어내린다. 그러더니 매그다 밑에 놓인 양동이로 다가가 야옹하고 울며 셰리 비를 올려다본다.

"우유를 달래."

파블로가 말한다.

셰리 비는 아무 생각 없이 양동이에 손가락을 담갔다가 레지스가 빨아먹게 손가락을 내어 준다.

"너 계속 똑같은 꿈을 꾸고 있잖아, 안 그래?"

파블로는 시선을 돌린다.

셰리 비가 다시 젖을 짜기 시작하다가 이내 멈춘다. 양동이는 거의 다 찼다. 그녀는 자리에서 일어나 그를 똑바로 쳐다본다.

"파블로, 너는 누군가에게 얘기를 해야 돼."

"무슨 얘기?"

파블로는 셰리 비에게서 조금씩 물러난다.

"그 꿈 얘기. 자꾸 그런 무서운 꿈을 꾸는 건 정상이 아니야."

"너는 정상인 전문가는 아니잖아."

"그건 맞아. 그래도 심리 상태에 대해서는 좀 알아. 내가 직접 몇 사람을 봤어. 정신병원에서…… 그런 애들이 있었어…… 밤에 잠을 자기 무서워하는 애들 말이야. 꿈에서 자기들을 기다리고 있는 무엇 때문에."

"지금 내가 미쳤다는 거야?"

파블로의 목소리에 분노가 일어난다.

"미쳤다고? 나는 그런 말 안 했어. 그건 사람들이 다른 사람들한테 겁을 줘서 남들과 똑같게 만들려고 할 때 하는 말이야. 나는 뇌란 금이 갈 수 있는 연약한 알 같다고 생각해. 사람은 어떤 일을 겪게 마련이야. 충격이 너무 강해서 알에 금이 갈 정도로 엄청난 일을 보고 느낄 수가 있단 말이야."

파블로는 말이 없다. 보고 싶지 않은 과거의 영상이 마음속에서 형체를 이루기 시작한다. 그는 그 영상을 털어 내려고 머리를 흔든다. 그는 눈을 감고, 다시 눈을 떴을 때 어깨에 그녀의 손이 느껴진다.

"나를 내버려 둬."

파블로는 힘없이 말한다. 마치 정반대의 말을 하고 있는 사람처럼.

"알았어."

"그런데 누가 너더러 우리 어머니한테 편지를 쓰라고 했어?"

"나는……."

"네가 썼잖아."

"내가 먼저 편지를 쓸 생각은 없었어. 너희 어머니가 나한테 먼저 편지를 써서 너에 대해 물으셨어. 네가 너희 어머니한테 절대 편지를 쓰지 않으니까."

셰리 비는 매그다의 등을 쓰다듬으며 힐긋 쳐다본다. 파블로의 얼굴이 시뻘개졌다가 천천히 본모습을 되찾는다. 그가 당황해서 말한다.

"우리 어머니는 너를 몰라. 우리 어머니가 너를 어떻게 알아?"

"가레트 부인이 말해 줬을 수도 있지. 나도 몰라. 나는 너희 어머니한테 편지를 받았어. 그게 다야."

가정복지 담당 공무원이라고도 알려진 가레트 부인은 달마다 농장에 온다. 부인은 이따금 파블로의 어머니도 찾아간다. 그는 셰리 비를 빤히 쳐다본다. 입술을 꽉 깨문다.

"나한테 말을 했어야지!"

그녀는 그의 폭발하는 감정을 무시한다.

"너희 어머니가 너한테서 편지를 한 통도 못 받았다고 하시더라."

파블로가 소리를 지른다.

"그건 네가 상관할 바가 아니야!"

파블로는 빨개진 그녀의 눈을 쳐다본다. 그는 그녀의 마음을 아프게 했다. 잘됐어. 이제 관심을 끊겠지. 그는 그녀가 몸을 돌려 나가 버릴 줄 알았지만 자리에 그대로 있다.

"너희 어머니는 왜 감옥에 계셔?"

파블로가 경고한다.

"그 얘기는 하지 마."

셰리 비가 한 발 물러선다.

"알았어. 한 가지만 말해도 돼?"

"아니."

"무슨 짓을 하셨건, 너희 어머니는 용서받을 자격이 있어."

파블로는 그녀를 뚫어져라 쳐다보며 턱을 앙다문다.

셰리 비가 덧붙인다.

"너는 그 얘기를 해야 돼."

"아니, 안 해."

"파블로, 잘 들어. 너는 무너져 버릴 거야. 예전에 그런 걸 많이 봤어. 내가 경험해서 잘 알아."

걔는 경험이 많아. 파블로는 브레이커의 말이 떠오른다.

"젖 다 짰어?"

"오늘은 이게 다야."

레지스가 우유를 먹으려고 안간힘을 쓰며 양동이에 머리를 처박고 있다. 셰리 비가 양동이를 들어 선반 위에 올려놓는다. 레지스는 실망해서 야옹하고 운다. 그녀는 살짝 고개를 숙이더니 이렇게 말한다.

"좋아. 참견하지 않을게. 하지만 이 얘기만 할게. 우리에게 일어나는 모든 일은 다 서로 연결되어 있어. 이유가 뭐가 됐건 네가 너희 어머니한테 편지를 쓰지 않는 것과, 네가 꾸는 끔찍한 악몽은 동떨어진 일이 아니라는 얘기야. 만약 네가 지금 무언가로부터 달아나려고 한다면, 결국엔 다른 곳에서 나타나게 되어 있고, 보통은 더 나쁜 상황으로 나타나게 마련이야."

파블로는 자기도 모르게 씩 웃는다. 말투만 보면 가끔 셰리 비는 더블유 부인보다 더 나이가 많은 것 같다.

셰리 비가 묻는다.

"왜?"

"너는 이런 걸 다 그 정신병원에서 배운 거야?"

"일부는."

"젖을 가지고 들어가서 끓이는 게 좋겠어."

파블로가 양동이를 가지러 가자 셰리 비가 비켜선다. 한쪽 팔로 양동이를 들고 막 외양간을 나서는데, 셰리 비가 다시 묻는다.

"루피가 누구야?"

파블로는 잠시 멈칫하다 계속 걸어간다. 셰리 비가 뒤를 따른다. 처음에는 그녀를 무시하고 싶었지만 이내 이상하게 말하고 싶은 기분을 느낀다. 그리고 자기도 모르게 입 밖으로 말이 튀어나온다.

"그 애 이름은 마리아 구아다루페야."

셰리 비가 따라 말한다.

"마리아 구아다루페."

"그래."

워낙 말수가 적은 사람인지라, 갑자기 말로 표현하고 싶은 생각이 마구 치밀어 올랐다. 마치 말이 입 밖으로 나올 기회를 초조하게 몇 년이나 기다리고 또 기다렸다는 듯이.

"그녀가 누군데?"

파블로는 갑자기 당황스럽고 두렵다. 그녀에게 너무 많은 이야기를 했다. 그녀의 걱정스러운 표정이 그것을 말해 준다. 그는 서둘러 걸음을 옮겼고, 그 바람에 땅바닥으로 우유가 철벅 튄다.

"잠깐만, 파블로, 잠깐만!"

셰리 비가 달려와 파블로의 어깨를 두드린다. 그는 멈춰 선다. 그들은 외양간과 집 중간 지점에 섰다. 파블로는 온 세상이 자신을 지켜보는 기분이다. 그녀가 그의 앞으로 움직인다. 그녀는 호흡이 거칠어진다. 그녀는 왜 그에게 그렇게 관심을 둘까? 그녀는 참견을 잘하는 사람이 아니다. 이건 참견과는 다르다. 그녀의 눈에는 다정함이 깃들어 있다. 그녀에게서 언젠가 그런 모습을 본 적이 있긴 했지만, 자신이 그 다정함을 누리리라고는 상상도 못했다. 이제 그 다정함은 그를 바짝 끌어당겨 그의 온몸을 에워싼다. 비록 괴로운 것일지라도, 그가 느끼는 심정을 그녀도 공감하고 싶은 것 같다.

"자, 네가 이걸 가지고 들어가면 내가 닭한테 모이를 줄게."

파블로가 그녀에게 양동이를 건넨다.

그는 그녀가 무어라 대꾸하기도 전에 재빨리 몸을 돌려 닭장으로 향한다.

파블로가 닭장으로 쓰는 헛간 문을 열자, 닭들이 꼬꼬댁거리며 마당으로 쏟아져 나온다. 한때는 쓰레기통으로 썼던 모이통에서 모이를 몇 움큼 집어와 닭들에게 뿌려 준다. 그런 다음 달걀을 모으러 닭장으로 들어간다.

파블로가 세 번째 홰를 헤집고 있는데 뒤따라온 셰리 비가 입구에 섰고, 그녀의 뒤로 아침 햇살이 반짝인다.

"그러니까 루피가 누군데?"

파블로는 믿을 수 없다는 듯이 고개를 젓는다.

"너는 포기를 모르는구나, 안 그래?"

"맞아."

셰리 비는 닭장의 어둠 속으로 들어선다.

"왜?"

"뭐가 왜야?"

셰리 비가 갈색 달걀 하나를 집어 파블로의 팔에 매달린 버드나무 바구니에 집어넣는다.

"왜 그렇게 관심이 많은데?"

셰리 비는 그런 멍청한 질문은 처음 들어봤다는 듯이 파블로를 쳐다본다. 그녀는 대답하지 않을 게 분명해 보이지만, 그는 대답을 기다린다.

"바보야."

그녀가 마침내 이렇게 말한다. 어둠 속에서조차 빨개진 그녀의 얼굴이 보인다. 그는 몸을 돌려 달걀을 집어 올린다. 뒤에서 그녀의 목소리가 들린다.

"그런 생각 안 해봤어? 사람들이 너한테 관심을 가질 수도 있다는 생각? 너를 걱정할 수도 있다는 생각? 롤란도나 브레이커 같은 애들조차 정신이 멀쩡할 때는 너를 걱정할지도 모른다는, 그런 생각 안 해봤어? 우리는 다 이렇게든 저렇게든 한때는 깨지고 부서져 봤거나, 아니면 그런 애들을 여러 번 겪어 본 애들이잖아. 그래서 그런 신호를 잘 아는 것 같지 않아? 넌 이런 데 처음이지? 우리도 이런 데는 다 처음이야. 그래서 쉽지가 않아. 하지만 이건 말해 줄게. 아무도 혼자서는 해결 못해."

그녀는 갑자기 말하는 법을 잊어버린 사람처럼, 가지고 있던 말을 모두 다 써 버린 사람처럼, 말을 뚝 그친다.

닭장 안은 완전한 침묵에 빠진다. 암모니아 냄새가 훅 끼치는데, 순간 파블로는 그녀가 자신을 떠나 다시는 말을 걸지 않을 것 같은 이상한 두려움에 휩싸인다. 그는 재빨리 몸을 돌린다. 그녀는 아직 그 자리에 있다.

"루피는 내 여동생이야. 마리아 구아다루페. 나는 그 애를 루피라고 불렀어."

III

진짜 악몽은 아니다. 괴물이나 살인은 물론, 다치는 사람 하나 없으니까. 나는 악몽을 많이 꾸어 봤다. 한번은 꿈을 꾸었는데 온갖 연령의 사람들이 섞인 긴 줄에 내가 서 있고, 하얀색 옷을 입고 베일로 얼굴을 가린 여자가 줄을 따라 걸어갔다. 그 여자는 가끔씩 멈춰 서서 누군가를 보고 미소를 지었는데, 그 여자의 정체는 바로 죽음이었고 그녀의 미소를 받는 사람은 영락없이 죽었다.

그것은 악몽이었다. 내가 서 있는 쪽으로 천천히 다가오는 그녀를 느끼며 두꺼운 하얀색 베일을 통해 드러나는 기괴한 미소를 지켜본다. 섬뜩한 미소였다. 정확히 말하면 미소는 아니지만 그렇다고 함박웃음도, 능글맞은 비웃음도 아니었다. 베일이 그렇게 두꺼운데 내가 어떻게 그 웃음을 봤는지는 잘 모르겠다. 난 항상 그녀가 내 앞에 다다르기 전에 잠에서 깨었다.

루피가 나오는 꿈은 그것과는 다르다. 그것은 평범한 꿈이다. 꿈이라기보다는 차라리 추억에 가깝다. 잠이 들면 나오는 추억.

루피는 밝은 피부 빛을 지닌 어여쁜 아기였다. 루피가 태어났을 때만큼 엄마 아빠가 행복해 보였던 적은 없는 것 같다. 아빠는 여기저기 떠돌던 일을 그만두고 브라운즈빌의 건설공사 현장에 일자리를 얻었다. 아빠는 예전과 달리 밤에는 나가지 않았다. 여전히 술은 마셨지만 최소한 집에서는 마시지 않았다.

나는 열두 살이었다. 루피를 돌보고, 스스로를 돌볼 만큼 큰 나이였다. 루피가 태어나고 두 달 뒤, 엄마는 루피가 자는 아기침대를 내 방으로 옮겼다. 내 방이 부모님 방보다 통풍이 잘 되기 때문이라고 했지만 진짜 이유는 따로 있다는 걸 나는 잘 알았다. 밤에 루피가 울면 아빠가 화를 내기 때문이다. 루피는 몸이 약했다. 처음 며칠 밤은 엄마가 내 방으로 와서 루피를 안아 주었지만, 엄마가 다시 부모님 방으로 돌아가면 아빠의 고함소리가 들렸다. 아빠는 밤에 아기가 운다고 안아 주면 버릇을 망친다고 믿었다.

그 해에 루피와 나는 아주 친해졌다. 루피가 울려고 칭얼대기 시작하면 내가 곧바로 달려가 침대를 흔들어 주었기 때문이다. 그것이 집안의 평화를 지키는 방법이었고 나는 아무래도 좋았다. 나는 루피에게 미리 엄마가 준비해 둔 우윳병을 주었고 우리는 흔들의자에서 함께 잠이 들었다.

그러던 어느 날, 루피가 첫 돌을 맞기 하루 전날, 나는 루피의 윗도리를 갈아입히다가 루피의 팔에 난 멍 자국을 보았다. 자줏빛이었고 남자의 엄지손가락 크기만 했다. 누군가 잡아 흔들려고 양 팔을 꽉 누른 자국이었다. 나는 엄마에게 갔다. 아빠는 없었다. 아빠는 전날 떠나고 없었다. 아빠는 다시 이곳저곳 떠돌기 시작했다. 엄마는 부모님 방에서 울고 있었다.

"아빠가 루피를 다치게 한 거예요, 맞죠?"

"일부러 그런 게 아니야. 가끔 아빠가 어떻게 돌변하는지 너도 잘 알잖아."

그럼, 알고말고.

꿈은 대충 그랬다. 두 달 뒤에 일어난 장면이 하나 더 있었다. 나는 학교에서 돌아와 루피를 찾아보았지만 루피는 보이지 않았다. 내 방으로 가 보았지만 루피는 침대에 없었다. 우리는 루피의 아기침대를 들어내고 그 자리에 작은 침대를 두었다. 나는 다시 엄마가 저녁을 준비하고 있는 부엌으로 갔다.

"루피 어딨어요?"라고 내가 물었다. 바로 그때 냉장고 옆에서 테킬라 병을 발견했다. 엄마는 술병을 숨기려고도 하지 않았다. "루피 어딨냐고요?"라고 내가 엄마에게 소리쳤다. 그제야 나는 뭔가 잘못되었음을 깨달았다.

엄마는 천천히 몸을 돌렸다. 엄마가 나를 가만히 쳐다보고, 나는 엄마가 술을 마시고 있지만 취하지는 않았음을 알았다. 엄마는 식탁 의자를 꺼내 앉았다.

"내가 그 애를 위한 최선의 선택을 했다."

꿈속에서 엄마의 말이 자꾸만 귓가에 울렸다. 연결이 좋지 않은 전화처럼 혼란스럽게 다가왔다.

"훌륭한 백인 부부야. 루피는 이제 아무것도 부족할 게 없을 거야. 이해해다오. 우리 집은 루피가 있을 만한 곳이 아니야."

그게 전부다. 진짜 악몽은 아니다. 잠이 들면 찾아오는, 오히려 추억에 더 가깝다.

IV

더블유 부인이 트럭을 빌려 주었고, 우리는 파블로의 생일을 축하하러 산 베니토에 있는 햄버거 가게로 갈 예정이다. 더블유 부인이 브레이커에게 운전대를 맡기는 걸 영 미덥지 않아 해서 운전은 내가 맡을 생각이다. 부인은 브레이커의 음주 문제에 대해 잘 알았고, 지난 일주일 동안 술은 입에도 대지 않았지만, 그래도 여전히 운전은 금지였다. 브레이커는 열여덟 살이고, 나는 성인 동반을 조건으로 한 운전면허증이 있기 때문에 아무런 문제가 없다. 브레이커를 성인이라고 쳐도 괜찮은지 너무 깊이 파고들어가지만 않는다면.

우리 셋만 갈 계획이다. 롤란도는 지난 금요일 축구 시합에서 벌어진 싸움에 연루돼서 지금 소년원에 있다. 이미 집행유예 기간이었던 터라, 또 사고를 치면 어디로 갈지는 물으나마나였다. 안타까운 부분은, 브레이커에 따르면 그 일은 롤란도의 잘못이 아니었다. 아니, 최소한 이번에는 롤란도가 먼저 시작하지 않았다. 브레이커는 롤란도가 치어리더들을 보호해 주고 있었다고 한다.

놀라운 일은, 작은 기적이랄까, 파블로가 외출에 동의했다는 사실이다. 끈질긴 설득 작업이 있긴 했지만, 결국 동의했고, 모르긴 해도 더 이상 나한테 시달리기 싫어서 그런 것 같다. 파블로의 어머니가 보내 준 편지를 통해서 오늘이 파블로의 생일임을 알았다. 나는 오늘 아침에 그를 설득하기 시작했다. 나는 파블로를 따라 외양간으로 가서 평소처럼 그가 조세핀의 젖을 짤 때를 기다렸다.

"또 너야?"

나를 보자마자 그 말이다.

"그래, 또 나야."

"오늘은 뭔데?"

괜히 기분 나쁜 척 굴지만 그렇지 않다는 것쯤은 이제 나도 안다. 그는 젖 짜던 손을 멈춘다. 그건 사실이다. 파블로는 젖 짜기와 말하기, 두 가지를 동시에 못한다.

"오늘이 무슨 날인 것 같아?"

"그냥 또 하루지."

마치 아무것도 모르는 사람처럼. 파블로라면 모를 법도 하다.

"네 생일이야!"

"잠깐, 또 우리 어머니한테 편지 받았지?"

"맞아, 파블로."

하마터면 파블리토라고 부를 뻔하다가 아슬아슬하게 피해 간다.

"이번에는 뭐래?"

그는 나를 쳐다보지도 않고 소를 붙들고 그대로 앉아 있다.

"너희 어머니한테 편지 안 쓸 거야?"

"너는 계속 남의 일에 참견할 거야?"

나는 곰곰이 생각한다.

"응. 그럴 것 같아. 너는 왜 젖을 짜면서 말을 못해? 그렇게 어렵지 않은데. 머리를 많이 써야 되는 얘기도 아니잖아."

파블로는 굳은 표정을 하고 나를 쳐다본다.

"너 애 젖 짜고 싶어?"

"아니. 하지만 네가 입술과 손을 동시에 움직이는 법을 배우면 일이 더 수월해질 거야. 할 일을 하면서 최대한 할 말을 생각해 봐."

그는 고개를 내젓고는 다시 젖을 짜기 시작한다. 그가 멈춘다.

"나는 젖을 짜면서 말을 못하는 게 아니야. 생각하면서 젖을 못 짜는 거지."

"생각할 게 뭐가 있는데?"

그는 여전히 나를 쳐다보지 않고 있다. 잠시 뒤, 그가 말한다.

"하나만 예로 들자면, 네가 우리 어머니한테 뭐라고 했을까 생각 중이야."

"네 꿈 얘기는 안 했어. 네가 궁금해하는 게 그거라면."

그가 한숨을 짓는다. 한쪽 젖꼭지에서 젖이 찍 뿜어져 나온다.

"야, 우리랑 같이 햄버거 가게에 가겠다고 하면 젖 짜는 동안 귀찮게 하지 않겠다고 약속할게."

"우리라니?"

"브레이커하고 내가 너를 데리고 나가서 네 생일을 축하해 주려고."

"브레이커한테 오늘이 내 생일이라고 말했어?"

"그래. 더블유 부인한테도. 온 세상이 다 알아. 오늘 오후에 롤란도한테도 전화할까 생각 중인데. 전화는 해도 괜찮을 거야."

파블로의 입꼬리가 살짝 올라가는 게 보인다.

"좋아, 약속한 거다. 다섯 시에 출발이야. 더블유 부인이 트럭을 써도 된다고 했어."

막 나가려는데 그의 목소리가 들린다.

"잠깐."

"왜?"

"내가 가면 나를 얼마나 내버려 둘 건데?"

"뭐라고?"

"내가 가면 젖 짜는 동안 귀찮게 하지 않겠다고 약속했잖아. 그게 얼마 동안이냐고?"

"일주일?"

"안 돼."

"그럼?"

"영원히."

나는 침을 꿀꺽 삼킨다.

"영원히? 그건 너무 오래야."

그가 어깨를 으쓱한다. '싫으면 말든지'라는 투다.

"좋아. 네가 젖을 짤 때는 너한테 말 걸지 않을게…… 다시는. 하지만 그건 젖 짤 때만이야. 그리고 그건 네가 젖을 짜면서 말을 못 하니까 그런 거야. 다른 때는 내 맘이야."

그는 다시 어깨를 으쓱거린다. 하지만 이번에는 함박웃음도 함께다.

햄버거 가게에서 돌아와 보니 더블유 부인은 초콜릿 케이크를 마무리하느라 열심이다. 부인이 빵을 굽는 모습을 한번도 본 적이 없던 터라 나는 어안이 벙벙하다.

부인이 변명조로 말한다.

"빵은 종이팩에 들어 있는 거야. 장식은 깡통에 들어 있던 거고. 요즘 세상엔 케이크 만드는 게 일도 아니라니까."

브레이커가 능청을 떤다.

"더블유 부인, 저거 내 거예요? 부인이 나를 그렇게 생각해 주는 줄 몰랐어요."

"파블로 거야."

더블유 부인이 파블로를 쳐다보며 말한다. 파블로는 손을 어디에 둬야 할지 모르고 주방 한가운데에 서 있다. 그러다 주머니에 손을 찔러 넣는다.

"각자 우유 가져와. 케이크 좀 먹자."

"이제야 말이 통하네. 우유보다 더 괜찮은 마실거리가 있으면 얼마나 좋을까."

브레이커는 벌써 냉장고를 열고 우유병을 꺼내고 있다.

"또 시작이다."

더블유 부인이 브레이커를 노려본다.

"웃자고 하는 말이에요."

나는 찬장에서 유리잔 네 개를 꺼내온다. 파블로는 당황스러운 표정이다. 햄버거 가게에서와 똑같이, 자신에게 관심이 집중되는 게 괴로운 눈치다.

"앉아."

내가 그에게 말한다. 파블로가 식탁 의자를 꺼내 끄트머리에 걸터앉는다.

더블유 부인이 주방 서랍을 뒤지고 있다.

"여기 어디다 뒀는데."

내가 묻는다.

"뭘요?"

"생일 초 말이야."

부인이 짜증스러운 말투로 대꾸한다.

"나는 생일 케이크도, 생일 초도 못 받았는데."

브레이커가 화가 난 척하며 말한다.

"입 다물어! 파블로만큼만 일을 했으면 받아도 벌써 받았겠지. 내가 그 초들을 어디다 뒀더라?"

파블로가 말한다.

"초 필요 없어요."

너무 조용하게 말해서 부인은 그가 하는 말을 듣지 못한다.

내가 파블로에게 말한다.

"당연히 초가 있어야지."

부인이 어쩔 줄 몰라 한다.

"대체 어디에 있을까?"

"내 방에서 성냥 좀 가져올게요. 그걸 쓰면 돼요."

"네 방에 왜 성냥이 있어?"

내가 모르는 척 묻는다. 브레이커가 스스로 다스려야 할 자기 치료는 술이 다가 아니다.

"얼른 가서 가져올게요."

브레이커가 후다닥 부엌 밖으로 달려 나가더니 폴짝폴짝 계단을 뛰어올라 자기 방으로 간다.

"저 녀석 어디 가는 거야?"

부인이 딱히 누구에게랄 것 없이 묻는다.

"성냥 가지러요."

"성냥은 나한테도 있어. 내가 필요한 건 초야."

파블로가 말한다.

"그냥 케이크나 먹어요."

내가 파블로에게 말한다.

"너는 조용히 해. 지금은 네가 참견할 권리가 없어."

나는 햄버거 가게에서 파블로가 햄버거 값을 몽땅 치뤄서 벌써 마음이 무겁다. 쏘겠다고 큰소리 쳤던 브레이커는 어이없게도 지갑을 놓고 왔다. 그러더니 멕시코에서는 생일 주인공이 파티를 열어서 가족과 친구에게 한턱을 내는 게 오래된 관습이라나. 언제부터 그렇게 멕시코 관습을 잘 알았다고. 브레이커는 나보다 더 피부가 하얗다.

브레이커가 초콜릿 케이크 위에 성냥개비 열다섯 개를 꽂는다. 더블유 부인은 아직도 머릿속으로 초를 어디에 뒀나 찾고 있다.

"분명히 몇 개 샀는데. 안 샀나?"

"초는 잊어버리세요, 부인. 이거면 될 거예요."

내가 부인의 어깨를 잡아 자리에 앉힌다. 막 불을 붙이려던 브레이커를 내가 가로막는다.

"잠깐만. 불을 붙이기 전에, 파블로가 먼저 소원을 생각해야 돼."

"소원?"

파블로는 내가 무슨 말을 하는지 전혀 모른다.

"그거 몰랐어?"

"몰라."

"그냥 하자, 그냥 하자."

브레이커가 성냥개비 하나에 불을 붙인다. 나는 브래이커의 손을 꽉 붙잡고 불을 꺼 버린다.

"좀 천천히 해. 제대로 해야지. 파블로는 딱 한 가지 소원만 이룰 수 있어. 그 순간을 함부로 해서는 안 돼."

파블로의 눈을 들여다본 순간, 그가 생일 초와 소원에 대해 전혀 깜깜하다는 사실을 깨닫는다. 지금이 태어나서 처음으로 남에게 생일을 축하받는 자리일 수도 있겠다 싶었지만, 괜히 파블로를 무안하게 만들까 봐 묻고 싶지 않다.

"자, 생일날 소원을 빌 때는 몇 가지 규칙이 있어. 저 성냥들은 금세 타 버릴 테니까 미리 소원을 준비해 두는 게 좋을 거야. 그런 다음에 초나 성냥에 불이 켜지면, 너는 눈을 감고 소원을 비는데 단숨에 성냥을 꺼야 돼. 만약 한번에 성냥이 다 꺼지면, 네 소원은 인정이 된 거야. 알겠지?"

파블로는 고개를 끄덕인다. 하지만 아직도 궁금한 게 남은 표정이다.

"뭔데? 말해 봐."

그가 고개를 젓는다.

"좋아. 눈을 감고 소원을 빌어."

파블로가 눈을 꼭 감는다.

"성냥에 불을 붙여."

내가 브레이커에게 말한다.

성냥에 불을 다 붙이자, 이윽고 파블로가 눈을 뜨고 숨을 깊이 들이마신다. 그는 잠시 입술을 달싹이더니 단숨에 성냥을 확 꺼 버린다.

"야호!"

우리 모두 소리를 지른다. 파블로만 빼고. 파블로의 얼굴에 나타난 표정이 슬픈 건지, 그냥 심각한 건지 애매하다.

케이크를 먹고 나서, 브레이커와 더블유 부인은 거실로 가서 두 사람이 애청하는 리얼리티 쇼인 〈트루 크라임〉을 본다. 나는 우리가 쓴 그릇들을 설거지하고, 파블로는 행주로 물기를 닦는다.

난데없이 파블로가 묻는다.

"만약에 불가능한 걸 소원으로 빌면 어떻게 돼?"

나는 그릇을 헹궈서 식기건조대에 올려놓고 대답한다.

"소원에 관한 한, 불가능은 없어."

나는 설득력 있는 목소리로 말하려고 노력한다.

잠시 뒤, 그가 묻는다.

"내가 무슨 소원을 빌었는지 알고 싶어?"

나는 잠시 생각을 한다. 이건 어려운 질문이다. 파블로는 절대 자기 얘기를 하는 법이 없고, 만약 지금 아니라고 대답하면 일생에 한 번뿐인 기회를 놓칠까 봐 두렵다. 그래도 규칙은 규칙이니까.

"알고 싶지만, 나한테 말하면, 네 소원은 이루어지지 않을지도 몰라. 그것도 규칙 중의 하나야."

"아."

순간, 나는 깨닫는다. 어떻게 그런 일이 일어났는지는 모르지만 나는 깨닫는다. 그가 무슨 소원을 빌었는지. 파블로가 꿈속에서 그녀를 불렀던 것처럼 내 마음속에서 그의 목소리가 들린다.

우리는 침묵 속에 설거지를 마친다. 설거지를 하는 내내 고민에 빠진다. 만약 내가 소원이 뭔지 안다고 말하면, 규칙에 어긋나는 일일까. 엄밀히 따지면, 그는 나에게 소원을 말하지 않았다. 나는 에라 모르겠다, 한번 모험을 해보기로 한다. 규칙을 살짝 비틀어서.

내가 묻는다.

"밖에 나갈래?"

"가는 길에 소들 좀 둘러봐야겠다."

밤하늘은 별들로 눈이 부시다. 내가 농장에서 제일 좋아하는 것들 중 하나다. 밤이면 별이 이렇게 많나 싶을 정도로 무수한 별들이 보인다. 우리는 천천히, 그리고 조용히 외양간을 향해 걸어간다. 짧은 순간 파블로의 손이 내 손을 스치고, 나는 혹시 손을 잡으려는 건가 하는 생각에 숨이 멎을 것 같지만, 그냥 우연일 뿐이다.

"네가 빌었던 소원, 어쩌면 네 생각만큼 불가능한 건 아닐지도 몰라."

파블로는 내 말을 듣고도 별로 놀란 눈치가 아니다. 그는 멈춰서서 나를 쳐다본다.

"그럼 안다는 얘기야?"

"그래. 알아."

"네가 아는 건 규칙에 어긋나는 게 아니야?"

그가 웃으며 묻는다.

"그런 것 같아. 우리가 소리 내어 말하지만 않는다면."

그는 고개를 끄덕인다. 외양간 밖에는 낡은 나무 벤치가 하나 있다. 우리는 거기에 앉는다.

파블로가 말한다.

"루피가 보고 싶어."

우리는 오랫동안 말이 없다.

나는 별똥별을 보며 똑같은 소원을 빈다.

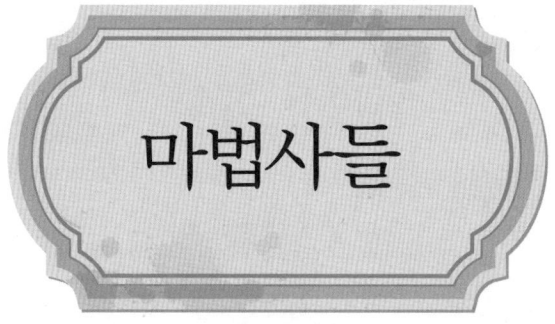

마법사들

네이트 파웰

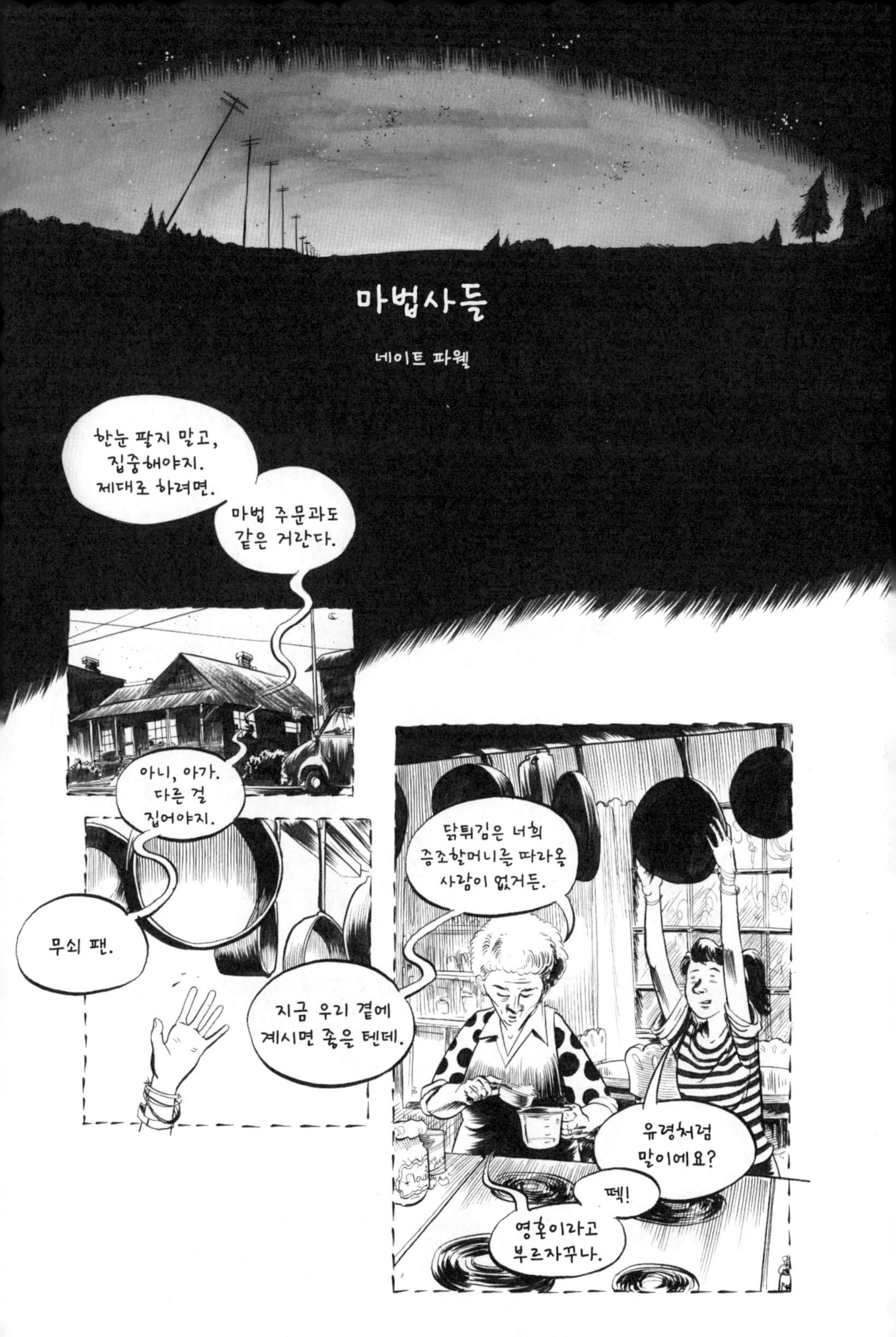

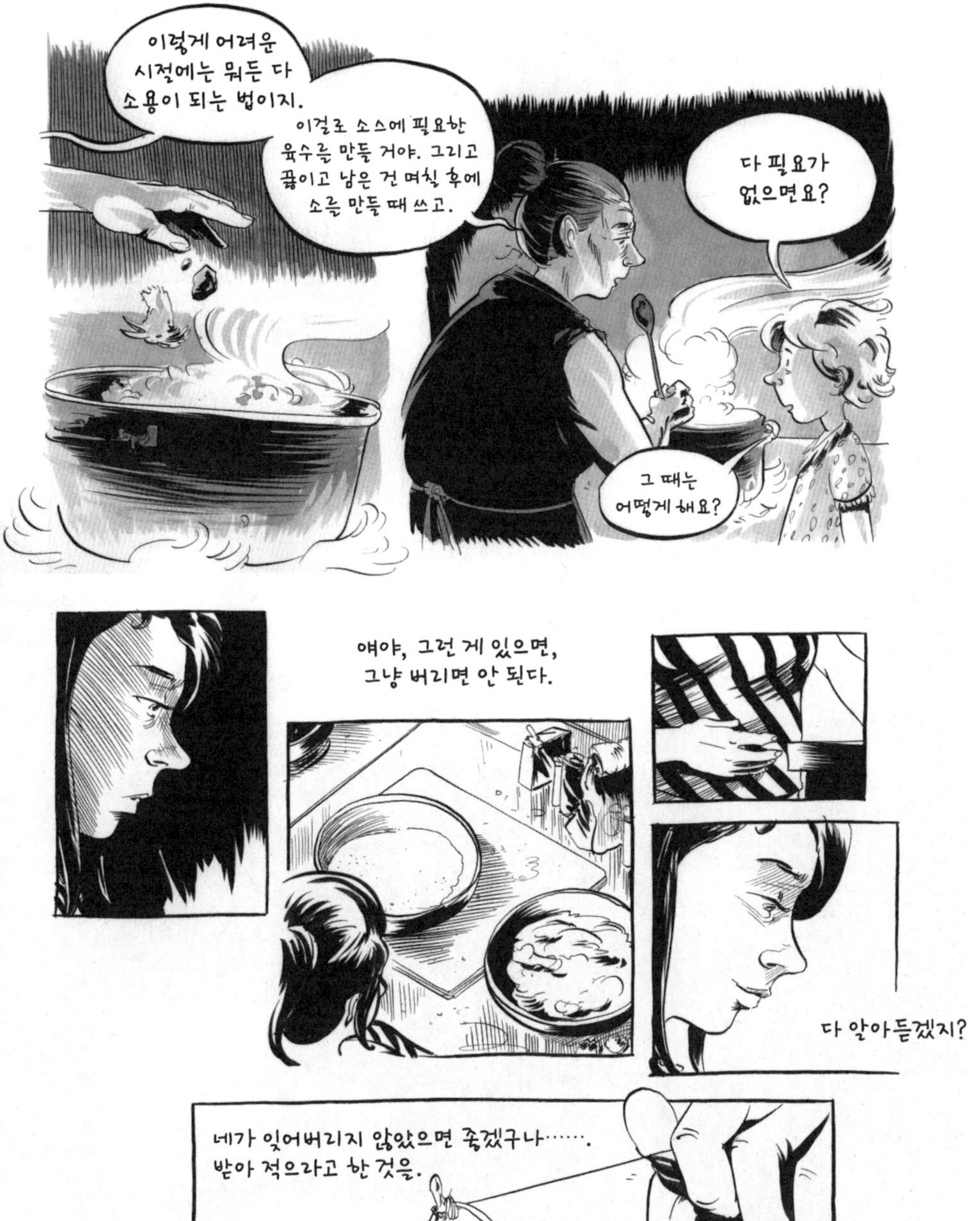

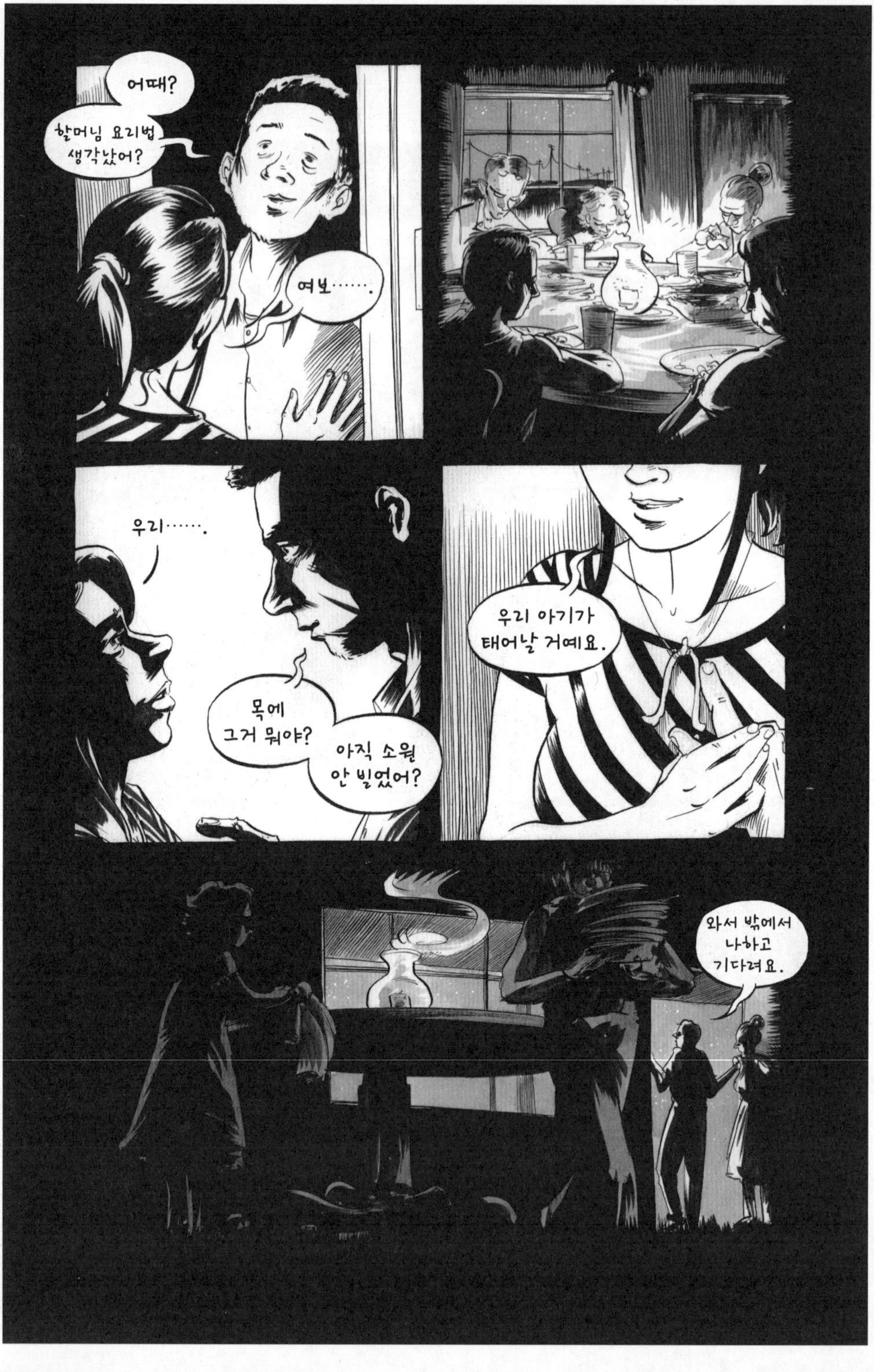

마지막은 숙고를 위한 시간입니다. 이 모음집은 생각하게 만드는 이야기로 끝을 맺습니다. 이 이야기 자체의 의미뿐만 아니라, 각 이야기와 시를 통해 표현된 '소원'이라는 주제가 이 책이 돕고자 하는 난민들과 어떻게 연결이 되는지에 대해서 말입니다. 이 이야기는 난민을 염두고 두고 쓴 작품은 아니지만, 우리 모두가 소원할지도 모르는 것들을 탐구하고 있습니다. 가장 상처입기 쉬운 사람들조차도 말이죠.

열여섯 살 난 난민인 파리할흐는 '다르푸르의 장관'이 되고 싶어 한다.
사진 : 유엔난민기구 / H. 콕스

하늘색 공

조이스 캐롤 오츠

오래전 그때, 나는 '그래, 나는 행복했다. 나는 나 자신이었고, 나는 행복했다.'는 사실을 몰랐다. 오래전 그때, 나는 더는 어린아이가 아니었지만, 아직 어린아이 티를 완전히 벗어 버리지 못했다. 오래전 그때, 나는 종종 혼자인 것 같았고, 외롭다고 생각했다. '하지만 바로 이것이 너의 진정한 본모습이다. 혼자이고, 외로운.'

어느 날 어쩌다 보니 나는 오래돼서 푸석푸석하게 허물어지고 있는, 말라 버린 핏빛을 닮은, 높다란 벽돌담 옆을 걷고 있었다. 그때 담 너머에서 둥근 물체가 휙 날아왔고, 푸른색이 어찌나 선명한지 처음에는 새인 줄 알았다! 삐딱하게 부서진 보도 위를 통통 튕겨서 몇 미터 앞에 툭 떨어지고 나서야 나는 그것이 고무공임을 알아보았다. 담 너머에서 어떤 어린아이가 고무공을 던졌고, 이제 그 아이는 내가 도로 던져주기를 기대하고 있다.

나는 공을 손에 넣으려고 지니고 있던 물건을 잡초 밭에 우르르 떨어뜨리며 허겁지겁 달렸다. 손에 잡아 보니 마치 몇 년 전, 내가 어릴 적 가지고 놀던 고무공처럼, 새 공 같았고, 새 공 냄새가 났으며, 푹신푹신하고 탄력이 좋았다. 몹시 아꼈지만 오래전에 잃어버린 그 공, 몹시 아꼈지만 까맣게 잊어버린 그 공. 나는 "간다!"라고 외치고 담 너머로 공을 도로 톡 쳐올렸다. 몇 초 뒤, 그 공이 하늘을 날아 되돌아오지만 않았더라면, 나는 그냥 걸어갔을 것을.

나는 속으로 생각했다.

'이건 놀이야. 놀이를 그만 둘 수는 없어.'

그래서 나는 자갈투성이 도로 위로 또르르 굴러가는 공을 쫓아 달렸고, 스펀지처럼 얼마나 부드럽고 탄력이 좋은지, 기분 좋게 공을 붙잡아 다시 담 너머로 휙 던져 주었다. 그런 유치한 놀이에 관심을 잃은 이래로 이렇게 팔을 써 보는 게 몇 년 만인지, 상쾌한 기분마저 들었다. 나는 부푼 마음을 안고 다시 공이 날아오기를 기다렸다! 아름답고 아름다운 하늘색 고무공이 내 머리 위로 높이 솟구쳐 올랐다. 공은 마치 자유의지라도 존재하는 것처럼, 심장이 한 번 쿵쾅거릴 동안 공중에서 멈칫했다가 이내 아래로 휘익 떨어져 내렸다. 덕분에 나는 바로 밑에서 위치를 잡고 있다가 양손으로 공을 단단히 붙잡아 낼 시간을 벌었다.

"잡았다!"

나는 열네 살이었고, 이 동네 사람이 아니었으며, 뉴욕 주 스트리커스빌(인구 5,600명)의 주민도 아니었다. 나는 북쪽으로 17킬로미터 떨어진 작은 농장에 살았고, 학교 버스를 타고 스트리커스빌까지 왔다. 따라서 혼자일 때가 많았다. 9학년인 올해는 학교에 입학한 첫 해이지만, 친구를 많이 사귀지 못했다. 스트리커스빌에는 친척들이 살긴 하지만, 가까운 친척도 아니었고, 어차피 나를 보고 아는 척을 할 마음도 없는 사람들이었다. 굳이 도시로 이사 올 필요성을 느끼지 않고 여전히 시골에 사는 우리를 도시 사람들은 열등하게 바라보았기 때문이다. 그리고 우리 가족이 스트리커스빌에 사는 친척들보다 더 가난한 건 사실이었다.

우리 학교 선생님들은 버스를 타고 오는 아홉 명의 농장 아이들을 '북부 어린이들'이라고 불렀다. 북부 어린이들이 스트리커스빌 아이들과는 두드러지게 다르다는 뜻으로 이해해도 좋았다.

지금은 그런 것들은 생각하지 않았다. 나는 나처럼 어린 여자아이, 한때의 나처럼 어린 여자아이가, 그것도 장난기 많은 아이가 담 반대편에 있는 게 틀림없다고 생각하며 빙그레 웃고 있었다. 비록 '엠파이어 기계 부품'이라든가 '사유지이므로 출입을 금함'과 같은 녹슨 푯말이 붙은 보기 흉하고 금지된 담이긴 했지만, '샤우타우쿠아 & 버팔로' 철도역 구내의 반대쪽은 소형 목재주택들이 늘어선 골목이었다. 나의 보이지 않는 동무는 그들 중 한 집에 사는 꼬마아이가 틀림없었다. 분명히 나보다 훨씬 어리겠지. 열네 살 먹은 여자아이들은 모르는 사람과 아무렇지 않게 놀이를 하지 않았고, 가난한 집 아이들은 일찍 철이 들었다.

나는 "안녕! 거기 안녕!" 하고 외치며 담 너머로 다시 공을 휙 던졌다. 하지만 아무런 대답도 없었다. 나는 기다렸다. 나는 깨진 콘크리트 속, 잡초가 무성한 길 한복판에 서 있었다. 벌레들이 윙윙거렸고, 마치 호기심이 동한다는 듯, 새끼손톱만 한 노랑나비들이 주변에서 알짱거리며 날개를 파닥이고 머리카락 속으로 날아들어 나를 간질였다. 태양은 막 바람에 날릴 듯이 얇디얇은 새미 천

조각 같은, 하얀 조약돌빛 하늘 속의 신성만큼이나 눈이 부셨다. 나는 마음속으로 생각했다. '이거야말로 내가 지금껏 고대해 왔던 깜짝 놀랄 사건이야.' 나는 그동안 뜻밖의 소식, 기분 좋은 뜻밖의 소식이 나를 기다리고 있다는 믿음을 간직했다. 나는 그것을 누릴 자격만 갖추고 있으면 된다. (그럴 자격을 갖추지 못했다면, 그런 일은 일어나지 않을 것이다.) 그런 뜻밖의 소식은 하느님으로부터가 아니라 오직 낯선 이들로부터, 우연히 다가온다.

30초쯤 되는 긴 공백 후에 다시 한 번 하늘색 공이 담을 건너 날아왔고, 마치 일부러 내 목소리가 나는 쪽을 피해, 나에게서 멀리 던지려고 했던 것처럼 뜻밖의 각도로 떨어졌다. 그렇지만 그 공은 마치 오지 않을 수 없다는 듯 되돌아왔다. 나의 보이지 않는 동무는 마지못해 놀이를 이어갔다. 공을 잡을 가망이 없는데도 나는 무턱대고 도로로 뛰어들었다. (일부는 아스팔트고 일부는 자갈로 된, 트럭들만 간간이 다니는 도로였다.) 순간 덤프트럭 한 대가 나를 향해 달려왔고, 나는 듣기 싫은 날카로운 브레이크 소리와 귀청이 터질 것 같은 분노의 경적 소리에 놀라 콰당 무릎을 찧으며 넘어졌다. 맨살을 다치고 치마를 찢긴 채 허둥지둥 일어서는데, 그런 행동을 하기에는 너무 커 버린 여자아이라서였을까, 창피한 마음에 두 뺨이 따끔거렸다. "찻길에서 빨리 나가지 못해!"라는 남자의 목소리에는 강직함 속에 분노가 어려 있었고, 그런 목소리를 지닌 남자 어른들을 많이 들어서 알지만, 괜히 따지거나 의심하지 말고 그저 재빨리 길을 비켜 주는 게 상책인지라, 나는 낚아챈 공을 챙겨 황급히 몸을 돌렸다. 운전수가 내 얼굴을 볼세라 치맛자락 속에 공을 감추며 몸을 움츠리고 고개를 푹 수그렸다. 혹시라도 우리 아버지를 아는 사람이면 어쩌나, 나를 알아보면 어쩌나, 내 이름을 알면 어쩌나 걱정이 앞섰기 때문이다. 하지만 어느새 트럭은 우레와 같은 소리를 내며 내 옆을 지나갔고, 나는 이미 잊혀진 뒤였다.

재빨리 담으로 달려왔지만 양 무릎은 아파서 욱신욱신 쑤셨고, 태양을 관통한 한 줄기 구름에 차가워진 공기 탓인 양, 온몸이 파르르 떨렸다. 나는 다시 담 너머로 공을 휙 던졌고, 공은 공중으로 높이 높이 솟구쳐 올랐다. 나의 보이지 않는 동무는 달려가 잡을 수 있는 시간이 충분했으리라. 공은 담 너머로 모습을 감추었고, 나는 숨을 거칠게 몰아쉬며 피가 흐르는 무릎과 찢어진 치마에도 아랑곳없이 꼼짝 않고 기다렸다. 더 많은 구름들이 태양을 관통했고 그림자들은 약탈자 물고기처럼 땅을 가로지르며 빠르고 정확하게 움직였다. 잠시 뒤 내가 쭈뼛쭈뼛 큰 소리로 외쳤다. "얘? 안녕?" 마치 전화벨이 울려서 수화기를 들었지만 아무도 응답하지 않는 것과 같았다. 그럴 때면 기다려보다가 다시 한 번 머뭇거리며 "여보세요?"라고 묻게 마련이다. 이마의 정맥이 고동쳤고, 흥분 뒤에 따르는 형벌을 경고하는 일말의 고통이 내 두 눈 뒤에서 어렴풋이 느껴졌다. 그 어린아이는 이미 가 버리고 없는 거였다. 아이는 우리의 놀이에 흥미를 잃었다. 이것이 놀이라면. 문득 이 놀이가 우스꽝스럽고 한심하고도 슬프게 다가왔다. 열네 살, 팔다리만 긴 쓸모없는 여자아이, 더 이상 어린아이도 아니면서 숨을 헐떡이고 무릎과 손바닥에는 피를 흘리면서 살갗이 벗겨지고 까지고 더러워진 채 그곳에 내가 서 있다. 허물어져가는 벽돌 담 앞에 홀로 기다리며 서 있다. 무엇을 기다리며?

풀밭에 떨어뜨린 것은 공책과 교과서 서너 권이었고, 수학 교과서는 진흙투성이가 돼서 여러 쪽이 물에 젖고 찢어져 있다. 영어 문법의 핵심적인 규칙들과 도표를 이용해 정리한 예시 문장들을 꼼꼼하게 적어 놓은 내 스프링 공책은 유독한 냄새를 풍기는 화학물질에 흠뻑 젖었고, 빨간색으로 쓴 선생님의 칭찬의 글과 A라는 내 점수는(스트리커스빌 중학교에서 내 성적은 모두 A였고, 나에게는 대단한 자랑거리였다.) C인지 D인지 F인지 알아볼 수 없게 되어 버렸다. 서둘러 책을 챙겨 그 자리를 뜨고 하늘색 공을 마음속에서 싹 지워 버렸어야 했음에도, 지금껏 살면서 깨달은 사실이지만, 자유로워 보이는 다른 이들과는 달리, 나는 결코 생각이 자유롭지 못했다. 뜻밖의 '좋은' 소식은 뜻밖의 '나쁜' 소식을 동반하고, 그 둘은 미묘하게 얽혀서 분리될 수도, 따로 정의 내려질 수도 없다. 그래서 머리가 쿵쿵 울리기는 했지만 나는 담 너머로 가는 길을 찾을 수밖에 없었다. 까진 무릎에서 피가 줄줄 흘렀지만, 나는 더러운 기름통을 담벼락에 대어 놓고 두 손과 팔다리까지 몽땅 더럽히며 비틀비틀 담을 기어올라갔다. 그리고 몸을 힘껏 끌어올렸다가 족히 3미터는 되는 높이를 다시 훌쩍 뛰어 내려오는데, 척추를 따라 온몸을 관통하며 퍼지는 충돌의 충격에, 쇠망치로 발바닥을 얻어맞은 양, 착지와 함께 숨이 턱 막혔다. 하지만 담 너머로 내려온 순간, 이런 곳에는 어린 여자아이가 있을 리가 없다는 사실을 깨달았다.

공장 구내는 버려진 게 확실했고, 야구장 내야만 한 크기의 공간은 사방이 담인데다가, 금이 간 아스팔트를 뚫고 웃자란 잡초들과 엉겅퀴들, 왜소한 나무들, 그리고 너무 많아서 아름다운 생명체가 아닌 끔찍한 곤충으로밖에 보이지 않는 노랑나비 떼만 가득했다. 그리고 나비 떼는 마치 내 숨이 그들을 빨아들이기라도 하는 것처럼, 땀범벅이 된 내 얼굴과 엉크러진 머리칼 속으로 사정없이 달라붙었다.

그래도 나는 고집스레 그 공을 찾아보았다. 그 공 없이는 떠날 생각이 없었다. 그 담이 어린 여자아이에게는 넘을 수 없는 곳이라 할지라도, 나는 그 공이 반드시 그곳에, 담 반대편 어딘가에 있음을 알 것 같았다. 그리고 마침내, 분개하여 오랜 시간 찾아다닌 끝에 치커리 밭 속에서 그 공을 발견했다. 더 이상 하늘색이 아닌 빛바래고 갈라진 공이었다. 마치 수 년 전 바로 내 공처럼, 핏줄처럼 금이 간 표면을 뚫고 암갈색 고무가 모습을 드러냈다. 하지만 나는 승리감에 공을 휙 낚아채, 손에 꽉 쥐고 냄새를 맡아보았다. 아무 냄새도 나지 않았다. 흙냄새가 풍겼다. 내 손의 땀 냄새가 풍겼다.

편집자의 말

 이 책은 이웃한 다르푸르에서 온 25만 명 난민들의 보금자리인, 동부 차드의 난민촌에 도서관을 설립하기 위한 기금 마련을 목적으로 제작되었습니다. 판매 수익금이 최대한 난민들을 위해 쓰일 수 있도록, 세계적인 베스트셀러 작가이자 저명한 작가 및 시인들이 작품을 기부해 주었습니다. 하지만 그들의 작품에는 그 어느 곳에도 다르푸르라는 말이 등장하지 않습니다. 대신, 수록된 이야기와 시는 모두 소원을 주제로 합니다. 그것은 무슨 관련이 있을까요?

 '다르푸르'는 인간이 지닌 가장 사악한 악 중의 하나인 대량학살과 관련이 있는 말입니다. 르완다나 홀로코스트처럼, 전쟁의 이미지를 떠오르게 하지요. 하지만 전쟁을 뛰어넘은 극도의 잔혹함이 한 인종 집단의 파괴를 겨냥했습니다. 30만 명이 죽었습니다. 최소한 250만 명이 강제로 고향을 떠났습니다. 3,300개가 넘는 마을이 파괴되거나 피해를 입었습니다. 알려지지 않은 수천 명의 여자들과 어린이들이 강간과 고문을 당했습니다. 이러한 고통은 대부분의 세계에 있어서는 도저히 상상조차 할 수 없는 일입니다.

우리가 돕고 싶어도, 그 방법을 알기가 어려울 수도 있습니다. 만약 우리가 실질적인 도움을 제공해 줄 수 있다면, 다르푸르 인들은 과연 무엇을 소망할까요?

2003년, 전쟁이 시작되었을 때, 그들은 다르푸르의 정치·경제적 상황과 자신들의 숙명 속에서 스스로가 더 큰 역할을 하기를 원했습니다. 다르푸르는 아프리카에서 가장 큰 나라인 수단에 위치한 캘리포니아 주 크기의 지역입니다. 6백만 명에 이르는 사람들의 고향이었지만 통치에 있어서는 거의 자신들의 목소리를 내지 못했습니다. 수단 정부는 의사 결정에서 다르푸르 토착 인종 그룹을 많은 부분 배제시켰습니다. 그래서 2003년 2월과 3월, 수년에 걸친 홀대 끝에, 다르푸르의 두 집단인 '수단해방군'과 '정의와 평등운동'은 중앙 정부에 반란을 일으켰습니다. 수단 정부는 미국과 국제형사재판소를 비롯한 다른 많은 이들이 대량학살이라 칭하는 반격을 통해 반란에 대응했습니다. 그들은 단순히 반군과 싸우는 데 그치지 않고, 반군을 가장 지지하는 부족의 민간인들을 표적으로 삼았습니다. 수단 군과 잔자위드라는 민병대를 조직한, 무장한 라이벌 인종 그룹을 이용하여 마을을 전소시키고 대량학살과 성폭력으로 테러를 가했습니다. 다르푸르에서는 그 누구도 안전하지 않았습니다. 가장 어린 아이들조차 말입니다.

2003년 말에 10만 명의 다르푸르 인들이 수단에서의 삶에 공포를 느끼고 국경을 넘어 차드 공화국으로 피신했습니다. 그들은 이로써 귀환의 두려움으로 고국 밖에서 사는 사람들, 즉 공식적인 난민이 되었습니다. 그들은 아직도 그곳에 있습니다. 유엔난민기구(UNHCR)는 세계에서 가장 저개발국의 하나인 차드에 도착한, 이 지극히 힘없는 사람들을 보호하기 위한 기구입니다. 그들은 가혹한 사막에서 음식과 물, 임시 수용소와 약품 및 안전을 제공하기 위한 기본적인 설비들을 제공합니다. 비상 상황에서 최우선 과제는 난민들의 생명을 지키는 것이었고, 이를 통해 국제사회가 규합할 수 있는 자원을 끌어 모으는 데 전력을 다했습니다.

그렇지만 유니세프 친선대사인 미아 패로가 이 책의 서문에서 밝혔듯이, 살아남기 위해 몸부림치고 끔찍한 비극으로 고통 받는 사람들일지라도 미래를 위한 소망은 있습니다. 서문 속의 어린 난민은 의사가 되고 싶어 하며 그 꿈을 이루기 위해서는 교육이 최고의 희망임을 잘 알고 있기에 교육을 절실히 원합니다. 그는 혼자가 아닙니다. 2010년 9월 현재, 동부 차드의 열두 개 난민촌에 살고 있는 25만 9천 162명의 난민들 중에서 62퍼센트는 18세 이하이며 대부분은 12세 이하입니다. 그곳은 10만 명, 혹은 그 이상의 학령기 아이들로 가득 찬 신흥 난민촌들입니다.

수용국인 차드는 난민들을 교육시킬 능력이 없습니다. 3학년에 올라갈 무렵이면, 이미 차드의 성인들이 일생에 걸쳐 받은 것보다 더 많은 교육을 받았다고 해도 과언이 아닙니다. 따라서 기본적인 구명 지원은 물론이며, 이 어린이들이 어떠한 교육을 받던지, 그것은 유엔난민기구에 의해 제공될 수밖에 없습니다. 하지만 극히 제한된 예산 탓에 처음부터 교육이 최우선 과제가 될 수는 없었습니다.

2011년이 된 지금은 난민 교육에 더 큰 초점이 맞추어져 있습니다. 여전히 국제기금이 불충분하긴 하지만 비상 대응에서 장기 보호로 우선권이 바뀌고 있습니다. 소위 세계 최악의 인도주의적 위기에 8년의 세월을 쏟아 부었음에도, 난민들이 집으로 돌아갈 가능성은 아직도 요원한 일임을 분명히 깨달았던 것도 한 이유가 되었습니다.

난민들 교육의 중요성은 몇 가지 이유를 통해 분명히 드러나고 있으며, 개발도상국들에서 흔히 나타나는 "학교를 그만두지 말라."는 메시지를 반영한 것이기도 하지만, 그밖의 이유들은 의외로 놀라울지도 모르겠습니다. "교육은 난민촌 안팎에서 활동 중인 민병대의 강제징병으로부터 젊은이들을 보호하고, 또한 조혼으로부터 여자아이들을 보호하는 데 결정적으로 중요한 역할을 합니다."라고 유엔난민기구는 밝혔습니다. 어린이들이 학교에 다니면 노동력 착취를 방지하는 데 도움이 됩니다. 그리고 위기의 근원을 생각해 볼 때, 다르푸르 인들이 자신들의 아이들이 교육을 받기를 간절히 원하는 것은 어찌 보면 당연합니다. 그래야 마침내 고향으로 돌아가는 날이 오게 된다면, 그 아이들이 다르푸르의 강한 지도자가 될 수 있을 테니까요.

비록 학교 시설은 대단히 기초적이고 여전히 불충분하지만, 이제 초등학생 적령기의 어린이 난민들은 대부분 난민촌 내에서 수업을 받고 있습니다. 하지만 초등학생을 넘어가면 기회가 극히 줄어듭니다. 학생 수를 감당하지 못하는 학교에서는 38도가 훌쩍 넘는 찌는 듯한 기온 속에 사막의 모래밭 위에서 수업이 열리기도 합니다. 난민들은 수업에 열심입니다. 심지어는 수단 정부가 인정하는 졸업 시험을 치르기 위해 목숨을 걸고 다르푸르로 돌아가는 학생들도 있습니다. 하지만 배우고자 하는 강한 열망조차도 난민촌의 교육이 직면한 두 가지 기본적인 장애물을 극복할 수는 없습니다. 교과서 부족과 고도의 지식을 갖춘 교사의 부족. 이것들은 바로 우리가 도서관을 통해 도움을 줄 수 있는 부분입니다.

교과서 없이, 그리고 학생들보다 기껏해야 몇 년 더 배운 지식밖에 갖추지 못한 교사들이 있는 학교에서 난민 학생들이 지식을 얻기를 바랄 수 있을까요? 그들에게는 인터넷도, 텔레비전도 없습니다. 따라서 그들이 배우고자 하는 주제를 정확하게 반영한 책을 소장하고 있는 도서관이야말로 실질적인 해결 방안이 될 수 있습니다. 도서관은 또한 교사를 훈련시키기 위해서도 주요한 도구가 되며, 훈련된 교사들은 수많은 학생들과 함께 도서관 책에 담긴 정보를 나눌 수 있습니다.

난민들의 교육을 지원하는 것은 곧, 역사적인 위기라는 절망에 맞서 싸우는 길이기도 합니다. 다르푸르에서 벌어진 사건들로 인해 그들은 너무도 많은 것을 잃었습니다. 집, 가족, 생계, 건강. 그리고 차드에서조차 계속해서 많은 이들이 희생되고 있습니다. 이렇게 불안한 분위기 속에서 교육은 우리가 난민들에게 줄 수 있는 절대로 빼앗길 수 없는 몇 가지 가운데 하나입니다. 교육은 미래를 위해, 그들의 꿈을 향해, 항상 앞으로 전진합니다.

도서관은 특히 초등학교 이상의 난민들의 교육을 보조하는 일에 많은 역할을 하겠지만 그것이 전부는 아닙니다. 만약 여러분이 우울한 마음에 책을 펴고 다른 세상으로 탈출하려고 해본 적이 있다면, 독서가 주는 정서적인 혜택이 얼마나 큰지 잘 알 것입니다. 하물며 대량학살의 희생자들이라면 그러한 욕구가 얼마나 클까요. 많은 어린이 난민들과 여성들은 깊은 심리적 상처로 고통을 받고 있습니다. 좀 더 행복하고 귀중한 삶의 순간들을 경험하기 위해서라도, 그들 역시 다른 누구 못지않게 단순한 독서의 즐거움을 누릴 자격이 있습니다.

우리는 도서관이 다르푸르의 위기를 해결하거나 고향땅으로 돌아가고, 재건을 하고, 평화롭게 살고 싶은 모든 이들의 소원을 충족시킬 수 있다고는 단언하지 못합니다. 하지만 책 한 권 한 권에는 책장마다 난민들의 소원을 이루어질 수 있게 만들어 주는 가능성이 담겨져 있습니다. 최초의 의사가 되는 길목에 있는 젊은 학생을 다르푸르에 있는 그의 마을로 되돌아가게 만드는 것은 한 권의 책일 수도 있습니다. 한 권의 책이 가족을 부양하는 데 바탕이 되는 새로운 일을 가르칠 수도 있습니다. 혹은 한 권의 책을 통해 어떤 어머니는 자신의 아이가 정상적인 유년기를 경험하는 모습을 보게 될 수 있을지도 모릅니다. 책을 읽고 있는 동안에는 말이죠.

　이 책의 모든 후원자들은 그러한 책들을 다르푸르 인들에게 가져다 주는 일을 도와주고 있습니다. 이 책에 나오는 소원에 관한 이야기나 시를 읽을 때, 난민들의 소원에 대해서 생각해 보시기 바랍니다.

　이 책은 미국 버지니아 주 레스톤을 중심으로 활동하고 있는 비영리단체인 '책소원재단Book wish Foundation'이 구성하였으며, 판매수익금은 전액 동부 차드에 위치한 다르푸르 인들의 난민촌에 도서관을 건립하기 위한 기금 마련을 목적으로 유엔난민기구에 기부할 예정입니다. 그 도서관들의 진행 상황 및 다르푸르의 위기에 대해 더 많은 것을 알고, 난민들을 돕기 위한 다른 방안을 도모하고자 한다면 www.bookwish.org나 www.unhcr.org를 방문해 보시기 바랍니다.

2011년 1월 25일
책소원재단 공동 창립자
로간 클레인와크스

:옮긴이의 말

소원을 말해 봐

여러분의 소원은 무엇인가요?

우리는 해마다 생일날 케이크의 촛불을 끄며, 크리스마스에 산타할아버지에게, 혹은 떨어지는 별똥별에게, 아니면 휘영청 밝은 보름달을 보며 소원을 빕니다. 멋진 옷이나 신발을 갖고 싶다는 작은 소원에서부터, 거창하게는 우리나라의 통일까지 그 종류도 다양하지요.

이 작품에도 여러 가지 소원이 등장합니다. 보통 사람들에게는 아주 당연한 일이지만, 엄마 아빠를 갖고 싶고 학교에 다니고 싶다는 가슴 아픈 소원에서부터, 어떠한 대가를 치르고서라도 유리 구두의 주인이 되어 왕비가 되고 말겠다는 무시무시한 소원, 자신을 못살게 구는 친구를 꼬마 도깨비로 만들어 버리겠다는 우스꽝스러운 소원에 이르기까지, 상상을 뛰어넘는 다양한 소원들이 등장하지요.

처음 이 책을 접했을 때는 당연히 다르푸르 난민촌 아이들의 소원을 다룬 이야기이겠거니 싶었는데, 이처럼 가지각색의 '소원'을 다룬 단편들을 만나고 나니 뜻밖의 선물을 받은 기분이 됩니다다. 직접적으로 다르푸르를 언급한 이야기는 하나도 없지만, 오히려 그로 인해 작품 속의 주인공들처럼 다르푸르의 아이들에게도 저마다 소중한 꿈이 있음을 다시 한 번 떠올리게 되었지요. 게다가 R. L. 스타인의 「우스운 장난」처럼 절로 웃음 짓게 만드는 유쾌하고 가벼운 작품에서부터, 캐런 헤스의 「나는 항상 죽고 있다」나 코넬리아 푼케의 「거짓말을 실현시켜 드립니다」와 같은 판타지에 이르기까지 다양한 작가만큼이나 다양한 형식과 다양한 내용의 작품들을 만날 수 있어 책을 읽고 나면 화려한 성찬을 즐기고 난 느낌마저 듭니다. 재능 기부를 통해 완성한 작품들이지만, 세계적으로 유명한 작가들의 명성에 걸맞게 그 수준 또한 매우 높은 덕분입니다.

미아 패로의 '서문'이나 '편집자의 말'을 통해서도 자세히 소개되고 있지만, 아프리카 차드 공화국 동부에는 유혈분쟁을 피해 수단의 다르푸르에서 탈출한 25만 명의 난민들이 열두 개의 난민촌에 살고 있으며, 대부분이 18세 이하의 어린이와 청소년들이라고 합니다. 다르푸르는 아랍어로 '푸르족의 집'이라는 뜻이라고 하건만, 2003년 처음 분쟁이 시작된 때로부터 10년이 흐른 지금도 다르푸르 사람들은 여전히 집도 없이 떠돌거나 난민촌에 살고 있습니다. 당장의 의식주도 중요하지만, 대학살로 받은 마음의 상처를 치유하고 더 나은 미래를 위해 그들의 소중한 꿈을 키워나가는 것도 그에 못지않게 중요합니다. 수많은 후원자들의 노력으로 이 책이 탄생하게 된 것도 바로 그들의 작지만 소중한 꿈을 지켜주기 위해서였습니다. 이 책의 판매수익금 전액은 다르푸르 인들의 난민촌에 도서관을 건립하기 위한 기금 마련에 쓰인다고 합니다. 모하메드와 같은 난민촌 어린이들의 꿈을 키우고 소원을 이루는 데 책만큼 더한 스승과 친구가 있을까요?

누구에게나 소원은 있습니다. 누구나 꿈을 꾸고 소원을 빌 권리가 있습니다. 하지만 「보호론자」 속 제니의 말처럼 소원은 저절로 이루어지지 않습니다. 소원을 빈 사람도 자기 몫을 해야만 하지만, 무엇보다 「바비 박스의 이상한 이야기」 속 부부처럼 소원이 이루어지도록 손을 내밀어 줄 사람이 반드시 필요합니다. 오늘 내가 내민 작은 손길이 누군가에게는 소원의 요정 '지니'가 될지도 모르는 일이니까요. 이 책에 나오는 소원에 대한 이야기들을 읽으며 여러분과 같은 또래인 모하메드와 같은 아이들의 작은 소원에 대해 생각해 보는 시간을 갖기를 바랍니다. 또한 세계 분쟁 지역의 난민들을, 특히 어린이들을 도와주고 싶어도 그 방법을 몰라 고민하는 청소년들이 있다면, 이 책이 훌륭한 선택이 되리라 믿습니다.

천미나

:저자 소개

알렉산더 매컬 스미스Alexander McCall Smith 1948년 짐바브웨에서 태어나 스코틀랜드에서 교육을 받았다. 스코틀랜드 에든버러 대학교에서 법학 교수를 역임했으며, 아프리카로 돌아가 보츠와나 대학에 로스쿨을 설립하는 데 공헌했다. 지금은 창작 활동에만 전념하고 있다. 단편집과 아동문학을 포함해 지금까지 80편 이상의 작품을 출간했으며, 그 중 아프리카 보츠와나를 배경으로 한 〈넘버원 여탐정 에이전시〉 시리즈가 유명하다. 그의 작품들은 46개 언어로 번역되었으며 세계적으로 많은 상을 받았다.

잔 뒤프라우Jeanne DuPrau 학교에서 아이들을 가르치는 선생님이자 편집자이며, 애플사의 기술전문 저술가로도 활동했다. 종말 이후의 세계에 대한 〈엠버〉 시리즈의 첫 번째 책이자 데뷔작인 『시티 오브 엠버』가 출간되자마자 베스트셀러가 되면서 화제의 작가가 되었다. 입양, 복제, 참선 수행과 같은 다양한 주제로 글을 쓰는 논픽션 작가이기도 하다.

제인 욜런Jane Yolen '미국의 안데르센', '20세기의 이솝'이라 불릴 만큼 풍부한 상상력과 대담한 문체로 널리 사랑받는 작가이다. 175권의 그림책과 31권의 시집, 소설, 동화, 논픽션 등 전 연령층을 대상으로 300권이 넘는 책을 썼다. 『부엉이와 보름달』로 칼데콧 상을 받았고, 단편소설로 두 번의 네뷰러 상, 두 번의 크리스토퍼 메달 및 월드 판타지 상을 받았다.

멕 캐봇Meg Cabot 인디애나 대학에서 미술을 전공했다. 일러스트레이터가 되기 위해 뉴욕으로 갔지만 소설 집필에 뜻을 두고 일러스트레이터의 꿈을 포기했다. 전 세계 38개 나라에서 출간되어 베스트셀러에 오른 〈프린세스 다이어리〉 시리즈로 유명하다.

소피아 퀸테로Sofia Quintero 시티 라이트 매거진이 선정한 '뉴욕을 변화시킬 새로운 유파의 행동주의자들' 중의 한 사람으로 불리며, 인종과 계급, 성 및 힙합 문화를 둘러싼 사회적 이슈들에 대해 대단히 현실주의적인 작품을 발표했다. 사회적으로 의식이 있는 엔터테인먼트를 제작하는 멀티미디어 프로덕션을 공동으로 창업하기도 했다.

캐런 헤스Karen Hesse 1952년 미국에서 태어나 대학에서 연극과 영문학, 심리학, 인류학을 공부했다. 1930년대 중반 미국 대초원서부 지대를 휩쓴 가뭄으로 모래바람이 휘몰아쳤던 시기를 배경으로 한 『모래 폭풍이 지날 때』로 뉴베리 상과 스콧 오델 상을 받았다. 그밖의 작품으로는 핵 문제의 심각성을 서정적으로 풀어낸 『불새처럼 일어나』와 이민자들이 직면한 도전을 다룬 『리프카의 편지』 등이 있다.

게리 소토Gary Soto 미국 캘리포니아에서 태어나고 자랐으며, 아동문학가이자 시인, 수필가로 활동하고 있다. 히스패닉 문화유산 재단의 문학상 수상자이자, 시집으로 내셔널북어워드 최종 후보에 올랐으며, 3천만 권이 넘는 교과서에 작품이 수록되어 있다. 35권이 넘는 시와 소설, 그리고 멕시코 계 미국인의 삶을 생생하게 묘사한 단편소설들을 발표했다. 우리나라에 출간된 작품으로는 『4월의 야구』가 있다.

존 그린John Green 미국도서관협회가 수여하는 마이클 L. 프린츠 상과 에드거 앨런 포 상 등 권위 있는 상을 여럿 수상했으며, 뉴욕타임스 선정 베스트셀러 작가이기도 하다. 평단의 극찬과 독자의 사랑을 아울러 받은 첫 작품 『알래스카를 찾아서』로 일약 유명작가의 반열에 올랐다. 그밖에 우리나라에 출간된 작품으로는 『종이 도시』와 『잘못은 우리 별에 있어』가 있다.

앤 M. 마틴 Ann M. Martin 1955년 미국 프린스턴에서 태어났고, 스미스 대학교를 졸업했다. 선생님과 어린이책 편집자로 일했고, 지금은 작가로 활동하고 있다. 자선단체인 '리사 도서관'과 '앤 M. 마틴 재단'을 세워 어린이와 예술, 교육, 문맹 및 길 잃고 학대받는 동물들을 돕고 있다. 『우주의 내 작은 모퉁이』로 뉴베리 영예상을 받았으며, 그밖에 우리나라에 출간된 작품으로는 『모든 집에는 비밀이 있어』, 『세상에서 제일 못된 인형』, 『내 이름은 다람쥐』 등이 있다.

나오미 시합 나이 Naomi Shihab Nye 2010년 미국시인학회 회장으로 선출되었으며, 내서널북어워드 최종 후보작인 『19 Varieties of Gazelle: Poems of the Middle East』와 아랍계 미국인 도서상을 받은 『Honeybee: Poems and Short Prose』를 포함해 30권의 책을 쓴 저자이자 편집자이다. 팔레스타인 계 미국인의 유산과 이종문화 간의 경험을 표현하는 작품들이 많다. 난민의 딸로서, 전쟁 대신 인권과 표현 및 대화의 자유를 위해 국제적으로 많은 학교들을 후원하고 있다.

신시아 보이트 Cynthia Voigt 『디시가 부르는 노래』로 뉴베리 상을, 『제프의 섬』으로 뉴베리 영예상 등 이름난 상들을 많이 수상했다. 청소년과 어린이를 위한 많은 작품들 속에서 미스터리와 판타지는 물론 아동 유기 및 인종주의와 같은 심각한 주제들을 훌륭하게 작품으로 표현했다. 1995년 청소년을 위해 훌륭한 작품을 쓴 공로를 인정받아 마가렛 에드워드 상을 받았다.

코넬리아 푼케 Cornelia Funke 독일어권에서 세계적인 베스트셀러 작가로, 2005년 타임 지 선정 '가장 영향력 있는 100'인으로 뽑혔다. 〈잉크하트〉 3부작을 비롯한 다른 작품들이 1억 권 이상의 판매를 올렸다. 새로운 시리즈의 첫 작품인 『레크리스』는 중유럽 민간설화에 대한 작가의 해박한 지식을 바탕으로 쓴 작품이다. 어려운 환경의 어린이들을 도와주는 사회복지사이자 어린이책 삽화가로 일했으며, 난민이나 고문 희생자를 비롯해 아프고 학대받는 어린이들을 돕는 자선단체들을 지원하고 있다.

니키 지오바니 Nikki Giovanni 미국에서 가장 널리 읽히는 시인 가운데 한 사람으로, 오프라 윈프리의 '살아있는 전설'로 선정되었고, 전미유색인지위향상협회(NAACP) 이미지 상을 받았으며, 로자 L. 파크스 용기 있는 여성상 최초 수상자이기도 하다. 30권이 넘는 시집과 어린이책, 에세이를 쓴 작가로 지금은 버지니아 공대의 석좌교수로 재직하고 있다.

R. L. 스타인R. L. Stine 3억 권 이상의 작품이 팔린 공전의 베스트

셀러 작가로, 어린이와 청소년을 위한 판타지 호러를 주로 쓰고 있다. 〈구스범스〉 시리즈로 기네스북에 올랐고, 그밖에 〈공포의 거리〉와 〈나이트메어룸〉 시리즈 등이 있다. USA 투데이에서 3년 연속 미국 최고의 베스트셀러 작가로 선정되었으며, 전 세계적으로 대중적인 인기를 구가하고 있다. 수많은 자선운동 단체를 위해 기부를 하고 작품집을 편집했다.

매릴린 넬슨Marilyn Nelson 미국 코네티컷 주 계관시인으로 있는 동안 인종적으로나 문화적으로 잘 드러나지 않는 단체의 시인들을 보조하기 위한 '영혼의 산장'을 설립했다. 내셔널북어워드 최종 후보에 세 번 올랐고, 『Carver: A Life in Poems』로 뉴베리 영예상을 받았다. 12권이 넘는 청소년과 어린이책의 저자이자 번역가이며, 코네티컷 대학교의 명예교수이기도 하다.

프란시스코 X. 스토크Francisco X. Stork 1953년 멕시코에서 태어났으며, 아홉 살 때 미국 텍사스 주로 이주했다. 하버드 대학에서 라틴아메리카 문학을 공부했고, 콜럼버스 대학에서 법학 분야의 학위를 받았다. 지금은 저비용 주택을 개발하는 정부 기구의 대리인으로 일하고 있으며, 첫 소설인 『The Way of the Jaguar』로 치카노/라티노 문학상을 받았다. 우리나라에 출간된 작품으로는 『마르셀로의 특별한 세계』가 있다.

네이트 파웰Nate Powell 『Swallow Me Whole』로 가장 독창적인 그래픽 노블 부문 아이즈너 상과 이그나츠 뛰어난 예술가 상을 받았으며, 로스엔젤리스 타임즈 도서상 최종후보작에 오른 그래픽 노블 작가이다. 로스엔젤리스 타임즈 도서상에서는 근 20년 만에 처음으로 그래픽 노블이 수상 후보에 올랐다. 또한 음악가이자 할란 레코드 사의 경영자이며, 레코드 레이블에 그림을 그리는 삽화가이기도 하다. 10년에 걸쳐 발달장애를 지닌 성인들을 후원하고 있다.

조이스 캐롤 오츠Joyce Carol Oates 프린스턴 대학교의 저명한 인문학 교수로, 1978년부터 문예창작을 가르쳤다. 미국에서 가장 걸출하며 다작으로 유명한 작가 중 한 사람으로, 특히 고딕 소설과 사회 사실주의로 유명하다. 내셔널북어워드(『them』)를 수상했고, 여러 번에 걸쳐 퓰리처 상 최종후보작에 이름을 올렸으며(『블론드』, 『Black Water』, 『What I Lived For』), 단편소설의 대가(두 번의 오헨리 상, PEN/맬러무드 상), 저명한 평론가, 시인이자 극작가로 청소년을 위한 작품인 『Freaky Green Eyes』, 『Small Avalanches and Other Stories』, 『빅 마우스 앤드 어글리 걸』 등, 56권의 소설과 32권의 단편 모음집을 발표했다.

옮긴이 **천미나**
1973년 서울에서 태어났으며, 이화여자대학교 문헌정보학과를 졸업했다. 지금은 어린이책 전문 번역가로 활동하고 있으며, 그동안 옮긴 책으로는 『사라지는 아이들』, 『바람을 만드는 소년』, 『누더기 앤』, 『아빠, 나를 죽이지 마세요』, 『고래의 눈』, 『광합성 소년』, 『엄마는 해고야』, 『목 없는 큐피드』, 『아름다운 아이』, 『집으로』, 『거짓말쟁이와 스파이』, 『희망하고 소원하고 꿈을 꾸며』 등이 있다.

희망하고 소원하고 꿈을 꾸며

펴낸날 | 초판 1쇄 2013년 12월 30일

지은이 | 캐런 헤스, 존 그린 외 16인
옮긴이 | 천미나
펴낸이 | 정현문
편집 | 양덕모
마케팅 | 박희준
디자인 | 디자인포름
펴낸곳 | 책과콩나무
출판등록 | 2007년 7월 23일 제313-2007-000153호
주소 | 서울시 마포구 양화로7길 12 명광빌딩 4층
전화 | 02-3141-4772(마케팅), 02-6326-4772(편집)
팩스 | 02-6326-4771
이메일 | booknbean@naver.com
블로그 | http://blog.naver.com/booknbean

ISBN 978-89-94077-65-9 (43840)
값 13,000원

이 도서의 국립중앙도서관 출판시도서목록(CIP)은 서지정보유통지원시스템 홈페이지(http://seoji.nl.go.kr)와 국가자료공동목록시스템(http://www.nl.go.kr/kolisnet)에서 이용하실 수 있습니다.(CIP제어번호 : CIP2013026695)

*잘못된 책은 구입한 곳에서 바꾸어 드립니다.
*이 책 내용의 전부 또는 일부를 재사용하려면 반드시 저작권자와 책과콩나무 양측의 동의를 받아야 합니다.